W9-BEZ-554

Cuentos de Eva Luna

2/1 pb.
±9h1 - 88t - 00S

TAMBIEN POR ISABEL ALLENDE

La casa de los espíritus

De amor y de sombra

Eva Luna

El plan infinito

Paula

ISABEL ALLENDE

Cuentos de Eva Luna

rayo

Una rama de HarperCollins*Publishers*

CUENTOS DE EVA LUNA. Copyright © 1989 por Isabel Allende. Todos los derechos reservados. Impreso en los Estado Unidos de América. Se prohibe
reproducir, almacenar, o transmitir cualquier parte de este libro en manera
alguna ni por ningún medio sin previo permiso escrito, excepto en el caso
de citas cortas para críticas. Para recibir información, diríjase a:
HarperCollins Publishers Inc., 10 East 53rd Street, New York, NY 10022.

Libros de HarperCollins pueden ser adquiridos para uso educacional, com-
ercial, o promocional. Para recibir más información, diríjase a: Special
Markets Department, HarperCollins Publishers Inc., 10 East 53rd Street,
New York, NY 10022.

PRIMERA EDICIÓN RAYO, 2002

Library of Congress Cataloging-in-Publication Información

Allende, Isabel.
  Cuentos de Eva Luna / Isabel Allende.—1.ed.
  p. cm
  ISBN 0-06-095131-1
  I.   Title.
PQ8098.1.L54C84   1995
863—dc20   95-6472

02 03 04 05 06 RRD 20 19

A William Gordon,
por los tiempos que compartimos

I. A.

El rey ordenó a su visir que cada noche le llevara una virgen y cuando la noche había transcurrido mandaba que la matasen. Así estuvo haciendo durante tres años y en la ciudad no había ya ninguna doncella que pudiera servir para los asaltos de este cabalgador. Pero el visir tenía una hija de gran hermosura llamada Scheherazade... y era muy elocuente y daba gusto oírla.

(Las mil y una noches)

doncella - maid
cabalgar - to ride

Te quitabas la faja de la cintura, te arrancabas las sandalias, tirabas a un rincón tu amplia falda, de algodón, me parece, y te soltabas el nudo que te retenía el pelo en una cola. Tenías la piel erizada y te reías. Estábamos tan próximos que no podíamos vernos, ambos absortos en ese rito urgente, envueltos en el calor y el olor que hacíamos juntos. Me abría paso por tus caminos, mis manos en tu cintura encabritada y las tuyas impacientes. Te deslizabas, me recorrías, me trepabas, me envolvías con tus piernas invencibles, me decías mil veces ven con los labios sobre los míos. En el instante final teníamos un atisbo de completa soledad, cada uno perdido en su quemante abismo, pero pronto resucitábamos desde el otro lado del fuego para descubrirnos abrazados en el desorden de los almohadones, bajo el mosquitero blanco. Yo te apartaba el cabello para mirarte a los ojos. A veces te sentabas a mi lado, con las piernas recogidas y tu chal de seda sobre un hombro, en el silencio de la noche que apenas comenzaba. Así te recuerdo, en calma.

Tú piensas en palabras, para ti el lenguaje es un hilo inagotable que tejes como si la vida se hiciera al contarla. Yo pienso en imágenes congeladas en una fotografía. Sin embargo, ésta no está impresa en una placa, parece dibujada a plumilla, es un recuerdo minucioso y perfecto, de volúmenes suaves y colores cálidos, renacentista, como una intención captada sobre un papel granulado o una tela. Es un momento profético, es toda nuestra existencia, todo lo vivido y lo por vivir, todas las épocas simultáneas, sin principio ni fin. Desde cierta distancia yo miro ese dibujo, donde también estoy yo. Soy espectador y protagonista. Estoy en la penumbra, velado por la bruma de un cortinaje traslúcido. Sé que soy yo, pero yo soy también este que observa desde afuera. Conozco lo que siente el hombre pintado sobre esa cama revuelta, en una habitación de vigas oscuras y techos de catedral, donde la escena aparece como el fragmento de una ceremonia antigua. Estoy allí contigo y también aquí, solo, en otro tiempo de la conciencia. En el cuadro la pareja descansa después de hacer el amor, la piel de ambos brilla húmeda. El hombre tiene los ojos cerrados, una mano sobre su pecho y la otra sobre el muslo de ella, en íntima complicidad. Para mí esa visión es recurrente e inmutable, nada cambia, siempre es la misma sonrisa plácida del hombre, la misma languidez de la mujer, los mismos pliegues de las sábanas y rincones sombríos del cuarto, siempre la luz de la lámpara roza los senos y los pómulos de ella en el mismo ángulo y siempre el chal de seda y los cabellos oscuros caen con igual delicadeza.

Cada vez que pienso en ti, así te veo, así nos veo, detenidos para siempre en ese lienzo, invulnerables al deterioro de la mala memoria. Puedo recrearme largamente en esa escena, hasta sentir que entro en el espacio del cuadro y ya no soy el que observa, sino el hombre que yace junto a esa mujer. Entonces se rompe la simétrica quietud de la pintura y escucho nuestras voces muy cercanas.

—Cuéntame un cuento —te digo.

—¿Cómo lo quieres?

—Cuéntame un cuento que no le hayas contado a nadie.

ROLF CARLE

DOS PALABRAS

Tenía el nombre de Belisa Crepusculario, pero no por fe de bautismo o acierto de su madre, sino porque ella misma lo buscó hasta encontrarlo y se vistió con él. Su oficio era vender palabras. Recorría el país, desde las regiones más altas y frías hasta las costas calientes, instalándose en las ferias y en los mercados, donde montaba cuatro palos con un toldo de lienzo, bajo el cual se protegía del sol y de la lluvia para atender a su clientela. No necesitaba pregonar su mercadería, porque de tanto caminar por aquí y por allá, todos la conocían. Había quienes la aguardaban de un año para otro, y cuando aparecía por la aldea con su atado bajo el brazo hacían cola frente a su tenderete. Vendía a precios justos. Por cinco centavos entregaba versos de memoria, por siete mejoraba la calidad de los sueños, por nueve escribía cartas de enamorados, por doce inventaba insultos para enemigos irreconciliables. También vendía cuentos, pero no eran cuentos de fantasía, sino largas historias verdaderas que recitaba de corrido, sin saltarse nada. Así llevaba las nuevas de un pueblo a otro. La gente le pagaba por agregar una o dos líneas: nació un niño, murió fulano, se casaron nuestros hijos, se quemaron las cosechas. En cada lugar se juntaba una pequeña multitud a su alrededor para oírla cuando comenzaba a hablar y así se enteraban de las vidas de otros, de los parientes lejanos, de los pormenores de la Guerra Civil. A quien le comprara cincuenta centavos, ella le regalaba una palabra secreta para espantar la melancolía. No era la misma para todos, por supuesto, porque eso habría sido un engaño colectivo. Cada uno recibía la suya con la certeza de que nadie más la empleaba para ese fin en el universo y más allá.

Belisa Crepusculario había nacido en una familia tan mísera, que ni siquiera poseía nombres para llamar a sus hijos. Vino al mundo y creció en la región más inhóspita, donde algunos años las lluvias se convierten en avalanchas de agua que se llevan todo, y en otros no cae ni una gota del cielo, el sol se agranda hasta ocupar el horizonte entero y el mundo se convierte en un desierto. Hasta que cumplió doce años no tuvo otra ocupación ni virtud que sobrevivir al hambre y la fatiga de siglos. Durante una interminable sequía le tocó enterrar a cuatro hermanos menores y cuando comprendió que llegaba su turno, decidió echar a andar por las llanuras en dirección al mar, a ver si en el viaje lograba burlar a la muerte. La tierra estaba erosionada, partida en profundas grietas, sembrada de piedras, fósiles de árboles y de arbustos espinudos, esqueletos de animales blanqueados por el calor. De vez en cuando tropezaba con familias que, como ella, iban hacia el sur siguiendo el espejismo del agua. Algunos habían iniciado la marcha llevando sus pertenencias al hombro o en carretillas, pero apenas podían mover sus propios huesos y a poco andar debían abandonar sus cosas. Se arrastraban penosamente, con la piel convertida en cuero de lagarto y los ojos quemados por la reverberación de la luz. Belisa los saludaba con un gesto al pasar, pero no se detenía, porque no podía gastar sus fuerzas en ejercicios de compasión. Muchos cayeron por el camino, pero ella era tan tozuda que consiguió atravesar el infierno y arribó por fin a los primeros manantiales, finos hilos de agua, casi invisibles, que alimentaban una vegetación raquítica, y que más adelante se convertían en riachuelos y esteros.

Belisa Crepusculario salvó la vida y además descubrió por casualidad la escritura. Al llegar a una aldea en las proximidades de la costa, el viento colocó a sus pies una hoja de periódico. Ella tomó aquel papel amarillo y quebradizo y estuvo largo rato observándolo sin adivinar su uso, hasta que la curiosidad pudo más que su timidez. Se acercó a un hombre que lavaba un caballo en el mismo charco turbio donde ella saciara su sed.

—¿Qué es esto? —preguntó.

—La página deportiva del periódico —replicó el hombre sin dar muestras de asombro ante su ignorancia.

La respuesta dejó atónita a la muchacha, pero no quiso parecer descarada y se limitó a inquirir el significado de las patitas de mosca dibujadas sobre el papel.

—Son palabras, niña. Allí dice que Fulgencio Barba noqueó al Negro Tiznao en el tercer round.

Ese día Belisa Crepusculario se enteró que las palabras andan sueltas sin dueño y cualquiera con un poco de maña puede apoderárselas para comerciar con ellas. Consideró su situación y concluyó que aparte de prostituirse o emplearse como sirvienta en las cocinas de los ricos, eran pocas las ocupaciones que podía desempeñar. Vender palabras le pareció una alternativa decente. A partir de ese momento ejerció esa profesión y nunca le interesó otra. Al principio ofrecía su mercancía sin sospechar que las palabras podían también escribirse fuera de los periódicos. Cuando lo supo calculó las infinitas proyecciones de su negocio, con sus ahorros le pagó veinte pesos a un cura para que le enseñara a leer y escribir y con los tres que le sobraron se compró un diccionario. Lo revisó desde la A hasta la Z y luego lo lanzó al mar, porque no era su intención estafar a los clientes con palabras envasadas.

Varios años después, en una mañana de agosto, se encontraba Belisa Crepusculario en el centro de una plaza, sentada bajo su toldo vendiendo argumentos de justicia a un viejo que solicitaba su pensión desde hacía diecisiete años. Era día de mercado y había mucho bullicio a su alrededor. Se escucharon de pronto galopes y gritos, ella levantó los ojos de la escritura y vio primero una nube de polvo y enseguida un grupo de jinetes que irrumpió en el lugar. Se trataba de los hombres del Coronel, que venían al mando del Mulato, un gigante conocido en toda la zona por la rapidez de su cuchillo y la lealtad hacia su jefe. Ambos, el Coronel y el Mulato, habían pasado sus vidas ocupados en la Guerra Civil y sus nombres estaban irremisiblemente unidos al estropicio y la calamidad. Los guerreros entraron al pueblo como un rebaño en estampida, envueltos en ruido, bañados de sudor y dejando a su paso un espanto de huracán. Salieron volando las gallinas, dispararon a perderse los perros, corrieron las mujeres con sus hijos y no quedó en el sitio del mercado otra alma viviente que Belisa Crepusculario, quien no había visto jamás al Mulato y por lo mismo le extrañó que se dirigiera a ella.

—A ti te busco —le gritó señalándola con su látigo enrollado y antes que terminara de decirlo, dos hombres cayeron encima de la mujer atropellando el toldo y rompiendo el tintero, la ataron de pies y manos y la colocaron atravesada como un bulto de marinero sobre la grupa de la bestia del Mulato. Emprendieron galope en dirección a las colinas.

Horas más tarde, cuando Belisa Crepusculario estaba a punto de morir con el corazón convertido en arena por las sacudidas del caballo, sintió que se detenían y cuatro manos poderosas la depositaban en tierra. Intentó ponerse de pie y levantar la cabeza con dignidad, pero le fallaron las fuerzas y se desplomó con un suspiro, hundiéndose en un sueño ofuscado. Despertó varias horas después con el murmullo de la noche en el campo, pero no tuvo tiempo de descifrar esos sonidos, porque al abrir los ojos se encontró ante la mirada impaciente del Mulato, arrodillado a su lado.

—Por fin despiertas, mujer —dijo alcanzándole su cantimplora para que bebiera un sorbo de aguardiente con pólvora y acabara de recuperar la vida.

Ella quiso saber la causa de tanto maltrato y él le explicó que el Coronel necesitaba sus servicios. Le permitió mojarse la cara y enseguida la llevó a un extremo del campamento, donde el hombre más temido del país reposaba en una hamaca colgada entre dos árboles. Ella no pudo verle el rostro, porque tenía encima la sombra incierta del follaje y la sombra imborrable de muchos años viviendo como un bandido, pero imaginó que debía ser de expresión perdularia si su gigantesco ayudante se dirigía a él con tanta humildad. Le sorprendió su voz, suave y bien modulada como la de un profesor.

—¿Eres la que vende palabras? —preguntó.

—Para servirte —balbuceó ella oteando en la penumbra para verlo mejor.

El Coronel se puso de pie y la luz de la antorcha que llevaba el Mulato le dio de frente. La mujer vio su piel oscura y sus fieros ojos de puma y supo al punto que estaba frente al hombre más solo de este mundo.

—Quiero ser Presidente —dijo él.

Estaba cansado de recorrer esa tierra maldita en guerras inútiles y derrotas que ningún subterfugio podía transformar en victorias. Llevaba muchos años durmiendo a la intemperie, picado de mosquitos, alimentándose de iguanas y sopa de culebra, pero esos inconvenientes menores no constituían razón suficiente para cambiar su destino. Lo que en verdad le fastidiaba era el terror en los ojos ajenos. Deseaba entrar a los pueblos bajo arcos de triunfo, entre banderas de colores y flores, que lo aplaudieran y le dieran de regalo huevos frescos y pan recién horneado. Estaba harto de comprobar cómo a su paso huían los hombres, abortaban de susto las mujeres y temblaban las criaturas, por eso había decidido ser Presidente. El Mulato le sugirió que fueran a la capital y entraran galopando al Palacio para apoderarse del gobierno, tal como tomaron tantas otras cosas sin pedir permiso, pero al Coronel no le interesaba convertirse en otro tirano, de ésos ya habían tenido bastantes por allí y, además, de ese modo no obtendría el afecto de las gentes. Su idea consistía en ser elegido por votación popular en los comicios de diciembre.

—Para eso necesito hablar como un candidato. ¿Puedes venderme las palabras para un discurso? —preguntó el Coronel a Belisa Crepusculario.

Ella había aceptado muchos encargos, pero ninguno como ése, sin embargo no pudo negarse, temiendo que el Mulato le metiera un tiro entre los ojos o, peor aún, que el Coronel se echara a llorar. Por otra parte, sintió el impulso de ayudarlo, porque percibió un palpitante calor en su piel, un deseo poderoso de tocar a ese hombre, de recorrerlo con sus manos, de estrecharlo entre sus brazos.

Toda la noche y buena parte del día siguiente estuvo Belisa Crepusculario buscando en su repertorio las palabras apropiadas para un discurso presidencial, vigilada de cerca por el Mulato, quien no apartaba los ojos de sus firmes piernas de caminante y sus senos virginales. Descartó las palabras ásperas y secas, las demasiado floridas, las que estaban desteñidas por el abuso, las que ofrecían promesas improbables, las carentes de verdad y las confusas, para quedarse sólo con aquellas capaces de tocar con certeza el pensamiento de los hombres y la intuición de las mujeres. Haciendo uso de los conocimientos comprados al cura por veinte pesos, escribió el discurso en una hoja de papel y luego hizo señas al Mulato para que desatara la cuerda con la cual la había amarrado por los tobillos a un árbol. La condujeron nuevamente donde el Coronel y al verlo ella volvió a sentir la misma palpitante ansiedad del primer encuentro. Le pasó el papel y aguardó, mientras él lo miraba sujetándolo con la punta de los dedos.

—¿Qué carajo dice aquí? —preguntó por último.

—¿No sabes leer?

—Lo que yo sé hacer es la guerra —replicó él.

Ella leyó en alta voz el discurso. Lo leyó tres veces, para que su cliente pudiera grabárselo en la memoria. Cuando terminó vio la emoción en los rostros de los hombres de la tropa que se juntaron para escucharla y notó que los ojos amarillos del Coronel brillaban de entusiasmo, seguro de que con esas palabras el sillón presidencial sería suyo.

—Si después de oírlo tres veces los muchachos siguen con la boca abierta, es que esta vaina sirve, Coronel —aprobó el Mulato.

—¿Cuánto te debo por tu trabajo, mujer? —preguntó el jefe.

—Un peso, Coronel.

—No es caro —dijo él abriendo la bolsa que llevaba colgada del cinturón con los restos del último botín.

—Además tienes derecho a una ñapa. Te corresponden dos palabras secretas —dijo Belisa Crepusculario.

—¿Cómo es eso?

Ella procedió a explicarle que por cada cincuenta centavos que pagaba un cliente, le obsequiaba una palabra de uso exclusivo. El jefe se encogió de hombros, pues no tenía ni el menor interés en la oferta, pero no quiso ser descortés con quien lo había servido tan bien. Ella se aproximó sin prisa al taburete de suela donde él estaba sentado y se inclinó para entregarle su regalo. Entonces el hombre sintió el olor de animal montuno que se desprendía de esa mujer, el calor de incendio que irradiaban sus caderas, el roce terrible de sus cabellos, el aliento de yerbabuena susurrando en su oreja las dos palabras secretas a las cuales tenía derecho.

—Son tuyas, Coronel —dijo ella al retirarse—. Puedes emplearlas cuanto quieras.

El Mulato acompañó a Belisa hasta el borde del camino, sin dejar de mirarla con ojos suplicantes de perro perdido, pero cuando estiró la mano para tocarla, ella lo detuvo con un chorro de palabras inventadas que tuvieron la virtud de espantarle el deseo, porque creyó que se trataba de alguna maldición irrevocable.

En los meses de setiembre, octubre y noviembre el Coronel pronunció su discurso tantas veces, que de no haber sido hecho con palabras refulgentes y durables el uso lo habría vuelto ceniza. Recorrió el país en todas direcciones, entrando a las ciudades con aire triunfal y deteniéndose también en los pueblos más olvidados, allá donde sólo el rastro de basura indicaba la presencia humana, para convencer a los electores que votaran por él. Mientras hablaba sobre una tarima al centro de la plaza, el Mulato y sus hombres repartían caramelos y pintaban su nombre con escarcha dorada en las paredes, pero nadie prestaba atención a esos recursos de mercader, porque estaban deslumbrados por la claridad de sus proposiciones y la lucidez poética de sus argumentos, contagiados de su deseo tremendo de corregir los errores de la historia y alegres por primera vez en sus vidas. Al terminar la arenga del Candidato, la tropa lanzaba pistoletazos al aire y encendía petardos y cuando por fin se retiraban, quedaba atrás una estela de esperanza que perduraba muchos días en el aire, como el recuerdo magnífico de un cometa. Pronto el Coronel se convirtió en el político más popular. Era un fenómeno nunca visto, aquel hombre surgido de la guerra civil, lleno de cicatrices y hablando como un catedrático, cuyo prestigio se regaba por el territorio nacional conmoviendo el corazón de la patria. La prensa se ocupó de él. Viajaron de lejos los periodistas para entrevistarlo y repetir sus frases, y así creció el número de sus seguidores y de sus enemigos.

—Vamos bien, Coronel —dijo el Mulato al cumplirse doce semanas de éxito.

Pero el candidato no lo escuchó. Estaba repitiendo sus dos palabras secretas, como hacía cada vez con mayor frecuencia. Las decía cuando lo ablandaba la nostalgia, las murmuraba dormido, las llevaba consigo sobre su caballo, las pensaba antes de pronunciar su célebre discurso y se sorprendía saboreándolas en sus descuidos. Y en toda ocasión en que esas dos palabras venían a su mente, evocaba la presencia de Belisa Crepusculario y se le alborotaban los sentidos con el recuerdo del olor montuno, el calor de incendio, el roce terrible y el aliento de yerbabuena, hasta que empezó a andar como un sonámbulo y sus propios hombres comprendieron que se le terminaría la vida antes de alcanzar el sillón de los presidentes.

—¿Qué es lo que te pasa, Coronel? —le preguntó muchas veces el Mulato, hasta que por fin un día el jefe no pudo más y le confesó que la culpa de su ánimo eran esas dos palabras que llevaba clavadas en el vientre.

—Dímelas, a ver si pierden su poder —le pidió su fiel ayudante.

—No te las diré, son sólo mías —replicó el Coronel.

Cansado de ver a su jefe deteriorarse como un condenado a muerte, el Mulato se echó el fusil al hombro y partió en busca de Belisa Crepusculario. Siguió sus huellas por toda esa vasta geografía hasta encontrarla en un pueblo del sur, instalada bajo el toldo de su oficio, contando su rosario de noticias. Se le plantó delante con las piernas abiertas y el arma empuñada.

—Tú te vienes conmigo —ordenó.

Ella lo estaba esperando. Recogió su tintero, plegó el lienzo de su tenderete, se echó el chal sobre los hombros y en silencio trepó al anca del caballo. No cruzaron ni un gesto en todo el camino, porque al Mulato el deseo por ella se le había convertido en rabia y sólo el miedo que le inspiraba su lengua le impedía destrozarla a latigazos. Tampoco estaba dispuesto a comentarle que el Coronel andaba alelado, y que lo que no habían logrado tantos años de batallas lo había conseguido un encantamiento susurrado al oído. Tres días después llegaron al campamento y de inmediato condujo a su prisionera hasta el candidato, delante de toda la tropa.

—Te traje a esta bruja para que le devuelvas sus palabras, Coronel, y para que ella te devuelva la hombría —dijo apuntando el cañon de su fusil a la nuca de la mujer.

El Coronel y Belisa Crepusculario se miraron largamente, midiéndose desde la distancia. Los hombres comprendieron entonces que ya su jefe no podía deshacerse del hechizo de esas dos palabras endemoniadas, porque todos pudieron ver los ojos carnívoros del puma tornarse mansos cuando ella avanzó y le tomó la mano.

NIÑA PERVERSA

A los once años Elena Mejías era todavía una cachorra desnutrida, con la piel sin brillo de los niños solitarios, la boca con algunos huecos por una dentición tardía, el pelo color de ratón y un esqueleto visible que parecía demasiado contundente para su tamaño y amenazaba con salirse en las rodillas y en los codos. Nada en su aspecto delataba sus sueños tórridos ni anunciaba a la criatura apasionada que en verdad era. Pasaba desapercibida entre los muebles ordinarios y los cortinajes desteñidos de la pensión de su madre. Era sólo una gata melancólica jugando entre los geranios empolvados y los grandes helechos del patio o transitando entre el fogón de la cocina y las mesas del comedor con los platos de la cena. Rara vez algún cliente se fijaba en ella y si lo hacía era sólo para ordenarle que rociara con insecticida los nidos de las cucarachas o llenara el tanque del baño, cuando la crujiente carcasa de la bomba se negaba a subir el agua hasta el segundo piso. Su madre, agotada por el calor y el trabajo de la casa, no tenía ánimo para ternuras ni tiempo para observar a su hija, de modo que no supo cuándo Elena empezó a mutarse en un ser diferente. Durante los primeros años de su vida había sido una niña silenciosa y tímida, entretenida siempre en juegos misteriosos, que hablaba sola por los rincones y se chupaba el dedo. Sus salidas eran sólo a la escuela o al mercado, no parecía interesada en el bullicioso rebaño de niños de su edad que jugaban en la calle.

La transformación de Elena Mejías coincidió con la llegada de Juan José Bernal, el Ruiseñor, como él mismo se había apodado y como lo anunciaba un afiche que clavó en la pared de su cuarto. Los pensionistas eran en su mayoría estudiantes y empleados de alguna oscura dependencia de la administración pública. Damas y caballeros de orden, como decía su madre, quien se vanagloriaba de no aceptar a cualquiera bajo su techo, sólo personas de mérito, con una ocupación conocida, buenas costumbres, la solvencia suficiente para pagar el mes por adelantado y la disposición para acatar las reglas de la pensión, más parecidas a las de un seminario de curas que a las de un hotel. Una viuda tiene que cuidar su reputación y hacerse respetar, no quiero que mi negocio se convierta en nido de vagabundos y pervertidos, repetía con frecuencia la madre, para que nadie —y mucho menos Elena— pudiera olvidarlo. Una de las tareas de la niña era vigilar a los huéspedes y mantener a su madre informada sobre cualquier detalle sospechoso. Esos trabajos de espía habían acentuado la condición incorpórea de la muchacha, que se esfumaba entre las sombras de los cuartos, existía en silencio y aparecía de súbito, como si acabara de retornar de una dimensión invisible. Madre e hija trabajaban juntas en las múltiples ocupaciones de la pensión, cada una inmersa en su callada rutina, sin necesidad de comunicarse. En realidad se hablaban poco y cuando lo hacían, en el rato libre de la hora de la siesta, era sobre los clientes. A veces Elena intentaba decorar las vidas grises de esos hombres y mujeres transitorios, que pasaban por la casa sin dejar recuerdos, atribuyéndoles algún evento extraordinario, pintándolas de colores con el regalo de algún amor clandestino o alguna tragedia, pero su madre tenía un instinto certero para detectar sus fantasías. Del mismo modo descubría si su hija le ocultaba información. Tenía un implacable sentido práctico y una noción muy clara de cuanto ocurría bajo su techo, sabía con exactitud qué hacía cada cual a toda hora del día o de la noche, cuánta azúcar quedaba en la despensa, para quién sonaba el teléfono o dónde habían quedado las tijeras. Había sido una mujer alegre y hasta bonita, sus toscos vestidos apenas contenían la impaciencia de un cuerpo todavía joven, pero llevaba tantos años ocupada de detalles mezquinos que se le habían ido secando la frescura del espíritu y el gusto por la vida. Sin embargo, cuando llegó Juan José Bernal a solicitar un cuarto de alquiler, todo cambió para ella y también para Elena. La madre, seducida por la modulación pretenciosa del Ruiseñor y la sugerencia de celebridad expuesta en el afiche, contradijo sus propias reglas y lo aceptó en la pensión, a pesar de que él no calzaba para nada con su imagen del cliente ideal. Bernal dijo que cantaba de noche y por lo tanto debía descansar durante el día, que no tenía ocupación por el momento, así es que no podía pagar el mes adelantado y que era muy escrupuloso con sus hábitos de alimentación y de higiene, era vegetariano y necesitaba dos duchas diarias. Sorprendida, Elena vio a su madre registrar sin comentarios al nuevo huésped en el libro y conducirlo hasta la habitación arrastrando a duras penas su pesada maleta, mientras él llevaba el estuche con la guitarra y el tubo de cartón donde atesoraba su afiche. Disimulándose contra la pared, la niña los siguió escaleras arriba y notó la expresión intensa del nuevo huésped a la vista del delantal de percal pegado a las nalgas húmedas de sudor de su madre. Al entrar al cuarto Elena encendió el interruptor y las grandes aspas del ventilador del techo comenzaron a girar con un silbido de hierros oxidados.

Desde ese instante cambiaron las rutinas de la casa. Había más trabajo, porque Bernal dormía a las horas en que los demás habían partido a sus quehaceres, ocupaba el baño durante horas, consumía una cantidad abrumadora de alimentos de conejo que debían cocinarse por separado, usaba el teléfono a cada rato y enchufaba la plancha para repasar sus camisas de galán, sin que la dueña de la pensión le reclamara pagos extraordinarios. Elena volvía de la escuela con el sol de la siesta, cuando el día languidecía bajo una terrible luz blanca, pero a esa hora él todavía estaba en el primer sueño. Por orden de su madre, se quitaba los zapatos, para no violar el reposo artificial en que parecía suspendida la casa. La niña se dio cuenta de que su madre cambiaba día a día. Los signos fueron perceptibles para ella desde el principio, mucho antes de que los demás habitantes de la pensión empezaran a cuchichear a sus espaldas. Primero fue el olor, un aroma persistente de flores, que emanaba de la mujer y se quedaba flotando en el ámbito de los cuartos por donde ella pasaba. Elena conocía cada rincón de la casa y su largo hábito de espionaje le permitió descubrir el frasco de perfume detrás de los paquetes de arroz y los tarros de conservas en la despensa. Luego notó la línea de lápiz oscuro en los párpados, el toque de rojo en los labios, la ropa interior nueva, la sonrisa inmediata cuando Bernal bajaba por fin al atardecer, recién bañado, con el pelo todavía húmedo, y se sentaba en la cocina a devorar sus extraños guisos de faquir. La madre se sentaba al frente y él le contaba episodios de su vida de artista, celebrando cada una de sus propias travesuras con una risa fuerte que le nacía en el vientre.

Las primeras semanas Elena sintió odio por ese hombre que ocupaba todo el espacio de la casa y toda la atención de su madre. Le repugnaba su pelo engrasado con brillantina, sus uñas barnizadas, su manía de escarbarse los dientes con un palito, su pedantería y su descaro para hacerse servir. Se preguntaba qué veía su madre en él, era sólo un aventurero de poca monta, un cantante de bares míseros de quien nadie había oído hablar, tal vez un rufián, como había sugerido en susurros la señorita Sofía, una de las pensionistas más antiguas. Pero entonces, una tarde caliente de domingo, cuando no había nada que hacer y las horas parecían detenidas entre las paredes de la casa, Juan José Bernal apareció en el patio con su guitarra, se instaló en un banco bajo la higuera y empezó a pulsar las cuerdas. El sonido atrajo a todos los huéspedes, que fueron asomándose uno a uno, primero con cierta timidez, sin comprender muy bien la causa de tanta bulla, pero luego sacaron entusiasmados las sillas del comedor y se acomodaron alrededor del Ruiseñor. El hombre tenía una voz vulgar, pero era entonado y cantaba con gracia. Conocía todos los viejos boleros y las rancheras del repertorio mexicano y algunas canciones guerrilleras sembradas de palabrotas y blasfemias, que hicieron sonrojar a las mujeres. Por primera vez, desde que la niña podía recordar, hubo en la pensión un ambiente de fiesta. Cuando oscureció encendieron dos lámparas de parafina para colgarlas de los árboles y trajeron cervezas y la botella de ron reservada para curar resfríos. Elena sirvió los vasos temblando, sentía las palabras de despecho de esas canciones y los lamentos de la guitarra en cada fibra del cuerpo, como una fiebre. Su madre seguía el ritmo con un pie.

De súbito se levantó, la tomó de las manos y las dos empezaron a bailar, seguidas de inmediato por los demás, incluyendo a la señorita Sofía, toda remilgos y risas nerviosas. Por un largo rato, Elena se movió siguiendo la cadencia de la voz de Bernal, apretada contra el cuerpo de su madre, aspirando su nuevo olor a flores, totalmente dichosa. Pronto, sin embargo, notó que la rechazaba con suavidad, separándola para seguir sola. Con los ojos cerrados y la cabeza echada hacia atrás, la mujer ondulaba como una sábana secándose en la brisa. Elena se retiró y poco a poco también los demás volvieron a sus sillas, dejando a la dueña de la pensión sola al centro del patio, perdida en su danza.

Desde esa noche Elena vio a Bernal con ojos nuevos. Olvidó que detestaba su brillantina, su escarbadientes y su arrogancia, y cuando lo veía pasar o lo escuchaba hablar recordaba las canciones de aquella fiesta improvisada y volvía a sentir el ardor en la piel y la confusión en el alma, una fiebre que no sabía poner en palabras. Lo observaba de lejos, a hurtadillas, y así fue descubriendo aquello que antes no supo percibir, sus hombros, su cuello ancho y fuerte, la curva sensual de sus labios gruesos, sus dientes perfectos, la elegancia de sus manos, largas y finas. Le entró un deseo insoportable de aproximarse a él para enterrar la cara en su pecho moreno, escuchar la vibración del aire en sus pulmones y el ruido de su corazón, aspirar su olor, un olor que sabía seco y penetrante, como de cuero curtido o de tabaco. Se imaginaba a sí misma jugando con su pelo, palpándole los músculos de la espalda y de las piernas, descubriendo la forma de sus pies, convertida en humo para metérsele por la garganta y ocuparlo entero. Pero si el hombre levantaba la mirada y se encontraba con la suya, Elena corría a ocultarse en el más apartado matorral del patio, temblando. Bernal se había adueñado de todos sus pensamientos, la niña ya no podía soportar la inmovilidad del tiempo lejos de él. En la escuela se movía como en una pesadilla, ciega y sorda a todo salvo las imágenes interiores, donde lo veía sólo a él. ¿Qué estaría haciendo en ese momento? Tal vez dormía boca abajo sobre la cama con las persianas cerradas, su cuarto en penumbra, el aire caliente agitado por las alas del ventilador, un sendero de sudor a lo largo de su columna, la cara hundida en la almohada. Con el primer golpe de la campana de salida corría a la casa, rezando para que él no se hubiera despertado todavía y ella alcanzara a lavarse y ponerse un vestido limpio y sentarse a esperarlo en la cocina, fingiendo hacer sus tareas para que su madre no la abrumara de labores domésticas. Y después, cuando lo escuchaba salir silbando del baño, agonizaba de impaciencia y de miedo, segura de que moriría de gozo si él la tocara o tan sólo le hablara, ansiosa de que eso ocurriera, pero al mismo tiempo lista para desaparecer entre los muebles, porque no podía vivir sin él, pero tampoco podía resistir su ardiente presencia. Con disimulo lo seguía a todas partes, lo servía en cada detalle, adivinaba sus deseos para ofrecerle lo que necesitaba antes de que lo pidiera, pero se movía siempre como una sombra, para no revelar su existencia.

En las noches Elena no lograba dormir, porque él no estaba en la casa. Abandonaba su hamaca y salía como un fantasma a vagar por el primer piso, juntando valor para entrar por fin sigilosa al cuarto de Bernal. Cerraba la puerta a su espalda y abría un poco la persiana, para que entrara el reflejo de la calle a alumbrar las ceremonias que había inventado para apoderarse de los pedazos del alma de ese hombre, que se quedaban impregnando sus objetos. En la luna del espejo, negra y brillante como un charco de lodo, se observaba largamente, porque allí se había mirado él y las huellas de las dos imágenes podrían confundirse en un abrazo. Se acercaba al cristal con los ojos muy abiertos, viéndose a sí misma con los ojos de él, besando sus propios labios con un beso frío y duro, que ella imaginaba caliente, como boca de hombre. Sentía la superficie del espejo contra su pecho y se le erizaban las diminutas cerezas de los senos, provocándole un dolor sordo que la recorría hacia abajo y se instalaba en un punto preciso entre sus piernas. Buscaba ese dolor una y otra vez. Del armario sacaba una camisa y las botas de Bernal y se las ponía. Daba unos pasos por el cuarto con mucho cuidado, para no hacer ruido. Así vestida hurgaba en sus cajones, se peinaba con su peine, chupaba su cepillo de dientes, lamía su crema de afeitar, acariciaba su ropa sucia. Después, sin saber por qué lo hacía, se quitaba la camisa, las botas y su camisón y se tendía desnuda sobre la cama de Bernal, aspirando con avidez su olor, invocando su calor para envolverse en él.

Se tocaba todo el cuerpo, empezando por la forma extraña de su cráneo, los cartílagos translúcidos de las orejas, las cuencas de los ojos, la cavidad de su boca, y así hacia abajo dibujándose los huesos, los pliegues, los ángulos y las curvas de esa totalidad insignificante que era ella misma, deseando ser enorme, pesada y densa como una ballena. Imaginaba que se iba llenando de un líquido viscoso y dulce como miel, que se inflaba y crecía al tamaño de una descomunal muñeca, hasta llenar toda la cama, todo el cuarto, toda la casa con su cuerpo turgente. Extenuada, a veces se dormía por unos minutos, llorando.

Una mañana de sábado Elena vio desde la ventana a Bernal que se aproximaba a su madre por detrás, cuando ella estaba inclinada en la artesa fregando ropa. El hombre le puso la mano en la cintura y la mujer no se movió, como si el peso de esa mano fuera parte de su cuerpo. Desde la distancia, Elena percibió el gesto de posesión de él, la actitud de entrega de su madre, la intimidad de los dos, esa corriente que los unía con un formidable secreto. La niña sintió que un golpe de sudor la bañaba entera, no podía respirar, su corazón era un pájaro asustado entre las costillas, le picaban las manos y los pies, la sangre pujando por reventarle los dedos. Desde ese día comenzó a espiar a su madre.

Una a una fue descubriendo las evidencias buscadas, al principio sólo miradas, un saludo demasiado prolongado, una sonrisa cómplice, la sospecha de que bajo la mesa sus piernas se encontraban y que inventaban pretextos para quedarse a solas. Por fin una noche, de regreso del cuarto de Bernal donde había cumplido sus ritos de enamorada, escuchó un rumor de aguas subterráneas proveniente de la habitación de su madre y entonces comprendió que durante todo ese tiempo, mientras ella creía que Bernal estaba ganándose el sustento con canciones nocturnas, el hombre había estado al otro lado del pasillo, y mientras ella besaba su recuerdo en el espejo y aspiraba la huella de su paso en sus sábanas, él estaba con su madre. Con la destreza aprendida en tantos años de hacerse invisible, atravesó la puerta cerrada y los vio entregados al placer. La pantalla con flecos de la lámpara irradiaba una luz cálida, que revelaba a los amantes sobre la cama. Su madre se había transformado en una criatura redonda, rosada, gimiente, opulenta, una ondulante anémona de mar, puros tentáculos y ventosas, toda boca y manos y piernas y orificios, rodando y rodando adherida al cuerpo grande de Bernal, quien por contraste le pareció rígido, torpe, de movimientos espasmódicos, un trozo de madera sacudido por una ventolera inexplicable. Hasta entonces la niña no había visto a un hombre desnudo y la sorprendieron las fundamentales diferencias. La naturaleza masculina le pareció brutal y le tomó un buen tiempo sobreponerse al terror y forzarse a mirar. Pronto, sin embargo, la venció la fascinación de la escena y pudo observar con toda atención, para aprender de su madre los gestos que habían logrado arrebatarle a Bernal, gestos más poderosos que todo el amor de ella, que todas sus oraciones, sus sueños y sus silenciosas llamadas, que todas sus ceremonias mágicas para convocarlo a su lado. Estaba segura de que esas caricias y esos susurros contenían la clave del secreto y si lograba apoderárselos, Juan José Bernal dormiría con ella en la hamaca, que cada noche colgaba de dos ganchos en el cuarto de los armarios.

Elena pasó los días siguientes en estado crepuscular. Perdió totalmente el interés por su entorno, inclusive por el mismo Bernal, quien pasó a ocupar un compartimiento de reserva en su mente, y se sumergió en una realidad fantástica que reemplazó por completo al mundo de los vivos. Siguió cumpliendo con las rutinas por la fuerza del hábito, pero su alma estaba ausente de todo lo que hacía. Cuando su madre notó su falta de apetito, lo atribuyó a la cercanía de la pubertad, a pesar de que Elena era a todas luces demasiado joven, y se dio tiempo para sentarse a solas con ella y ponerla al día sobre la broma de haber nacido mujer. La niña escuchó en taimado silencio la perorata sobre maldiciones bíblicas y sangres menstruales, convencida de que eso jamás le ocurriría a ella.

El miércoles Elena sintió hambre por primera vez en casi una semana. Se metió en la despensa con un abrelatas y una cuchara y se devoró el contenido de tres tarros de arvejas, luego le quitó el vestido de cera roja a un queso holandés y se lo comió como una manzana. Después corrió al patio y, doblada en dos, vomitó una verde mezcolanza sobre los geranios. El dolor del vientre y el agrio sabor en la boca le devolvieron el sentido de la realidad. Esa noche durmió tranquila, enrollada en su hamaca, chupándose el dedo como en los tiempos de la cuna. El jueves despertó alegre, ayudó a su madre a preparar el café para los pensionistas y luego desayunó con ella en la cocina, antes de irse a clases. A la escuela, en cambio, llegó quejándose de fuertes calambres en el estómago y tanto se retorció y pidió permiso para ir al baño, que a media mañana la maestra la autorizó para regresar a su casa.

Elena dio un largo rodeo para evitar las calles del barrio y se aproximó a la casa por la pared del fondo, que daba a un barranco. Logró trepar el muro y saltar al patio con menos riesgo del esperado. Había calculado que a esa hora su madre estaba en el mercado, y como era el día del pescado fresco tardaría un buen rato en volver. En la casa sólo se encontraban Juan José Bernal y la señorita Sofía, que llevaba una semana sin ir al trabajo porque tenía un ataque de artritis.

Elena escondió los libros y los zapatos bajo unas mantas y se deslizó al interior de la casa. Subió la escalera pegada a la pared, reteniendo la respiración, hasta que oyó la radio tronando en el cuarto de la señorita Sofía y se sintió más tranquila. La puerta de Bernal cedió de inmediato. Adentro estaba oscuro y por un momento no vio nada, porque venía del resplandor de la mañana en la calle, pero conocía la habitación de memoria, había medido el espacio muchas veces, sabía dónde se hallaba cada objeto, en qué lugar preciso el piso crujía y a cuántos pasos de la puerta estaba la cama. De todos modos, esperó que se le acostumbrara la vista a la penumbra y que aparecieran los contornos de los muebles. A los pocos instantes pudo distinguir también al hombre sobre la cama. No estaba boca abajo, como tantas veces lo imaginó, sino de espaldas sobre las sábanas, vestido sólo con un calzoncillo, un brazo extendido y el otro sobre el pecho, un mechón de cabello sobre los ojos. Elena sintió que de pronto todo el miedo y la impaciencia acumulados durante esos días desaparecían por completo, dejándola limpia, con la tranquilidad de quien sabe lo que debe hacer. Le pareció que había vivido ese momento muchas veces; se dijo que no había nada que temer, se trataba sólo de una ceremonia algo diferente a las anteriores. Lentamente se quitó el uniforme de la escuela, pero no se atrevió a desprenderse también de sus bragas de algodón. Se acercó a la cama. Ya podía ver mejor a Bernal. Se sentó al borde, a poco trecho de la mano del hombre, procurando que su peso no marcara ni un pliegue más en las sábanas, se inclinó lentamente, hasta que su cara quedó a pocos centímetros de él y pudo sentir el calor de su respiración y el olor dulzón de su cuerpo, y con infinita prudencia se tendió a su lado, estirando cada pierna con cuidado para no despertarlo. Esperó, escuchando el silencio, hasta que se decidió a posar su mano sobre el vientre de él en una caricia casi imperceptible. Ese contacto provocó una oleada sofocante en su cuerpo, creyó que el ruido de su corazón retumbaba por toda la casa y despertaría al hombre. Necesitó varios minutos para recuperar el entendimiento y cuando comprobó que no se movía, relajó la tensión y apoyó la mano con todo el peso del brazo, tan liviano de todos modos, que no alteró el descanso de Bernal. Elena recordó los gestos que había visto a su madre y mientras introducía los dedos bajo el elástico de los calzoncillos buscó la boca del hombre y lo besó como lo había hecho tantas veces frente al espejo. Bernal gimió aún dormido y enlazó a la niña por el talle con un brazo, mientras su otra mano atrapaba la de ella para guiarla y su boca se abría para devolver el beso, musitando el nombre de la amante. Elena lo oyó llamar a su madre, pero en vez de retirarse se apretó más contra él. Bernal la cogió por la cintura y se la subió encima, acomodándola sobre su cuerpo a tiempo que iniciaba los primeros movimientos del amor. Recién entonces, al sentir la fragilidad extrema de ese esqueleto de pájaro sobre su pecho, un chispazo de conciencia cruzó la algodonosa bruma del sueño y el hombre abrió los ojos. Elena sintió que el cuerpo de él se tensaba, se vio cogida por las costillas y rechazada con tal violencia que fue a dar al suelo, pero se puso de pie y volvió donde él para abrazarlo de nuevo. Bernal la golpeó en la cara y saltó de la cama, aterrado quién sabe por qué antiguas prohibiciones y pesadillas.

—¡Perversa, niña perversa! —gritó.

La puerta se abrió y la señorita Sofía apareció en el umbral.

Elena pasó los siete años siguientes en un internado de monjas, tres más en una universidad de la capital y después entró a trabajar en un banco. Entretanto, su madre se casó con su amante y entre los dos siguieron administrando la pensión, hasta que tuvieron ahorros suficientes para retirarse a una pequeña casa de campo, donde cultivaban claveles y crisantemos para vender en la ciudad. El Ruiseñor colocó su afiche de artista en un marco dorado, pero no volvió a cantar en espectáculos nocturnos y nadie lo echó de menos. Nunca acompañó a su mujer a visitar a la hijastra, tampoco preguntaba por ella, para no alborotar las dudas de su propio espíritu, pero pensaba en ella a menudo. La imagen de la niña permaneció intacta para él, los años no la rozaron, siguió siendo la criatura lujuriosa y vencida de amor a quien él rechazó. En verdad, a medida que transcurrían los años el recuerdo de esos huesos livianos, de esa mano infantil en su vientre, de esa lengua de bebé en su boca, fue creciendo hasta convertirse en una obsesión. Cuando abrazaba el cuerpo pesado de su mujer, debía concentrarse en esas visiones, invocando meticulosamente a Elena, para despertar el impulso cada vez más difuso del placer. En la madurez iba a las tiendas de ropa infantil y compraba bragas de algodón para deleitarse acariciándolas y acariciándose. Después se avergonzaba de esos instantes desaforados y quemaba las bragas o las enterraba profundamente en el patio, en un intento inútil de olvidarlas. Se aficionó a rondar las escuelas y los parques, para observar de lejos a las muchachas impúberes, que le devolvían por unos momentos demasiado breves el abismo de ese jueves inolvidable.

Elena tenía veintisiete años cuando fue a visitar la casa de su madre por primera vez, para presentarle a su novio, un capitán del ejército que llevaba un siglo rogándole que se casara con él. En uno de esos atardeceres frescos de noviembre llegaron los jóvenes, él vestido de paisano, para no parecer demasiado arrogante en galas militares, y ella cargada de regalos. Bernal había aguardado esa visita con la ansiedad de un adolescente. Se había mirado al espejo incansablemente, escrutando su propia imagen, preguntándose si Elena vería los cambios o si en la mente de ella el Ruiseñor habría permanecido invulnerable al desgaste del tiempo. Se había preparado para el encuentro escogiendo cada palabra e imaginando todas las posibles respuestas. Lo único que no se le ocurrió fue que en vez de la criatura de fuego por quien él había vivido atormentado, aparecería ante sus ojos una mujer desabrida y tímida. Bernal se sintió traicionado.

Al anochecer, cuando pasó la euforia de la llegada y la madre y la hija se habían contado las últimas novedades, sacaron unas sillas al patio para aprovechar el fresco. El aire estaba cargado con el olor de los claveles. Bernal ofreció un trago de vino y Elena lo siguió para buscar los vasos. Por unos minutos estuvieron solos, frente a frente en la estrecha cocina. Y entonces el hombre, que había aguardado durante tanto tiempo esa oportunidad, retuvo a la mujer por un brazo y le dijo que todo había sido una terrible equivocación, que esa mañana él estaba dormido y no supo lo que hizo, que nunca quiso lanzarla al suelo ni llamarla así, que tuviera compasión y lo perdonara, a ver si así él lograba recuperar la cordura, porque en todos esos años el ardiente antojo por ella lo había acosado sin descanso, quemándole la sangre y corrompiéndole el espíritu. Elena lo miró asombrada y no supo qué contestar. ¿De qué niña perversa le hablaba? Para ella la infancia había quedado muy atrás y el dolor de ese primer amor rechazado estaba bloqueado en algún lugar sellado de la memoria. No guardaba ningún recuerdo de aquel jueves remoto.

CLARISA

Clarisa nació cuando aún no existía la luz eléctrica en la ciudad, vio por televisión al primer astronauta levitando sobre la superficie de la luna y se murió de asombro cuando llegó el Papa de visita y le salieron al encuentro los homosexuales disfrazados de monjas. Había pasado la infancia entre matas de helechos y corredores alumbrados por candiles de aceite. Los días transcurrían lentos en aquella época. Clarisa nunca se adaptó a los sobresaltos de los tiempos de hoy, siempre me pareció que estaba detenida en el aire color sepia de un retrato de otro siglo. Supongo que alguna vez tuvo cintura virginal, porte gracioso y perfil de medallón, pero cuando yo la conocí ya era una anciana algo estrafalaria, con los hombros alzados como dos suaves jorobas y su noble cabeza coronada por un quiste sebáceo, como un huevo de paloma, alrededor del cual ella enrollaba sus cabellos blancos. Tenía una mirada traviesa y profunda, capaz de penetrar la maldad más recóndita y regresar intacta. En sus muchos años de existencia alcanzó fama de santa y después de su muerte muchos tienen su fotografía en un altar doméstico, junto a otras imágenes venerables, para pedirle ayuda en las dificultades menores, a pesar de que su prestigio de milagrera no está reconocida por el Vaticano y con seguridad nunca lo estará, porque los beneficios otorgados por ella son de índole caprichosa: no cura ciegos como Santa Lucía

35

ni encuentra marido para las solteras como San Antonio, pero dicen que ayuda a soportar el malestar de la embriaguez, los tropiezos de la conscripción y el acecho de la soledad. Sus prodigios son humildes e improbables, pero tan necesarios como las aparatosas maravillas de los santos de catedral.

La conocí en mi adolescencia, cuando yo trabajaba como sirvienta en casa de La Señora, una dama de la noche, como llamaba Clarisa a las de ese oficio. Ya entonces era casi puro espíritu, parecía siempre a punto de despegar del suelo y salir volando por la ventana. Tenía manos de curandera y quienes no podían pagar un médico o estaban desilusionados de la ciencia tradicional esperaban turno para que ella les aliviara los dolores o los consolara de la mala suerte. Mi patrona solía llamarla para que le aplicara las manos en la espalda. De paso, Clarisa hurgaba en el alma de La Señora con el propósito de torcerle la vida y conducirla por los caminos de Dios, caminos que la otra no tenía mayor urgencia en recorrer, porque esa decisión habría descalabrado su negocio. Clarisa le entregaba el calor curativo de sus palmas por diez o quince minutos, según la intensidad del dolor, y luego aceptaba un jugo de fruta como recompensa por sus servicios. Sentadas frente a frente en la cocina, las dos mujeres charlaban sobre lo humano y lo divino, mi patrona más de lo humano y ella más de lo divino, sin traicionar la tolerancia y el rigor de las buenas maneras. Después cambié de empleo y perdí de vista a Clarisa hasta un par de décadas más tarde, en que volvimos a encontrarnos y pudimos restablecer la amistad hasta el día de hoy, sin hacer mayor caso de los diversos obstáculos que se nos interpusieron, inclusive el de su muerte, que vino a sembrar cierto desorden en la buena comunicación.

Aún en los tiempos en que la vejez le impedía moverse con el entusiasmo misionero de antaño, Clarisa preservó su constancia para socorrer al prójimo, a veces incluso contra la voluntad de los beneficiarios, como era el caso de los chulos de la calle República, quienes debían soportar, sumidos en la mayor mortificación, las arengas públicas de esa buena señora en su afán inalterable de redimirlos. Clarisa se desprendía de todo lo suyo para darlo a los necesitados, por lo general sólo tenía la ropa que llevaba puesta

36

y hacia el final de su vida le resultaba difícil encontrar pobres más pobres que ella. La caridad se convirtió en un camino de ida y vuelta y ya no se sabía quién daba y quién recibía.

Vivía en un destartalado caserón de tres pisos, con algunos cuartos vacíos y otros alquilados como depósito a una licorería, de manera que una ácida pestilencia de borracho contaminaba el ambiente. No se mudaba de esa vivienda, herencia de sus padres, porque le recordaba su pasado abolengo y porque desde hacía más de cuarenta años su marido se había enterrado allí en vida, en un cuarto al fondo del patio. El hombre fue juez de una lejana provincia, oficio que ejerció con dignidad hasta el nacimiento de su segundo hijo, cuando la decepción le arrebató el interés por enfrentar su suerte y se refugió como un topo en el socavón maloliente de su cuarto. Salía muy rara vez, como una sombra huidiza, y sólo abría la puerta para sacar la bacinilla y recoger la comida que su mujer le dejaba cada día. Se comunicaba con ella por medio de notas escritas con su perfecta caligrafía y de golpes en la puerta, dos para sí y tres para no. A través de los muros de su cuarto se podían escuchar su carraspeo asmático y algunas palabrotas de bucanero que no se sabía a ciencia cierta a quién iban dirigidas.

—Pobre hombre, ojalá Dios lo llame a Su lado cuanto antes y lo ponga a cantar en un coro de ángeles —suspiraba Clarisa sin asombro de ironía; pero el fallecimiento oportuno de su marido no fue una de las gracias otorgadas por La Divina Providencia, puesto que la ha sobrevivido hasta hoy, aunque ya debe tener más de cien años, a menos que haya muerto y las toses y maldiciones que se escuchan sean sólo el eco de ayer.

Clarisa se casó con él porque fue el primero que se lo pidió y a sus padres les pareció que un juez era el mejor partido posible. Ella dejó el sobrio bienestar del hogar paterno y se acomodó a la avaricia y la vulgaridad de su marido sin pretender una fortuna mejor. La única vez que se le oyó un comentario nostálgico por los refinamientos del pasado fue a propósito de un piano de cola con el cual se deleitaba de niña. Así nos enteramos de su afición por la música y mucho más tarde, cuando ya era una anciana, un grupo de amigos le regalamos un modesto piano. Para entonces ella había pasado casi sesenta años sin ver un teclado de cerca, pero se sentó en el taburete y tocó de memoria y sin la menor vacilación un Nocturno de Chopin.

Un par de años después de la boda con el juez, nació una hija albina, quien apenas comenzó a caminar acompañaba a su madre a la iglesia. La pequeña se deslumbró en tal forma con los oropeles de la liturgia, que comenzó a arrancar los cortinajes para vestirse de obispo y pronto el único juego que le interesaba era imitar los gestos de la misa y entonar cánticos en un latín de su invención. Era retardada sin remedio, sólo pronunciaba palabras en una lengua desconocida, babeaba sin cesar y sufría incontrolables ataques de maldad, durante los cuales debían atarla como un animal de feria para evitar que masticara los muebles y atacara a las personas. Con la pubertad se tranquilizó y ayudaba a su madre en las labores de la casa. El segundo hijo llegó al mundo con un dulce rostro asiático, desprovisto de curiosidad, y la única destreza que logró adquirir fue equilibrarse sobre una bicicleta, pero no le sirvió de mucho porque su madre no se atrevió nunca a dejarlo salir de la casa. Pasó la vida pedaleando en el patio en una bicicleta sin ruedas fija en un atril.

La anormalidad de sus hijos no afectó el sólido optimismo de Clarisa, quien los consideraba almas puras, inmunes al mal, y se relacionaba con ellos sólo en términos de afecto. Su mayor preocupación consistía en preservarlos incontaminados por sufrimientos terrenales, se preguntaba a menudo quién los cuidaría cuando ella faltara. El padre, en cambio, no hablaba jamás de ellos, se aferró al pretexto de los hijos retardados para sumirse en el bochorno, abandonar su trabajo, sus amigos y hasta el aire fresco y sepultarse en su pieza, ocupado en copiar con paciencia de monje medieval los periódicos en un cuaderno de notario. Entretanto su mujer gastó hasta el último céntimo de su dote y de su herencia y luego trabajó en toda clase de pequeños oficios para mantener a la familia. Las penurias propias no la alejaron de las penurias ajenas y aun en los períodos más difíciles de su existencia no postergó sus labores de misericordia.

Clarisa poseía una ilimitada comprensión por las debilidades humanas. Una noche, cuando ya era una anciana de pelo blanco, se encontraba cosiendo en su cuarto cuando escuchó ruidos desusados en la casa. Se levantó para averiguar de qué se trataba, pero no alcanzó a salir, porque en la puerta tropezó de frente con un hombre que le puso un cuchillo en el cuello.

—Silencio, puta, o te despacho de un solo corte —la amenazó.

—No es aquí, hijo. Las damas de la noche están al otro lado de la calle, donde tienen la música.

—No te burles, esto es un asalto.

—¿Cómo dices? —sonrió incrédula Clarisa—. ¿Y qué me vas a robar a mí?

—Siéntate en esa silla, voy a amarrarte.

—De ninguna manera, hijo, puedo ser tu madre, no me faltes el respeto.

—¡Siéntate!

—No grites, porque vas a asustar a mi marido, que está delicado de salud. Y de paso guarda el cuchillo, que puedes herir a alguien —dijo Clarisa.

—Oiga, señora, yo vine a robar —masculló el asaltante desconcertado.

—No, esto no es un robo. Yo no te voy a dejar que cometas un pecado. Te voy a dar algo de dinero por mi propia voluntad. No me lo estás quitando, te lo estoy dando, ¿está claro? —Fue a su cartera y sacó lo que le quedaba para el resto de la semana—. No tengo más. Somos una familia bastante pobre, como ves. Acompáñame a la cocina, voy a poner la tetera.

El hombre se guardó el cuchillo y la siguió con los billetes en la mano. Clarisa preparó té para ambos, sirvió las últimas galletas que le quedaban y lo invitó a sentarse en la sala.

—¿De dónde sacaste la peregrina idea de robarle a esta pobre vieja?

El ladrón le contó que la había observado durante días, sabía que vivía sola y pensó que en aquel caserón habría algo que llevarse. Ése era el primer asalto, dijo, tenía cuatro hijos, estaba sin trabajo y no podía llegar otra vez a casa con las manos vacías. Ella le hizo ver que el riesgo era demasiado grande, no sólo podían llevarlo preso, sino que podía condenarse al infierno, aunque en verdad ella dudaba que Dios fuera a castigarlo con tanto rigor, a lo más iría a parar al purgatorio, siempre que se arrepintiera y no volviera a hacerlo, por supuesto. Le ofreció incorporarlo a la lista de sus protegidos y le prometió que no lo acusaría a las autoridades. Se despidieron con un par de besos en las mejillas. En los diez años siguientes, hasta la muerte de Clarisa, el hombre le enviaba por correo un pequeño regalo en cada Navidad.

No todas las relaciones de Clarisa eran de esa calaña, también conocía a gente de prestigio, señoras de alcurnia, ricos comerciantes, banqueros y hombres públicos, a quienes visitaba buscando ayuda para el prójimo, sin detenerse a especular cómo sería recibida. Cierto día se presentó en la oficina del diputado Diego Cienfuegos, conocido por sus incendiarios discursos y por ser uno de los pocos políticos incorruptibles del país, lo cual no le impidió ascender a ministro y acabar en los libros de historia como padre intelectual de un cierto tratado de la paz. En esa época Clarisa era joven y algo tímida, pero ya tenía la misma tremenda determinación que la caracterizó en la vejez. Llegó donde el diputado a pedirle que usara su influencia para conseguir una nevera moderna a las Madres Teresianas. El hombre la miró pasmado, sin entender las razones por las cuales él debía ayudar a sus enemigas ideológicas.

—Porque en el comedor de las monjitas almuerzan gratis cien niños cada día, y casi todos son hijos de los comunistas y evangélicos que votan por usted —replicó mansamente Clarisa.

Así nació entre ambos una discreta amistad que habría de costarle muchos desvelos y favores al político. Con la misma lógica irrefutable conseguía de los jesuitas becas escolares para muchachos ateos, de la Acción de Damas Católicas ropa usada para las prostitutas de su barrio, del Instituto Alemán instrumentos de música para un coro hebreo, de los dueños de viñas fondos para los programas de alcohólicos. Konia

Ni el marido sepultado en el mausoleo de su cuarto, ni las extenuantes horas de trabajo cotidiano, evitaron que Clarisa quedara embarazada una vez más. La comadrona le advirtió que con toda probabilidad daría a luz otro anormal, pero ella la tranquilizó con el argumento de que Dios mantiene cierto equilibrio en el universo, y tal como Él crea algunas cosas torcidas, también crea otras derechas, por cada virtud hay un pecado, por cada alegría una desdicha, por cada mal un bien y así, en el eterno girar de la rueda

de la vida todo se compensa a través de los siglos. El péndulo va
y viene con inexorable precisión, decía ella.

Clarisa pasó sin prisa el tiempo de su embarazo y dio a luz
un tercer hijo. El nacimiento se produjo en su casa, ayudada por
la comadrona y amenizado por la compañía de las criaturas retar-
dadas, seres inofensivos y sonrientes que pasaban las horas entre-
tenidos en sus juegos, una mascullando galimatías en su traje de
obispo y el otro pedaleando hacia ninguna parte en una bicicleta
inmóvil. En esta ocasión la balanza se movió en el sentido justo
para preservar la armonía de la Creación y nació un muchacho fuerte,
de ojos sabios y manos firmes, que la madre se puso al pecho, agradecida. Catorce meses después Clarisa dio a luz otro hijo con las
características del anterior.

—Éstos crecerán sanos para ayudarme a cuidar a los dos primeros —decidió ella, fiel a su teoría de las compensaciones, y así
fue, porque los hijos menores resultaron derechos como dos cañas
y bien dotados para la bondad.

De algún modo Clarisa se las arregló para mantener a los cuatro niños sin ayuda del marido y sin perder su orgullo de gran dama
solicitando caridad para sí misma. Pocos se enteraron de sus apuros financieros. Con la misma tenacidad con que pasaba las noches
en vela fabricando muñecas de trapo o tortas de novia para vender, batallaba contra el deterioro de su casa, cuyas paredes comenzaban a sudar un vapor verdoso, y le inculcaba a los hijos menores
sus principios de buen humor y de generosidad con tan espléndido
efecto que en las décadas siguientes estuvieron siempre junto a ella
soportando la carga de sus hermanos mayores, hasta que un día
éstos se quedaron atrapados en la sala de baño y un escape de gas
los trasladó apaciblemente a otro mundo.

La llegada del Papa se produjo cuando Clarisa aún no cumplía
ochenta años, aunque no era fácil calcular su edad exacta, porque
se la aumentaba por coquetería, nada más que para oír decir cuán
bien se conservaba a los ochenta y cinco que pregonaba. Le sobra-
ba ánimo, pero le fallaba el cuerpo, le costaba caminar, se deso-
rientaba en las calles, no tenía apetito y acabó alimentándose de
flores y miel. El espíritu se le fue desprendiendo en la misma medida en que le germinaron las alas, pero los preparativos de la visi-

41

ta papal le devolvieron el entusiasmo por las aventuras terrenales. No aceptó ver el espectáculo por televisión, porque sentía una desconfianza profunda por ese aparato. Estaba convencida de que hasta el astronauta en la luna era una patraña filmada en un estudio de Hollywood, igual como engañaban con esas historias en las cuales los protagonistas se amaban o se morían de mentira y una semana después reaparecían con sus mismas caras, padeciendo otros destinos. Clarisa quiso ver al Pontífice con sus propios ojos, para que no fueran a mostrarle en la pantalla a un actor con paramentos episcopales, de modo que tuve que acompañarla a vitorearlo en su paso por las calles. Al cabo de un par de horas defendiéndonos de la muchedumbre de creyentes y de vendedores de cirios, camisetas estampadas, policromías y santos de plástico, logramos vislumbrar al Santo Padre, magnífico dentro de una caja de vidrio portátil, como una blanca marsopa en su acuario. Clarisa cayó de rodillas, a punto de ser aplastada por los fanáticos y por los guardias de la escolta. En ese instante, justamente cuando teníamos al Papa a tiro de piedra, surgió por una calle lateral una columna de hombres vestidos de monjas, con las caras pintarrajeadas, enarbolando pancartas en favor del aborto, el divorcio, la sodomía y el derecho de las mujeres a ejercer el sacerdocio. Clarisa hurgó en su bolso con mano temblorosa, encontró sus gafas y se las colocó para cerciorarse de que no se trataba de una alucinación.

—Vámonos, hija. Ya he visto demasiado —me dijo, pálida.

Tan desencajada estaba, que para distraerla ofrecí comprarle un cabello del Papa, pero no lo quiso, porque no había garantía de su autenticidad. El número de reliquias capilares ofrecidas por los comerciantes era tal, que alcanzaba para rellenar un par de colchones, según calculó un periódico socialista.

—Estoy muy vieja y ya no entiendo el mundo, hija. Lo mejor es volver a casa.

Llegó a su caserón extenuada, con el fragor de campanas y vítores todavía retumbándole en las sienes. Partí a la cocina a preparar una sopa para el juez y a calentar agua para darle a ella una infusión de camomila, a ver si eso la tranquilizaba un poco. Entretanto Clarisa, con una expresión de gran melancolía, colocó todo en orden y sirvió el último plato de comida para su marido. Puso la bandeja ante la puerta cerrada y llamó por primera vez en más de cuarenta años.

—¿Cuántas veces he dicho que no me molesten? —protestó la voz decrépita del juez.

—Disculpa, querido, sólo deseo avisarte que me voy a morir.

—¿Cuándo?

—El viernes.

—Está bien —y no abrió la puerta.

Clarisa llamó a sus hijos para darles cuenta de su próximo fin y luego se acostó en su cama. Tenía una habitación grande, oscura, con pesados muebles de caoba tallada que no alcanzaron a convertirse en antigüedades, porque el deterioro los derrotó por el camino. Sobre la cómoda había una urna de cristal con un Niño Jesús de cera de un realismo sorprendente, parecía un bebé recién bañado.

—Me gustaría que te quedaras con el Niñito, para que me lo cuides, Eva.

—Usted no piensa morirse, no me haga pasar estos sustos.

—Tienes que ponerlo a la sombra, si le pega el sol se derrite. Ha durado casi un siglo y puede durar otro si lo defiendes del clima.

Le acomodé en lo alto de la cabeza sus cabellos de merengue, le adorné el peinado con una cinta y me senté a su lado, dispuesta a acompañarla en ese trance, sin saber a ciencia cierta de qué se trataba, porque el momento carecía de todo sentimentalismo, como si en verdad no fuera una agonía, sino un apacible resfrío.

—Sería bien bueno que me confesara, ¿no te parece, hija?

—¡Pero qué pecados puede tener usted, Clarisa!

—La vida es larga y sobra tiempo para el mal, con el favor de Dios.

—Usted se irá derecho al cielo, si es que el cielo existe.

—Claro que existe, pero no es tan seguro que me admitan. Allí son bien estrictos —murmuró. Y después de una larga pausa agregó—: Repasando mis faltas, veo que hay una bastante grave...

Tuve un escalofrío, temiendo que esa anciana con aureola de santa me dijera que había eliminado intencionalmente a sus hijos retardados para facilitar la justicia divina, o que no creía en Dios

mató a sus hijos

43

y que se había dedicado a hacer el bien en este mundo sólo porque en la balanza le había tocado esa suerte, para compensar el mal de otros, mal que a su vez carecía de importancia, puesto que todo es parte del mismo proceso infinito. Pero nada tan dramático me confesó Clarisa. Se volvió hacia la ventana y me dijo ruborizada que se había negado a cumplir sus deberes conyugales.

—¿Qué significa eso? —pregunté.

—Bueno... Me refiero a no satisfacer los deseos carnales de mi marido, ¿entiendes?

—No.

—Si una le niega su cuerpo y él cae en la tentación de buscar alivio con otra mujer, una tiene la responsabilidad moral.

—Ya veo. El juez fornica y el pecado es de usted.

—No, no. Me parece que sería de ambos, habría que consultarlo.

—¿El marido tiene la misma obligación con su mujer?

—¿Ah?

—Quiero decir que si usted hubiera tenido otro hombre, ¿la falta sería también de su esposo?

—¡Las cosas que se te ocurren, hija! —Me miró atónita.

—No se preocupe, si su peor pecado es haberle escamoteado el cuerpo al juez, estoy segura de que Dios lo tomará en broma.

—No creo que Dios tenga humor para esas cosas.

—Dudar de la perfección divina ése sí es un gran pecado, Clarisa.

Se veía tan saludable que costaba imaginar su próxima partida, pero supuse que los santos, a diferencia de los simples mortales, tienen el poder de morir sin miedo y en pleno uso de sus faculta-des. Su prestigio era tan sólido, que muchos aseguraban haber visto un círculo de luz en torno de su cabeza y haber escuchado músi-ca celestial en su presencia, por lo mismo no me sorprendió, al desvestirla para ponerle el camisón, encontrar en sus hombros dos bultos inflamados, como si estuviera a punto de reventarle un par de alas de angelote.

El rumor de la agonía de Clarisa se regó con rapidez. Los hijos y yo tuvimos que atender a una inacabable fila de gentes que ve-nían a pedir su intervención en el cielo para diversos favores o simplemente a despedirse. Muchos esperaban que en el último mo-mento ocurriera un prodigio significativo, como que el olor a bote-

44

llas rancias que infectaba el ambiente se transformara en perfume de camelias o su cuerpo refulgiera con rayos de consolación. Entre ellos apareció su amigo, el bandido, quien no había enmendado el rumbo y estaba convertido en un verdadero profesional. Se sentó junto a la cama de la moribunda y le contó sus andanzas sin asomo de arrepentimiento.

—Me va muy bien. Ahora me meto nada más que en las casas del barrio alto. Le robo a los ricos y eso no es pecado. Nunca he tenido que usar violencia, yo trabajo limpiamente, como un caballero —explicó con cierto orgullo.

—Tendré que rezar mucho por ti, hijo.

—Rece, abuelita, que eso no me puede hacer mal.

También La Señora apareció compungida a darle el adiós a su querida amiga, trayendo una corona de flores y unos dulces de alfajor para contribuir al velorio. Mi antigua patrona no me reconoció, pero yo no tuve dificultad en identificarla a ella, porque no había cambiado tanto, se veía bastante bien, a pesar de su gordura, su peluca y sus extravagantes zapatos de plástico con estrellas doradas. A diferencia del ladrón, ella venía a comunicar a Clarisa que sus consejos de antaño habían caído en tierra fértil y ahora ella era una cristiana decente.

—Cuénteselo a San Pedro, para que me borre del libro negro —le pidió.

—Qué tremendo chasco se llevarán estas buenas personas si en vez de irme al cielo acabo cocinándome en las pailas del infierno... —comentó la moribunda, cuando por fin pude cerrar la puerta para que descansara un poco.

—Si eso ocurre allá arriba, aquí abajo nadie lo sabrá, Clarisa.

—Mejor así.

Desde el amanecer del viernes se congregó una muchedumbre en la calle y a duras penas sus hijos lograron impedir el desborde de creyentes dispuestos a llevarse cualquier reliquia, desde trozos de papel de las paredes hasta la escasa ropa de la santa. Clarisa decaía a ojos vista y por primera vez dio señales de tomar en serio su propia muerte. A eso de las diez se detuvo frente a la casa un automóvil azul con placas del Congreso. El chofer ayudó a descender del asiento trasero a un anciano, que la multitud reconoció de inmediato. Era don Diego Cienfuegos, convertido en prócer después de tantas décadas de servicio en la vida pública. Los hijos de Clarisa salieron a recibirlo y lo acompañaron en su penoso ascenso hasta el segundo piso. Al verlo en el umbral de la puerta, Clarisa se animó, volvieron el rubor a sus mejillas y el brillo a sus ojos.

—Por favor, saca a todo el mundo de la pieza y déjanos solos —me sopló al oído.

Veinte minutos más tarde se abrió la puerta y don Diego Cienfuegos salió arrastrando los pies, con los ojos aguados, maltrecho y tullido, pero sonriendo. Los hijos de Clarisa, que lo esperaban en el pasillo, lo tomaron de nuevo por los brazos para ayudarlo y entonces, al verlos juntos, confirmé algo que ya había notado antes. Esos tres hombres tenían el mismo porte y perfil, la misma pausada seguridad, los mismos ojos sabios y manos firmes.

Esperé que bajaran la escalera y volví donde mi amiga. Me acerqué para acomodarle las almohadas y vi que también ella, como su visitante, lloraba con cierto regocijo.

—Fue don Diego su pecado más grave, ¿verdad? —le susurré.

—Eso no fue pecado, hija, sólo una ayuda a Dios para equilibrar la balanza del destino. Y ya ves cómo resultó de lo más bien, porque por dos hijos retardados tuve otros dos para cuidarlos.

Esa noche murió Clarisa sin angustia. De cáncer, diagnosticó el médico al ver sus capullos de alas; de santidad, proclamaron los devotos apiñados en la calle con cirios y flores; de asombro, digo yo, porque estuve con ella cuando nos visitó el Papa.

Quien tiene el poder
Qual es el comentario de España
¿Como es H?
¿Porque escoge a P?
¿Como son los trabajadores?

BOCA DE SAPO

Eran tiempos muy duros en el sur. No en el sur de este país, sino del mundo, donde las estaciones están cambiadas y el invierno no ocurre en Navidad, como en las naciones cultas, sino en la mitad del año, como en las regiones bárbaras. Piedra, coirón y hielo, extensas llanuras que hacia Tierra del Fuego se desgranan en un rosario de islas, picachos de cordillera nevada cerrando el horizonte a lo lejos, silencio instalado allí desde el nacimiento de los tiempos e interrumpido a veces por el suspiro subterráneo de los glaciares deslizándose lentamente hacia el mar. Es una naturaleza áspera, habitada por hombres rudos. A comienzos del siglo no había nada allí que los ingleses pudieran llevarse, pero obtuvieron concesiones para criar ovejas. En pocos años los animales se multiplicaron en tal forma que de lejos parecían nubes atrapadas a ras del suelo, se comieron toda la vegetación y pisotearon los últimos altares de las culturas indígenas. En ese lugar Hermelinda se ganaba la vida con juegos de fantasía.

En medio del páramo se alzaba, como una torta abandonada, la gran casa de la Compañía Ganadera, rodeada por un césped absurdo, defendido contra los abusos del clima por la esposa del administrador, quien no pudo resignarse a vivir fuera del corazón del Imperio Británico y siguió vistiéndose de gala para cenar a solas con su marido, un flemático caballero sumido en el orgullo de obsoletas tradiciones. Los peones criollos vivían en las barracas del campamento, separados de sus patrones por cercas de arbustos espinudos y rosas silvestres, que intentaban en vano limitar la inmensidad de la pampa y crear para los extranjeros la ilusión de una suave campiña inglesa.

Vigilados por los guardias de la gerencia, atormentados por el frío y sin tomar una sopa casera durante meses, los trabajadores sobrevivían a la desventura, tan desamparados como el ganado a su cargo. Por las tardes no faltaba quien cogiera la guitarra y entonces el paisaje se llenaba de canciones sentimentales. Era tanta la penuria de amor, a pesar de la piedra lumbre puesta por el cocinero en la comida para apaciguar los deseos del cuerpo y las urgencias del recuerdo, que los peones yacían con las ovejas y hasta con alguna foca, si se acercaba a la costa y lograban cazarla. Esas bestias tienen grandes mamas, como senos de madre, y al quitarles la piel, cuando aún están vivas, calientes, palpitantes, un hombre muy necesitado puede cerrar los ojos e imaginar que abraza a una sirena. A pesar de estos inconvenientes los obreros se divertían más que sus patrones, gracias a los juegos ilícitos de Hermelinda.

Ella era la única mujer joven en toda la extensión de esa tierra, aparte de la dama inglesa, quien sólo cruzaba el cerco de las rosas para matar liebres a escopetazos y en esas ocasiones apenas se alcanzaba a vislumbrar el velo de su sombrero en medio de una polvareda de infierno y un clamor de perros perdigueros. Hermelinda, en cambio, era una hembra cercana y precisa, con una atrevida mezcla de sangre en las venas y muy buena disposición para festejar. Había escogido ese oficio de consuelo por pura y simple vocación, le gustaban casi todos los hombres en general y muchos en particular. Entre ellos reinaba como una abeja emperatriz. Amaba en ellos el olor del trabajo y del deseo, la voz ronca, la barba de dos días, el cuerpo vigoroso y al mismo tiempo tan vulnerable en sus manos, la índole combativa y el corazón ingenuo. Conocía la ilusoria fortaleza y la debilidad extrema de sus clientes, pero de ninguna de esas condiciones se aprovechaba, por el contrario, de ambas se compadecía. En su brava naturaleza había trazos de ternura maternal y a menudo la noche la encontraba cosiendo parches en una camisa, cocinando una gallina para algún trabajador

48

enfermo o escribiendo cartas de amor para novias remotas. Hacía su fortuna sobre un colchón relleno con lana cruda, bajo un techo de cinc agujereado, que producía música de flautas y oboes cuando lo atravesaba el viento. Tenía las carnes firmes y la piel sin mácula, se reía con gusto y le sobraban agallas, mucho más de lo que una oveja aterrorizada o una pobre foca sin cuero podían ofrecer. En cada abrazo, por breve que fuera, ella se revelaba como una amiga entusiasta y traviesa. La fama de sus sólidas piernas de jinete y sus pechos invulnerables al uso había recorrido seiscientos kilómetros de provincia agreste y sus enamorados viajaban de lejos para pasar un rato en su compañía. Los viernes llegaban galopando desaforados desde extremos tan apartados, que las bestias, cubiertas de espuma, caían desmayadas. Los patrones ingleses prohibían el consumo de alcohol, pero Hermelinda se las arreglaba para destilar un aguardiente clandestino con el que mejoraba el ánimo y arruinaba el hígado de sus huéspedes, y que también servía para encender sus lámparas a la hora de la diversión. Las apuestas comenzaban después de la tercera ronda de licor, cuando resultaba imposible concentrar la vista o agudizar el entendimiento.

Hermelinda había descubierto la manera de obtener beneficios seguros sin hacer trampas. Aparte de los naipes y los dados, los hombres disponían de varios juegos y siempre el premio único era su persona. Los perdedores le entregaban su dinero y quienes ganaban también se lo daban, pero obtenían el derecho de disfrutar un rato muy breve en su compañía, sin subterfugios ni preliminares, no porque a ella le faltara buena voluntad, sino porque no disponía de tiempo para dar a todos una atención más esmerada. Los participantes en la *Gallina ciega* se quitaban los pantalones, pero conservaban los chalecos, los gorros y las botas forradas en piel de cordero, para defenderse del frío antártico que silbaba entre los tablones. Ella les vendaba los ojos y comenzaba la persecución. A veces se formaba tal alboroto que las risas y los jadeos cruzaban la noche más allá de las rosas y llegaban a oídos de los ingleses, quienes permanecían impasibles, fingiendo que se trataba sólo del capricho del viento en la pampa, mientras continuaban bebiendo con parsimonia su última taza de té de Ceylán antes de irse a la cama. El primero que le ponía la mano encima a Hermelinda lanzaba un cacareo exultante y bendecía su buena suerte, mientras la aprisionaba en sus brazos. El *Columpio* era otro de los juegos. La mujer se sentaba sobre una tabla colgada del techo por dos cuerdas. Desafiando las miradas apremiantes de los hombres, flexionaba las piernas y todos podían ver que nada llevaba bajo sus enaguas amarillas. Los jugadores, ordenados en fila, tenían una sola oportunidad de embestirla y quien lograba su objetivo se veía atrapado entre los muslos de la bella, en un revuelo de enaguas, balanceado, remecido hasta los huesos y finalmente elevado al cielo. Pero muy pocos lo conseguían y la mayoría rodaba por el suelo entre las carcajadas de los demás.

En el juego de *El Sapo* un hombre podía perder en quince minutos la paga del mes. Hermelinda dibujaba una raya de tiza en el suelo y a cuatro pasos de distancia trazaba un amplio círculo, dentro del cual se recostaba, con las rodillas abiertas, sus piernas doradas a la luz de las lámparas de aguardiente. Aparecía entonces el oscuro centro de su cuerpo, abierto como una fruta, como una alegre boca de sapo, mientras el aire del cuarto se volvía denso y caliente. Los jugadores se colocaban detrás de la marca de tiza y lanzaban buscando el blanco. Algunos eran expertos tiradores, de pulso tan seguro que podían detener un animal despavorido en plena carrera lanzándole entre las patas dos boleadoras de piedra atadas por una cuerda, pero Hermelinda tenía una manera imperceptible de escamotear el cuerpo, de escabullirse para que en el último instante la moneda perdiera el rumbo. Las que aterrizaban dentro del círculo de tiza, pertenecían a la mujer. Si alguna entraba en la puerta, otorgaba a su dueño el tesoro del sultán, dos horas detrás de la cortina a solas con ella, en completo regocijo, para buscar consuelo por todas las penurias pasadas y soñar con los placeres del paraíso. Decían, quienes habían vivido esas dos horas preciosas, que Hermelinda conocía antiguos secretos amorosos y era capaz de conducir a un hombre hasta los umbrales de su propia muerte y traerlo de vuelta convertido en un sabio.

Hasta el día en que apareció Pablo, el asturiano, muy pocos habían ganado ese par de horas prodigiosas, aunque varios habían disfrutado algo similar, pero no por unos céntimos, sino por la mitad de su salario. Para entonces ella había acumulado una pequeña fortuna, pero la idea de retirarse a una vida más convencional no se le había ocurrido todavía, en verdad disfrutaba mucho de su trabajo y se sentía orgullosa de los chispazos felices que podía ofrecerle a los peones. Pablo era un hombre enjuto, de huesos de pollo y manos de infante, cuyo aspecto físico se contradecía con la tremenda tenacidad de su temperamento. Al lado de la opulenta y jovial Hermelinda, él parecía un mequetrefe enfurruñado, pero aquellos que al verlo llegar pensaron que podían reírse un rato a su costa, se llevaron una sorpresa desagradable. El pequeño forastero reaccionó como una víbora a la primera provocación, dispuesto a batirse con quien se le pusiera por delante, pero la trifulca se agotó antes de comenzar, porque la primera regla de Hermelinda era que bajo su techo no se peleaba. Una vez establecida su dignidad, Pablo se sosegó. Tenía una expresión decidida y algo fúnebre, hablaba poco y cuando lo hacía quedaba en evidencia su acento de España. Había salido de su patria escapando de la policía y vivía del contrabando a través de los desfiladeros de los Andes. Hasta entonces había sido un ermitaño hosco y pendenciero, que se burlaba del clima, las ovejas y los ingleses. No pertenecía en ningún lado y no reconocía amores ni deberes, pero ya no era tan joven y la soledad se le estaba instalando en los huesos. A veces despertaba al amanecer sobre el suelo helado, envuelto en su negra manta de Castilla y con la montura por almohada, sintiendo que todo el cuerpo le dolía. No era un dolor de músculos entumecidos, sino de tristezas acumuladas y de abandono. Estaba harto de deambular como un lobo, pero tampoco estaba hecho para la mansedumbre doméstica. Llegó hasta esas tierras porque oyó el rumor de que al final del mundo había una mujer capaz de torcer la dirección del viento, y quiso verla con sus propios ojos. La enorme distancia y los riesgos del camino no lograron hacerlo desistir y cuando por fin se encontró en la bodega y tuvo a Hermelinda al alcance de la mano, vio que ella estaba fabricada de su mismo recio metal y decidió que después de un viaje tan largo no valía la pena seguir viviendo sin ella. Se instaló en un rincón del cuarto a observarla con cuidado y a calcular sus posibilidades.

El asturiano poseía tripas de acero y pudo ingerir varios vasos del licor de Hermelinda sin que se le aguaran los ojos. No aceptó

leona, lobo

quitarse la ropa para *La Ronda de San Miguel*, para el *Mandandi-run-dirun-dán* ni para otras competencias que le parecieron francamente infantiles, pero al final de la noche, cuando llegó el momento culminante del *Sapo*, se sacudió los resabios del alcohol y se incorporó al coro de hombres en torno del círculo de tiza. Hermelinda le pareció hermosa y salvaje como una leona de las montañas. Sintió alborotársele el instinto de cazador y el vago dolor del desamparo, que le había atormentado los huesos durante todo el viaje, se le convirtió en gozosa anticipación. Vio los pies calzados con botas cortas, las medias tejidas sujetas con elásticos bajo las rodillas, los huesos largos y los músculos tensos de esas piernas de oro entre los vuelos de las enaguas amarillas y supo que tenía una sola oportunidad de conquistarla. Tomó posición, afirmando los pies en el suelo y balanceando el tronco hasta encontrar el eje mismo de su existencia, y con una mirada de cuchillo paralizó a la mujer en su sitio y la obligó a renunciar a sus trucos de contorsionista. O tal vez las cosas no sucedieron así, sino que fue ella quien lo escogió entre los demás para agasajarlo con el regalo de su compañía. Pablo aguzó la vista, exhaló todo el aire del pecho y después de unos segundos de concentración absoluta, lanzó la moneda. Todos la vieron hacer un arco perfecto y entrar limpiamente en el lugar preciso. Una salva de aplausos y silbidos envidiosos celebró la hazaña. Impasible, el contrabandista se acomodó el cinturón, dio tres pasos largos al frente, cogió a la mujer de la mano y la puso de pie, dispuesto a probarle en dos horas justas que ella tampoco podría ya prescindir de él. Salió casi arrastrándola y los demás se quedaron mirando sus relojes y bebiendo, hasta que pasó el tiempo del premio, pero ni Hermelinda ni el extranjero aparecieron. Transcurrieron tres horas, cuatro, toda la noche, amaneció y sonaron las campanas de la gerencia llamando al trabajo, sin que se abriera la puerta.

Al mediodía los amantes salieron del cuarto. Pablo no cruzó ni una mirada con nadie, partió a ensillar su caballo, otro para Hermelinda y una mula para cargar el equipaje. La mujer vestía pantalón y chaqueta de viaje y llevaba una bolsa de lona repleta de monedas atada a la cintura. Había una nueva expresión en sus ojos y un bamboleo satisfecho en su trasero memorable. Ambos acomodaron con parsimonia los bártulos en el lomo de los animales, se subieron a los caballos y echaron a andar. Hermelinda hizo una vaga señal de despedida a sus desolados admiradores y siguió a Pablo, el asturiano, por las llanuras peladas, sin mirar hacia atrás. Nunca más regresó.

Fue tanta la consternación provocada por la partida de Hermelinda, que para divertir a sus trabajadores la Compañía Ganadera instaló columpios, compró dardos y flechas para tiro al blanco e hizo traer de Londres un enorme sapo de loza pintada con la boca abierta, para que los peones afinaran la puntería lanzándole monedas; pero ante la indiferencia general, estos juguetes acabaron decorando la terraza de la gerencia, donde los ingleses aún los usan para combatir el tedio al atardecer.

EL ORO DE TOMÁS VARGAS

Antes de que empezara la pelotera descomunal del progreso, quienes tenían algunos ahorros, los enterraban, era la única forma conocida de guardar dinero, pero más tarde la gente les tomó confianza a los bancos. Cuando hicieron la carretera y fue más fácil llegar en autobús a la ciudad, cambiaron sus monedas de oro y de plata por papeles pintados y los metieron en cajas fuertes, como si fueran tesoros. Tomás Vargas se burlaba de ellos a carcajadas, porque nunca creyó en ese sistema. El tiempo le dio la razón y cuando se acabó el gobierno del Benefactor —que duró como treinta años, según dicen— los billetes no valían nada y muchos terminaron pegados de adorno en las paredes, como infame recordatorio del candor de sus dueños. Mientras todos los demás escribían cartas al nuevo Presidente y a los periódicos para quejarse de la estafa colectiva de las nuevas monedas, Tomás Vargas tenía sus morocotas de oro en un entierro seguro, aunque eso no atenuó sus hábitos de avaro y de pordiosero. Era hombre sin decencia, pedía dinero prestado sin intención de devolverlo, y mantenía a los hijos con hambre y a la mujer en harapos, mientras él usaba sombreros de pelo de guama y fumaba cigarros de caballero. Ni siquiera pagaba la cuota de la escuela, sus seis hijos legítimos se educaron gratis porque la Maestra Inés decidió que mientras ella estuviera en su sano juicio y con fuerzas para trabajar, ningún niño del pueblo se quedaría sin saber leer. La edad no le quitó lo pendenciero, bebedor y mujeriego. Tenía a mucha honra ser el más macho de la región, como pregonaba en la plaza cada vez que la borrachera le hacía perder el entendimiento y anunciar a todo pulmón los nombres de las muchachas que había seducido y de los bastardos que llevaban su sangre. Si fueran a creerle, tuvo como trescientos porque en cada arrebato daba nombres diferentes. Los policías se lo llevaron varias veces y el Teniente en persona le propinó unos cuantos planazos en las nalgas, para ver si se le regeneraba el carácter, pero eso no dio más resultados que las amonestaciones del cura. En verdad sólo respetaba a Riad Halabí, el dueño del almacén, por eso los vecinos recurrían a él cuando sospechaban que se le había pasado la mano con la disipación y estaba zurrando a su mujer o a sus hijos. En esas ocasiones el árabe abandonaba el mostrador con tanta prisa que no se acordaba de cerrar la tienda, y se presentaba, sofocado de disgusto justiciero, a poner orden en el rancho de los Vargas. No tenía necesidad de decir mucho, al viejo le bastaba verlo aparecer para tranquilizarse. Riad Halabí era el único capaz de avergonzar a ese bellaco.

Antonia Sierra, la mujer de Vargas, era veintiséis años menor que él. Al llegar a la cuarentena ya estaba muy gastada, casi no le quedaban dientes sanos en la boca y su aguerrido cuerpo de mulata se había deformado por el trabajo, los partos y los abortos; sin embargo aún conservaba la huella de su pasada arrogancia, una manera de caminar con la cabeza bien erguida y la cintura quebrada, un resabio de antigua belleza, un tremendo orgullo que paraba en seco cualquier intento de tenerle lástima. Apenas le alcanzaban las horas para cumplir su día, porque además de atender a sus hijos y ocuparse del huerto y las gallinas ganaba unos pesos cocinando el almuerzo de los policías, lavando ropa ajena y limpiando la escuela. A veces andaba con el cuerpo sembrado de magullones azules y aunque nadie preguntaba, toda Agua Santa sabía de las palizas propinadas por su marido. Sólo Riad Halabí y la Maestra Inés se atrevían a hacerle regalos discretos, buscando excusas para no ofenderla, algo de ropa, alimentos, cuadernos y vitaminas para sus niños.

Muchas humillaciones tuvo que soportar Antonia Sierra de su marido, incluso que le impusiera una concubina en su propia casa.

Concha Díaz llegó a Agua Santa a bordo de uno de los camiones de la Compañía de Petróleos, tan desconsolada y lamentable como un espectro. El chofer se compadeció al verla descalza en el camino, con su atado a la espalda y su barriga de mujer preñada. Al cruzar la aldea, los camiones se detenían en el almacén, por eso Riad Halabí fue el primero en enterarse del asunto. La vio aparecer en su puerta y por la forma en que dejó caer su bulto ante el mostrador se dio cuenta al punto de que no estaba de paso, esa muchacha venía a quedarse. Era muy joven, morena y de baja estatura, con una mata compacta de pelo crespo desteñido por el sol, donde parecía no haber entrado un peine en mucho tiempo. Como siempre hacía con los visitantes, Riad Halabí le ofreció a Concha una silla y un refresco de piña y se dispuso a escuchar el recuento de sus aventuras o sus desgracias, pero la muchacha hablaba poco, se limitaba a sonarse la nariz con los dedos, la vista clavada en el suelo, las lágrimas cayéndole sin apuro por las mejillas y una retahíla de reproches brotándole entre los dientes. Por fin el árabe logró entenderle que quería ver a Tomás Vargas y mandó a buscarlo a la taberna. Lo esperó en la puerta y apenas lo tuvo por delante lo cogió por un brazo y lo encaró con la forastera, sin darle tiempo de reponerse del susto.

—La joven dice que el bebé es tuyo —dijo Riad Halabí con ese tono suave que usaba cuando estaba indignado.

—Eso no se puede probar, turco. Siempre se sabe quién es la madre, pero del padre nunca hay seguridad —replicó el otro confundido, pero con ánimo suficiente para esbozar un guiño de picardía que nadie apreció.

Esta vez la mujer se echó a llorar con entusiasmo, mascullando que no habría viajado de tan lejos si no supiera quién era el padre. Riad Halabí le dijo a Vargas que si no le daba vergüenza, tenía edad para ser abuelo de la muchacha, y si pensaba que otra vez el pueblo iba a sacar la cara por sus pecados estaba en un error, qué se había imaginado, pero cuando el llanto de la joven fue en aumento, agregó lo que todos sabían que diría.

—Está bien, niña, cálmate. Puedes quedarte en mi casa por un tiempo, al menos hasta el nacimiento de la criatura.

Concha Díaz comenzó a sollozar más fuerte y manifestó que

no viviría en ninguna parte, sólo con Tomás Vargas, porque para eso había venido. El aire se detuvo en el almacén, se hizo un silencio muy largo, sólo se oían los ventiladores en el techo y el moquilleo de la mujer, sin que nadie se atreviera a decirle que el viejo era casado y tenía seis chiquillos. Por fin Vargas cogió el bulto de la viajera y la ayudó a ponerse de pie.

—Muy bien, Conchita, si eso es lo que quieres, no hay más que hablar. Nos vamos para mi casa ahora mismo —dijo.

Así fue como al volver de su trabajo Antonia Sierra encontró a otra mujer descansando en su hamaca y por primera vez el orgullo no le alcanzó para disimular sus sentimientos. Sus insultos rodaron por la calle principal y el eco llegó hasta la plaza y se metió en todas las casas, anunciando que Concha Díaz era una rata inmunda y que Antonia Sierra le haría la vida imposible hasta devolverla al arroyo de donde nunca debió salir, que si creía que sus hijos iban a vivir bajo el mismo techo con una rabipelada se llevaría una sorpresa, porque ella no era ninguna palurda, y a su marido más le valía andarse con cuidado, porque ella había aguantado mucho sufrimiento y mucha decepción, todo en nombre de sus hijos, pobres inocentes, pero ya estaba bueno, ahora todos iban a ver quién era Antonia Sierra. La rabieta le duró una semana, al cabo de la cual los gritos se tornaron en un continuo murmullo y perdió el último vestigio de su belleza, ya no le quedaba ni la manera de caminar, se arrastraba como una perra apaleada. Los vecinos intentaron explicarle que todo ese lío no era culpa de Concha, sino de Vargas, pero ella no estaba dispuesta a escuchar consejos de templanza o de justicia.

La vida en el rancho de esa familia nunca había sido agradable, pero con la llegada de la concubina se convirtió en un tormento sin tregua. Antonia pasaba las noches acurrucada en la cama de sus hijos, escupiendo maldiciones, mientras al lado roncaba su marido abrazado a la muchacha. Apenas asomaba el sol Antonia debía levantarse, preparar el café y amasar las arepas, mandar a los chiquillos a la escuela, cuidar el huerto, cocinar para los policías, lavar y planchar. Se ocupaba de todas esas tareas como una autómata, mientras del alma le destilaba un rosario de amarguras. Como se negaba a darle comida a su marido, Concha se encargó de hacerlo cuando la otra salía, para no encontrarse con ella ante el fogón de la cocina. Era tanto el odio de Antonia Sierra, que algunos en el pueblo creyeron que acabaría matando a su rival y fueron a pedirle a Riad Halabí y a la Maestra Inés que intervinieran antes de que fuera tarde.

Sin embargo, las cosas no sucedieron de esa manera. Al cabo de dos meses la barriga de Concha parecía una calabaza, se le habían hinchado tanto las piernas que estaban a punto de reventársele las venas, y lloraba continuamente porque se sentía sola y asustada. Tomás Vargas se cansó de tanta lágrima y decidió ir a su casa sólo a dormir. Ya no fue necesario que las mujeres hicieran turnos para cocinar, Concha perdió el último incentivo para vestirse y se quedó echada en la hamaca mirando el techo, sin ánimo ni para colarse un café. Antonia la ignoró todo el primer día, pero en la noche le mandó un plato de sopa y un vaso de leche caliente con uno de los niños, para que no dijeran que ella dejaba morirse a nadie de hambre bajo su techo. La rutina se repitió y a los pocos días Concha se levantó para comer con los demás. Antonia fingía no verla, pero al menos dejó de lanzar insultos al aire cada vez que la otra pasaba cerca. Poco a poco la derrotó la lástima. Cuando vio que la muchacha estaba cada día más delgada, un pobre espantapájaros con un vientre descomunal y unas ojeras profundas, empezó a matar sus gallinas una por una para darle caldo, y apenas se le acabaron las aves hizo lo que nunca había hecho hasta entonces, fue a pedirle ayuda a Riad Halabí.

—Seis hijos he tenido y varios nacimientos malogrados, pero nunca he visto a nadie enfermarse tanto de preñez —explicó ruborizada—. Está en los huesos, turco, no alcanza a tragarse la comida y ya la está vomitando. No es que a mí me importe, no tengo nada que ver con eso, pero ¿qué le voy a decir a su madre si se me muere? No quiero que me vengan a pedir cuentas después.

Riad Halabí llevó a la enferma en su camioneta al hospital y Antonia los acompañó. Volvieron con una bolsa de píldoras de diferentes colores y un vestido nuevo para Concha, porque el suyo ya no le bajaba de la cintura. La desgracia de la otra mujer forzó a Antonia Sierra a revivir retazos de su juventud, de su primer embarazo y de las mismas violencias que ella soportó. Deseaba, a pesar suyo, que el futuro de Concha Díaz no fuera tan funesto como el propio. Ya no le tenía rabia, sino una callada compasión, y empezó a tratarla como a una hija descarriada, con una autoridad brusca que apenas lograba ocultar su ternura. La joven estaba aterrada al ver las perniciosas transformaciones en su cuerpo, esa deformidad que aumentaba sin control, esa vergüenza de andarse orinando de a poco y de caminar como un ganso, esa repulsión incontrolable y esas ganas de morirse. Algunos días despertaba muy enferma y no podía salir de la cama, entonces Antonia turnaba a los niños para cuidarla mientras ella partía a cumplir con su trabajo a las carreras, para regresar temprano a atenderla; pero en otras ocasiones Concha amanecía más animosa y cuando Antonia volvía extenuada, se encontraba con la cena lista y la casa limpia. La muchacha le servía un café y se quedaba de pie a su lado, esperando que se lo bebiera, con una mirada líquida de animal agradecido.

El niño nació en el hospital de la ciudad, porque no quiso venir al mundo y tuvieron que abrir a Concha Díaz para sacárselo. Antonia se quedó con ella ocho días, durante los cuales la Maestra Inés se ocupó de sus chiquillos. Las dos mujeres regresaron en la camioneta del almacén y todo Agua Santa salió a darles la bienvenida. La madre venía sonriendo, mientras Antonia exhibía al recién nacido con una algazara de abuela, anunciando que sería bautizado Riad Vargas Díaz, en justo homenaje al turco, porque sin su ayuda la madre no hubiera llegado a tiempo a la maternidad y además fue él quien se hizo cargo de los gastos cuando el padre hizo oídos sordos y se fingió más borracho que de costumbre para no desenterrar su oro.

Antes de dos semanas Tomás Vargas quiso exigirle a Concha Díaz que volviera a su hamaca, a pesar de que la mujer todavía tenía un costurón fresco y un vendaje de guerra en el vientre, pero Antonia Sierra se le puso delante con los brazos en jarra, decidida por primera vez en su existencia a impedir que el viejo hiciera según su capricho. Su marido inició el ademán de quitarse el cinturón para derle los correazos habituales, pero ella no lo dejó terminar el gesto y se le fue encima con tal fiereza, que el hombre retrocedió, sorprendido. Esa vacilación lo perdió, porque ella supo entonces quién era el más fuerte. Entretanto Concha Díaz había dejado a su hijo en un rincón y enarbolaba una pesada vasija de barro, con el propósito evidente de reventársela en la cabeza. El hombre comprendió su desventaja y se fue del rancho lanzando blasfemias. Toda Agua Santa supo lo sucedido porque él mismo se lo contó a las muchachas del prostíbulo, quienes también dijeron que Vargas ya no funcionaba y que todos sus alardes de semental eran pura fanfarronería y ningún fundamento.

A partir de ese incidente las cosas cambiaron. Concha Díaz se repuso con rapidez y mientras Antonia Sierra salía a trabajar, ella se quedaba a cargo de los niños y las tareas del huerto y de la casa. Tomás Vargas se tragó la desazón y regresó humildemente a su hamaca, donde no tuvo compañía. Aliviaba el despecho maltratado a sus hijos y comentando en la taberna que las mujeres, como las mulas, sólo entienden a palos, pero en la casa no volvió a intentar castigarlas. En las borracheras gritaba a los cuatro vientos las ventajas de la bigamia y el cura tuvo que dedicar varios domingos a rebatirlo desde el púlpito, para que no prendiera la idea y se le fueran al carajo tantos años de predicar la virtud cristiana de la monogamia.

En Agua Santa se podía tolerar que un hombre maltratara a su familia, fuera haragán, bochinchero y no devolviera el dinero prestado, pero las deudas del juego eran sagradas. En las riñas de gallos los billetes se colocaban bien doblados entre los dedos, donde todos pudieran verlos, y en el dominó, los dados o las cartas, se ponían sobre la mesa a la izquierda del jugador. A veces los camioneros de la Compañía de Petróleos se detenían para unas vueltas de póquer y aunque ellos no mostraban su dinero, antes de irse pagaban hasta el último céntimo. Los sábados llegaban los guardias del Penal de Santa María a visitar el burdel y a jugar en la taberna su paga de la semana. Ni ellos —que eran mucho más bandidos que los presos a su cargo— se atrevían a jugar si no podían pagar. Nadie violaba esa regla.

Tomás Vargas no apostaba, pero le gustaba mirar a los jugadores, podía pasar horas observando un dominó, era el primero en instalarse en las riñas de gallos y seguía los números de la lotería que anunciaban por la radio, aunque él nunca compraba uno. Estaba defendido de esa tentación por el tamaño de su avaricia. Sin embargo, cuando la férrea complicidad de Antonia Sierra y Concha Díaz le mermó definitivamente el ímpetu viril, se volcó hacia el juego. Al principio apostaba unas propinas míseras y sólo los borrachos más pobres aceptaban sentarse a la mesa con él, pero con los naipes tuvo más suerte que con sus mujeres y pronto le entró el comején del dinero fácil y empezó a descomponerse hasta el meollo mismo de su naturaleza mezquina. Con la esperanza de hacerse rico en un solo golpe de fortuna y recuperar de paso —mediante la ilusoria proyección de ese triunfo— su humillado prestigio de padrote, empezó a aumentar los riesgos. Pronto se medían con él los jugadores más bravos y los demás hacían rueda para seguir las alternativas de cada encuentro. Tomás Vargas no ponía los billetes estirados sobre la mesa, como era la tradición, pero pagaba cuando perdía. En su casa la pobreza se agudizó y Concha salió también a trabajar. Los niños quedaron solos y la Maestra Inés tuvo que alimentarlos para que no anduvieran por el pueblo aprendiendo a mendigar.

Las cosas se complicaron para Tomás Vargas cuando aceptó el desafío del Teniente y después de seis horas de juego le ganó doscientos pesos. El oficial confiscó el sueldo de sus subalternos para pagar la derrota. Era un moreno bien plantado, con un bigote de morsa y la casaca siempre abierta para que las muchachas pudieran apreciar su torso velludo y su colección de cadenas de oro. Nadie lo estimaba en Agua Santa, porque era hombre de carácter impredecible y se atribuía la autoridad de inventar leyes según su capricho y conveniencia. Antes de su llegada, la cárcel era sólo un par de cuartos para pasar la noche después de alguna riña —nunca hubo crímenes de gravedad en Agua Santa y los únicos malhechores eran los presos en su tránsito hacia el Penal de Santa María— pero el Teniente se encargó de que nadie pasara por el retén sin llevarse una buena golpiza. Gracias a él la gente le tomó miedo a la ley. Estaba indignado por la pérdida de los doscientos pesos, pero entregó el dinero sin chistar y hasta con cierto desprendimiento elegante, porque ni él, con todo el peso de su poder, se hubiera levantado de la mesa sin pagar.

Tomás Vargas pasó dos días alardeando de su triunfo, hasta que el Teniente le avisó que lo esperaba el sábado para la revancha. Esta vez la apuesta sería de mil pesos, le anunció con un tono tan perentorio que el otro se acordó de los planazos recibidos en el trasero y no se atrevió a negarse. La tarde del sábado la taberna estaba repleta de gente. En la apretura y el calor se acabó el aire y hubo que sacar la mesa a la calle para que todos pudieran ser testigos del juego. Nunca se había apostado tanto dinero en Agua Santa y para asegurar la limpieza del procedimiento designaron a Riad Halabí. Este empezó por exigir que el público se mantuviera a dos pasos de distancia, para impedir cualquier trampa, y que el Teniente y los demás policías dejaran sus armas en el retén.

—Antes de comenzar ambos jugadores deben poner su dinero sobre la mesa —dijo el árbitro.

—Mi palabra basta, turco —replicó el Teniente.

—En ese caso mi palabra basta también —agregó Tomás Vargas.

—¿Cómo pagarán si pierden? —quiso saber Riad Halabí.

—Tengo una casa en la capital, si pierdo Vargas tendrá los títulos mañana mismo.

—Está bien. ¿Y tú?

—Yo pago con el oro que tengo enterrado.

El juego fue lo más emocionante ocurrido en el pueblo en muchos años. Toda Agua Santa, hasta los ancianos y los niños se juntaron en la calle. Las únicas ausentes fueron Antonia Sierra y Concha Díaz. Ni el Teniente ni Tomás Vargas inspiraban simpatía alguna, así es que daba lo mismo quien ganara; la diversión consistía en adivinar las angustias de los dos jugadores y de quienes habían apostado a uno u otro. A Tomás Vargas lo beneficiaba el hecho de que hasta entonces había sido afortunado con los naipes, pero el Teniente tenía la ventaja de su sangre fría y su prestigio de matón.

A las siete de la tarde terminó la partida y, de acuerdo con las normas establecidas, Riad Halabí declaró ganador al Teniente. En el triunfo el policía mantuvo la misma calma que demostró la semana anterior en la derrota, ni una sonrisa burlona, ni una palabra desmedida, se quedó simplemente sentado en su silla escarbándose los dientes con la uña del dedo meñique.

—Bueno, Vargas, ha llegado la hora de desenterrar tu tesoro —dijo, cuando se calló el vocerío de los mirones.

La piel de Tomás Vargas se había vuelto cenicienta, tenía la camisa empapada de sudor y parecía que el aire no le entraba en el cuerpo, se le quedaba atorado en la boca. Dos veces intentó ponerse de pie y le fallaron las rodillas. Riad Halabí tuvo que sostenerlo. Por fin reunió la fuerza para echar a andar en dirección a la carretera, seguido por el Teniente, los policías, el árabe, la Maestra Inés y más atrás todo el pueblo en ruidosa procesión. Anduvieron un par de millas y luego Vargas torció a la derecha, metiéndose en el tumulto de la vegetación glotona que rodeaba a Agua Santa. No había sendero, pero él se abrió paso sin grandes vacilaciones entre los árboles gigantescos y los helechos, hasta llegar al borde de un barranco apenas visible, porque la selva era un biombo impenetrable. Allí se detuvo la multitud, mientras él bajaba con el Teniente. Hacía un calor húmedo y agobiante, a pesar de que faltaba poco para la puesta del sol. Tomás Vargas hizo señas de que lo dejaran solo, se puso a gatas y arrastrándose desapareció bajo unos filodendros de grandes hojas carnudas. Pasó un minuto largo antes que se escuchara su alarido. El Teniente se metió en el follaje, lo cogió por los tobillos y lo sacó a tirones.

—¡Qué pasa!

—¡No está, no está!

—¡Cómo que no está!

—¡Lo juro, mi Teniente, yo no sé nada, se lo robaron, me robaron el tesoro! —Y se echó a llorar como una viuda, tan desesperado que ni cuenta se dio de las patadas que le propinó el Teniente.

—¡Cabrón! ¡Me vas a pagar! ¡Por tu madre que me vas a pagar!

Riad Halabí se lanzó barranco abajo y se lo quitó de las manos antes de que lo convirtiera en mazamorra. Logró convencer al Teniente que se calmara, porque a golpes no resolverían el asunto, y luego ayudó al viejo a subir. Tomás Vargas tenía el esqueleto descalabrado por el espanto de lo ocurrido, se ahogaba de sollozos y eran tantos sus titubeos y desmayos que el árabe tuvo que llevarlo casi en brazos todo el camino de vuelta, hasta depositarlo finalmente en su rancho. En la puerta estaban Antonia Sierra y Concha Díaz sentadas en dos sillas de paja, tomando café y mirando caer la noche. No dieron ninguna señal de consternación al enterarse de lo sucedido y continuaron sorbiendo su café, inmutables.

Tomás Vargas estuvo con calentura más de una semana, delirando con morocotas de oro y naipes marcados, pero era de naturaleza firme y en vez de morirse de congoja, como todos suponían, recuperó la salud. Cuando pudo levantarse no se atrevió a salir durante varios días, pero finalmente su amor por la parranda pudo más que su prudencia, tomó su sombrero de pelo de guama y, todavía tembleque y asustado, partió a la taberna. Esa noche no regresó y dos días después alguien trajo la noticia de que estaba despachurrado en el mismo barranco donde había escondido su tesoro. Lo encontraron abierto en canal a machetazos, como una res, tal como todos sabían que acabaría sus días, tarde o temprano.

Antonia Sierra y Concha Díaz lo enterraron sin grandes señas de desconsuelo y sin más cortejo que Riad Halabí y la Maestra Inés, que fueron por acompañarlas a ellas y no para rendirle homenaje póstumo a quien habían despreciado en vida. Las dos mujeres siguieron viviendo juntas, dispuestas a ayudarse mutuamente en la crianza de los hijos y en las vicisitudes de cada día. Poco después del sepelio compraron gallinas, conejos y cerdos, fueron en bus a la ciudad y volvieron con ropa para toda la familia. Ese año arreglaron el rancho con tablas nuevas, le agregaron dos cuartos, lo pintaron de azul y después instalaron una cocina a gas, donde iniciaron una industria de comida para vender a domicilio. Cada mediodía partían con todos los niños a distribuir sus viandas en el retén, la escuela, el correo, y si sobraban porciones las dejaban en el mostrador del almacén, para que Riad Halabí se las ofreciera a los camioneros. Y así salieron de la miseria y se iniciaron en el camino de la prosperidad.

SI ME TOCARAS EL CORAZÓN

Amadeo Peralta se crió en la pandilla de su padre y llegó a ser un matón, como todos los hombres de su familia. Su padre opinaba que los estudios son para maricones, no se requieren libros para triunfar en la vida, sino cojones y astucia, decía, por eso formó a sus hijos en la rudeza. Con el tiempo, sin embargo, comprendió que el mundo estaba cambiando muy rápido y que sus negocios necesitaban consolidarse sobre bases más estables. La época del pillaje desenfadado había sido reemplazada por la corrupción y el despojo solapado, era hora de administrar la riqueza con criterio moderno y mejorar su imagen. Reunió a sus hijos y les impuso la tarea de hacer amistad con personas influyentes y aprender asuntos legales, para que siguieran prosperando sin peligro de que les fallara la impunidad. También les encomendó buscar novias entre los apellidos más antiguos de la región, a ver si lograban lavar el nombre de los Peralta de tanta salpicadura de barro y de sangre. Para entonces Amadeo había cumplido treinta y dos años y tenía muy arraigado el hábito de seducir muchachas para luego abandonarlas, de modo que la idea del matrimonio no le gustó nada, pero no se atrevió a desobedecer a su padre. Comenzó a cortejar a la hija de un hacendado cuya familia había vivido en el mismo lugar por seis generaciones. A pesar de la turbia fama del pretendiente, ella lo aceptó, porque era muy poco agraciada y temía quedarse soltera. Ambos iniciaron entonces uno de esos aburridos noviazgos de provincia. Incómodo en su traje de lino blanco y sus botines lustrados, Amadeo la visitaba todos los días bajo la mirada atenta de la futura suegra o de alguna tía, y mientras la señorita servía café y pasteles de guayaba, él atisbaba el reloj calculando el momento oportuno de despedirse.

Pocas semanas antes de la boda, Amadeo Peralta tuvo que hacer un viaje de negocios por la provincia. Así llegó a Agua Santa, uno de esos lugares donde nadie se queda y cuyo nombre los viajeros rara vez recuerdan. Pasaba por una calle angosta, a la hora de la siesta, maldiciendo el calor y ese olor dulzón de mermelada de mangos que agobiaban el aire, cuando escuchó un sonido cristalino como de agua deslizándose entre piedras, que provenía de una casa modesta, con la pintura descascarada por el sol y la lluvia, como casi todas por allí. A través de la reja divisó un zaguán de baldosas oscuras y paredes encaladas, al fondo un patio y más allá la visión sorprendente de una muchacha sentada en el suelo con las piernas cruzadas, sosteniendo sobre las rodillas un salterio de madera rubia. Se quedó un rato observándola.

—Ven, niña —la llamó, por último. Ella levantó la cara y a pesar de la distancia él distinguió los ojos asombrados y la sonrisa incierta en un rostro todavía infantil—. Ven conmigo —mandó, imploró Amadeo con la voz seca.

Ella vaciló. Las últimas notas quedaron suspendidas en el aire del patio como una pregunta. Peralta la llamó de nuevo, ella se puso de pie y se acercó, él metió el brazo entre los barrotes de la reja, corrió el pestillo, abrió la puerta y la cogió de la mano, mientras le recitaba todo su repertorio de galán, jurándole que la había visto en sueños, que la había buscado toda su vida, que no podía dejarla ir y que era la mujer destinada para él, todo lo cual podía haber omitido, porque la muchacha era simple de espíritu y no comprendió el sentido de sus palabras, aunque tal vez la sedujo el tono de la voz. Hortensia había cumplido recién quince años y su cuerpo estaba listo para el primer abrazo, aunque ella no lo sabía ni podía darle un nombre a esas inquietudes y temblores. Para él fue tan fácil llevarla hasta su coche y conducirla a un descampado, que una hora después ya la había olvidado por completo.

Tampoco pudo recordarla cuando una semana más tarde ella apareció de súbito en su casa, a ciento cuarenta kilómetros de distancia, vestida con un delantal de algodón amarillo y alpargatas de lona, con su salterio bajo el brazo, encendida por la fiebre del amor.

Cuarenta y siete años más tarde, cuando Hortensia fue rescatada del foso donde había permanecido sepultada y los periodistas viajaron de todas partes del país para fotografiarla, ni ella misma sabía ya su nombre ni cómo llegó hasta allí.

—¿Por qué la tuvo encerrada como una bestia miserable? —acosaron los reporteros a Amadeo Peralta.

—Porque se me dio la gana —replicó él calmadamente. Para entonces ya tenía ochenta años y estaba tan lúcido como siempre, pero no comprendía aquel alboroto tardío por algo ocurrido tanto tiempo atrás.

No estaba dispuesto a dar explicaciones. Era hombre de palabra autoritaria, patriarca y bisabuelo, nadie se atrevía a mirarlo a los ojos y hasta los curas lo saludaban con la cabeza inclinada. En su larga vida acrecentó la fortuna heredada de su padre, se adueñó de todas las tierras desde las ruinas del fuerte español hasta los límites del Estado y después se lanzó a una carrera política que lo convirtió en el cacique más poderoso de la zona. Se casó con la hija fea del hacendado, con ella tuvo nueve descendientes legítimos y con otras mujeres engendró un número impreciso de bastardos, sin guardar recuerdos de ninguna porque tenía el corazón definitivamente mutilado para el amor. A la única que no pudo descartar del todo fue a Hortensia, porque se le quedó pegada en la conciencia como una persistente pesadilla. Después del breve encuentro con ella entre las yerbas de un terreno baldío, regresó a su casa, su trabajo y su desabrida novia de familia honorable. Fue Hortensia quien lo buscó hasta encontrarlo, fue ella quien se le atravesó por delante y se aferró a su camisa con una aterradora sumisión de esclava. Vaya lío, pensó él entonces, yo a punto de casarme con pompa y fanfarria y esta niña desquiciada se me cruza en el camino. Quiso deshacerse de ella, pero al verla con su vestido amarillo y sus ojos suplicantes le pareció un desperdicio no aprovechar la oportunidad y decidió esconderla mientras se le ocurría alguna solución.

Y así, casi por descuido, Hortensia fue a parar al sótano del antiguo ingenio de azúcar de los Peralta, donde permaneció enterrada durante toda su vida. Era un recinto amplio, húmedo, oscuro, asfixiante en verano y frío en algunas noches de la temporada seca, amoblado con unos cuantos trastos y un jergón. Amadeo Peralta no se dio tiempo para acomodarla mejor, a pesar de que algunas veces acarició la fantasía de convertir a la muchacha en una concubina de cuentos orientales, envuelta en tules leves y rodeada de plumas de pavo real, cenefas de brocado, lámparas de vidrios pintados, muebles dorados de patas torcidas y alfombras peludas donde él pudiera caminar descalzo. Tal vez lo habría hecho si ella le hubiera recordado sus promesas, pero Hortensia era como un pájaro nocturno, uno de esos guácharos ciegos que habitan al fondo de las cuevas, sólo necesitaba un poco de alimento y agua. El vestido amarillo se le pudrió en el cuerpo y acabó desnuda.

—Él me quiere, siempre me ha querido —declaró, cuando la rescataron los vecinos. En tantos años de encierro había perdido el uso de las palabras y la voz le salía a sacudones, como un ronquido de moribundo.

Las primeras semanas Amadeo pasó mucho tiempo en el sótano con ella, saciando un apetito que creyó inagotable. Temiendo que la descubrieran y celoso hasta de sus propios ojos, no quiso exponerla a la luz natural y sólo dejó entrar un rayo tenue a través de la claraboya de ventilación. En la oscuridad retozaron en el mayor desorden de los sentidos, con la piel ardiente y el corazón convertido en un cangrejo hambriento. Allí los olores y sabores adquirían una cualidad extrema. Al tocarse en las tinieblas lograban penetrar en la esencia del otro y sumergirse en las intenciones más secretas. En ese lugar sus voces resonaban con un eco repetido, las paredes les devolvían ampliados los murmullos y los besos. El sótano se convirtió en un frasco sellado donde se revolcaron como gemelos traviesos navegando en aguas amnióticas, dos criaturas turgentes y aturdidas. Por un tiempo se extraviaron en una intimidad absoluta que confundieron con el amor.

Cuando Hortensia se dormía, su amante salía a buscar algo de comer y antes de que ella despertara regresaba con renovados bríos a abrazarla de nuevo. Así debieron amarse hasta morir derrotados por el deseo, debieron devorarse el uno al otro o arder como una antorcha doble; pero nada de eso ocurrió. En cambio, sucedió lo más previsible y cotidiano, lo menos grandioso. Antes de un mes Amadeo Peralta se cansó de los juegos, que ya empezaban a repetirse, sintió la humedad royéndole las articulaciones y comenzó a pensar en todo lo que había al otro lado de aquel antro. Era hora de volver al mundo de los vivos y recuperar las riendas de su destino.

—Espérame aquí, niña. Voy afuera a hacerme muy rico. Te traeré regalos, vestidos y joyas de reina —le dijo al despedirse.

—Quiero hijos —dijo Hortensia.

—Hijos no, pero tendrás muñecas.

En los meses siguientes Peralta se olvidó de los vestidos, las joyas y las muñecas. Visitaba a Hortensia cada vez que se acordaba, no siempre para hace el amor, a veces sólo para oírla tocar alguna melodía antigua en el salterio, le gustaba verla inclinada sobre el instrumento pulsando las cuerdas. En ocasiones llevaba tanta prisa que no alcanzaba a cruzar ni una palabra con ella, le llenaba los cántaros de agua, le dejaba una bolsa de provisiones y partía. Cuando se olvidó de hacerlo por nueve días y la encontró moribunda, comprendió la necesidad de conseguir alguien que lo ayudara a cuidar a su prisionera, porque su familia, sus viajes, sus negocios y sus compromisos sociales lo mantenían muy ocupado. Una india hermética le sirvió para ese fin. Ella guardaba la llave del candado y entraba regularmente a limpiar el calabozo y raspar los líquenes que le crecían a Hortensia en el cuerpo como una flora delicada y pálida, casi invisible al ojo desnudo, olorosa a tierra removida y a cosa abandonada.

—¿No tuvo lástima de esa pobre mujer? —le preguntaron a la india cuando también a ella se la llevaron detenida, acusada de complicidad en el secuestro, pero ella no contestó y se limitó a mirar de frente con ojos impávidos y lanzar un escupitajo negro de tabaco.

No, no tuvo lástima porque creyó que la otra tenía vocación de esclava y por lo mismo era feliz siéndolo, o que era idiota de nacimiento y, como tantos en su condición, mejor estaba encerrada que expuesta a las burlas y peligros de la calle. Hortensia no contribuyó a cambiar la opinión que su carcelera tenía de ella, jamás manifestó alguna curiosidad por el mundo, no intentó salir a respirar aire limpio ni se quejó de nada. Tampoco parecía aburrida, su mente estaba detenida en algún momento de la infancia y la soledad terminó por perturbarla del todo. En realidad se fue convirtiendo en una criatura subterránea. En esa tumba se agudizaron sus sentidos y aprendió a ver lo invisible, la rodearon alucinantes espíritus que la conducían de la mano por otros universos. Mientras su cuerpo permanecía encogido en un rincón, ella viajaba por el espacio sideral como una partícula mensajera, viviendo en un territorio oscuro, más allá de la razón. Si hubiera tenido un espejo para mirarse se habría aterrado de su propio aspecto, pero como no podía verse no percibió su deterioro, no supo de las escamas que le brotaron en la piel, de los gusanos de seda que anidaron en su largo cabello convertido en estopa, de las nubes plomizas que le cubrieron los ojos ya muertos de tanto atisbar en la penumbra. No sintió cómo le crecían las orejas para captar los sonidos externos, aun los más tenues y lejanos, como la risa de los niños en el recreo de la escuela, la campanilla del vendedor de helados, los pájaros en vuelo, el murmullo del río. Tampoco se dio cuenta de que sus piernas antes graciosas y firmes, se torcieron para acomodarse a la necesidad de estar quieta y de arrastrarse, ni que las uñas de los pies le crecieron como pezuñas de bestia, los huesos se le transformaron en tubos de vidrio, el vientre se le hundió y le salió una joroba. Sólo las manos mantuvieron su forma y tamaño, ocupadas siempre en el ejercicio del salterio, aunque ya sus dedos no recordaban las melodías aprendidas y en cambio le arrancaban al instrumento el llanto que no le salía del pecho. De lejos Hortensia parecía un triste mono de feria y de cerca inspiraba una lástima infinita. Ella no tenía conciencia alguna de esas malignas transformaciones, en su memoria guardaba intacta la imagen de sí misma, seguía siendo la misma muchacha que vio reflejada por última vez en el cristal de la ventana del automóvil de Amadeo Peralta, el día que la condujo a su guarida. Se creía tan bonita como siempre y continuó actuando como si lo fuera, de este modo el recuerdo de su belleza quedó agazapado en su interior y cualquiera que se le aproximara lo suficiente podía vislumbrarla bajo su aspecto externo de enano prehistórico.

Entretanto Amadeo Peralta, rico y temido, extendía por toda la región la red de su poder. Los domingos se sentaba a la cabecera de una larga mesa, con sus hijos y nietos varones, sus secuaces y cómplices, y con algunos invitados especiales, políticos y jefes militares a quienes trataba con una cordialidad ruidosa, no exenta de la altanería necesaria para que recordaran quién era el amo. A sus espaldas se rumoreaba de sus víctimas, de cuántos dejó en la ruina o hizo desaparecer, de los sobornos a las autoridades, de que la mitad de su fortuna provenía del contrabando; pero nadie estaba dispuesto a buscar pruebas. Decían también que Peralta mantenía a una mujer prisionera en un sótano. Esta parte de su leyenda negra se repetía con mayor certeza que la de sus negocios ilegítimos, en verdad muchos lo sabían y con el tiempo se convirtió en un secreto a voces.

Una tarde de mucho calor, tres niños se escaparon de la escuela para bañarse en el río. Pasaron un par de horas chapoteando en el lodo de la orilla y luego se fueron a vagar cerca del antiguo ingenio de azúcar de los Peralta, cerrado desde hacía dos generaciones, cuando la caña dejó de ser rentable. El lugar tenía fama de hechizado, decían que se escuchaban ruidos de demonios y muchos habían visto por allí a una bruja desgreñada invocando a las ánimas de los esclavos muertos. Exaltados por la aventura, los muchachos se metieron en la propiedad y se acercaron al edificio de la fábrica. Pronto se atrevieron a entrar en las ruinas, recorrieron los amplios cuartos de anchas paredes de adobe y vigas roídas por el comején, sortearon la maleza crecida del suelo, los cerros de basura y mierda de perro, las tejas podridas y los nidos de culebras. Dándose valor a fuerza de bromas, empujándose, llegaron hasta la sala de molienda, una habitación enorme abierta al cielo, con restos de máquinas despedazadas, donde la lluvia y el sol habían creado un jardín imposible y donde creyeron percibir un rastro penetrante de azúcar y sudor. Cuando empezaba a quitárseles el susto, oyeron con toda claridad un canto monstruoso. Temblando, trataron de retroceder, pero la atracción del horror pudo más que el miedo y se quedaron agazapados escuchando hasta que la última nota se les clavó en la frente. Poco a poco lograron vencer la inmovilidad, se sacudieron el espanto y empezaron a buscar el origen de esos extraños sonidos, tan diferentes a cualquier música conocida, y así dieron con una pequeña trampa a ras del suelo, cerrada con un candado que no pudieron abrir. Sacudieron la plancha de madera que cerraba la entrada y un indescriptible olor a fiera enjaulada les golpeó la cara. Llamaron, pero nadie respondió, sólo oyeron al otro lado un sordo jadeo. Entonces partieron corriendo a avisar a gritos que habían descubierto la puerta del infierno.

El barullo de los niños no pudo ser acallado y así los vecinos comprobaron finalmente lo que sospechaban desde hacía décadas. Primero llegaron las madres detrás de sus hijos a atisbar por las ranuras de la trampa, y ellas también escucharon las notas terribles del salterio, muy diferentes a la melodía banal que atrajo a Amadeo Peralta al detenerse en una callejuela de Agua Santa para secarse el sudor de la frente. Detrás de ellas acudió un tropel de curiosos y por último, cuando ya se había juntado una muchedumbre, aparecieron los policías y los bomberos, que hicieron saltar la puerta a hachazos y se metieron al hoyo con sus lámparas y sus bártulos de incendio. En la cueva encontraron a una criatura desnuda, con la piel fláccida colgando en pálidos pliegues, que arrastraba unos mechones grises por el suelo y gemía aterrorizada por el ruido y la luz. Era Hortensia, brillando con fosforescencia de madreperla bajo las linternas implacables de los bomberos, casi ciega, con los dientes gastados y las piernas tan débiles que casi no podía tenerse de pie. La única señal de su origen humano, era un viejo salterio apretado contra su regazo.

La noticia produjo indignación en todo el país. En las pantallas de televisión y en los periódicos apareció la mujer rescatada del agujero donde pasó la vida, mal cubierta por una manta que alguien le puso sobre los hombros. La indiferencia que durante casi medio siglo rodeó a la prisionera, se convirtió en pocas horas en pasión por vengarla y socorrerla. Los vecinos improvisaron piquetes para linchar a Amadeo Peralta, atacaron su casa, lo sacaron a rastras y si la Guardia no llega a tiempo para quitárselo de las manos, lo habrían despedazado en la plaza. Para callar la culpa de haberla ignorado durante tanto tiempo, todo el mundo quiso ocuparse de Hortensia. Se reunió dinero para darle una pensión, se juntaron toneladas de ropa y medicamentos que ella no necesitaba y varias organizaciones de beneficencia se dieron a la tarea de rasparle la mugre, cortarle el cabello y vestirla de pies a cabeza, hasta convertirla en una anciana común. Las monjas le prestaron una cama en el asilo de indigentes y durante meses la tuvieron amarrada para que no se escapara de vuelta al sótano, hasta que por fin se acostumbró a la luz del día y se resignó a vivir con otros seres humanos.

Aprovechando el furor público atizado por la prensa, los numerosos enemigos de Amadeo Peralta reunieron por fin el valor para lanzarse en picada en su contra. Las autoridades, que durante años ampararon sus abusos, le cayeron encima con el garrote de la ley. La noticia ocupó la atención de todos durante el tiempo suficiente para conducir al viejo caudillo a la cárcel y luego se fue esfumando hasta desaparecer del todo. Rechazado por sus familiares y amigos, convertido en símbolo de todo lo abominable y abyecto, hostilizado por los guardianes y por sus compañeros de infortunio, estuvo en prisión hasta que lo alcanzó la muerte. Permanecía en su celda, sin salir nunca al patio con los otros reclusos. Desde allí podía oír los ruidos de la calle.

Cada día, a las diez de la mañana, Hortensia caminaba con su vacilante paso de loca hasta el penal y le entregaba al vigilante de la puerta una marmita caliente para el preso.

—Él casi nunca me dejó con hambre —le decía al portero en tono de excusa. Después se sentaba en la calle a tocar el salterio, arrancándole unos gemidos de agonía imposibles de soportar. En la esperanza de distraerla y hacerla callar, algunos pasantes le daban una moneda.

Encogido al otro lado de los muros, Amadeo Peralta escuchaba ese sonido que parecía provenir del fondo de la tierra y que le atravesaba los nervios. Ese reproche cotidiano debía significar algo, pero no podía recordar. A veces sentía unos ramalazos de culpa, pero enseguida le fallaba la memoria y las imágenes del pasado desaparecían en una niebla densa. No sabía por qué estaba en esa tumba y poco a poco olvidó también el mundo de la luz, abandonándose a la desdicha.

REGALO PARA UNA NOVIA

Horacio Fortunato había alcanzado los cuarenta y seis años cuando entró en su vida la judía escuálida que estuvo a punto de cambiarle sus hábitos de truhán y destrozarle la fanfarronería. Era de raza de gente de circo, de esos que nacen con huesos de goma y una habilidad natural para dar saltos mortales y a la edad en que otras criaturas se arrastran como gusanos, ellos se cuelgan del trapecio cabeza abajo y le cepillan la dentadura al león. Antes de que su padre lo convirtiera en una empresa seria, en vez de la humorada que hasta entonces había sido, el Circo Fortunato pasó por más penas que glorias. En algunas épocas de catástrofe o desorden, la compañía se reducía a dos o tres miembros del clan deambulando por los caminos en un destartalado carromato, con una carpa rotosa que levantaban en pueblos de lástima. El abuelo de Horacio cargó solo con el peso de todo el espectáculo durante años; caminaba en la cuerda floja, hacía malabarismos con antorchas encendidas, tragaba sables toledanos, extraía tanto naranjas como serpientes de un sombrero de copa y bailaba gracioso minué con su única compañera, una mona ataviada de miriñaque y sombrero emplumado. Pero el abuelo logró sobreponerse al infortunio y mientras muchos otros circos sucumbieron vencidos por otras diversiones modernas, él salvó el suyo y al final de su vida pudo retirarse al sur del continente a cultivar un huerto de espárragos y fresas, dejándole una empresa sin deudas a su hijo Fortunato II. Este hombre carecía de la humildad de su padre y no era proclive a los equilibrios en la cuerda o a las piruetas con un chimpancé, pero en cambio estaba dotado de una firme prudencia de comerciante. Bajo su dirección el circo creció en tamaño y prestigio, hasta convertirse en el más grande del país. Tres carpas monumentales pintadas a rayas reemplazaban el modesto tenderete de los malos tiempos, jaulas diversas albergaban un zoológico ambulante de fieras amaestradas, y otros vehículos de fantasía transportaban a los artistas, incluyendo al único enano hermafrodita y ventrílocuo de la historia. Una réplica exacta de la carabela de Cristóbal Colón transportada sobre ruedas, completaba el Gran Circo Internacional Fortunato. Esta enorme caravana ya no navegaba a la deriva, como antes lo hiciera con el abuelo, sino que iba en línea recta por las carreteras principales desde el Río Grande hasta el Estrecho de Magallanes, deteniéndose sólo en las grandes ciudades, donde entraba con tal escándalo de tambores, elefantes y payasos, con la carabela a la cabeza como un prodigioso recuerdo de la Conquista, que nadie se quedaba sin saber que el circo había llegado.

Fortunato II se casó con una trapecista y con ella tuvo un hijo a quien llamaron Horacio. La mujer se quedó en un lugar de paso, decidida a independizarse del marido y mantenerse mediante su incierto oficio, dejando al niño con su padre. De ella prevaleció un recuerdo difuso en la mente de su hijo, quien no lograba separar la imagen de su madre de las numerosas acróbatas que conoció en su vida. Cuando él tenía diez años, su padre se casó con otra artista del circo, esta vez con una equitadora capaz de equilibrarse de cabeza sobre un animal al galope o saltar de una grupa a otra con los ojos vendados. Era muy bella. Por mucha agua, jabón y perfumes que usara, no podía quitarse un rastro de olor a caballo, un seco aroma de sudor y esfuerzo. En su regazo magnífico el pequeño Horacio, envuelto en ese olor único, encontraba consuelo por la ausencia de su madre. Pero con el tiempo la equitadora también partió sin despedirse. En la madurez Fortunato II se casó en terceras nupcias con una suiza que andaba conociendo América en un bus de turistas. Estaba cansado de su existencia de beduino y se sentía viejo para nuevos sobresaltos, de modo que cuando ella se lo pidió no tuvo ni el menor inconveniente en cambiar el circo por un destino sedentario y acabó instalado en una finca de los Alpes, entre cerros y bosques bucólicos. Su hijo Horacio, que ya tenía veintitantos años, quedó a cargo de la empresa.

Horacio se había criado en la incertidumbre de cambiar de lugar cada día, dormir siempre sobre ruedas y vivir bajo una carpa, pero se sentía muy a gusto con su suerte. No envidiaba en absoluto a otras criaturas que iban de uniforme gris a la escuela y tenían trazados sus destinos desde antes de nacer. Por contraste, él se sentía poderoso y libre. Conocía todos los secretos del circo y con la misma actitud desenfadada limpiaba los excrementos de las fieras o se balanceaba a cincuenta metros de altura vestido de húsar, seduciendo al público con su sonrisa de delfín. Si en algún momento añoró algo de estabilidad, no lo admitió ni dormido. La experiencia de haber sido abandonado, primero por la madre y luego por la madrastra, lo hizo desconfiado, sobre todo de las mujeres, pero no llegó a convertirse en un cínico, porque del abuelo había heredado un corazón sentimental. Tenía un inmenso talento circense, pero más que el arte le interesaba el aspecto comercial del negocio. Desde pequeño se propuso ser rico, con la ingenua intención de conseguir con dinero la seguridad que no obtuvo en su familia. Multiplicó los tentáculos de la empresa comprando una cadena de estadios de boxeo en varias capitales. Del boxeo pasó naturalmente a la lucha libre y como era hombre de imaginación juguetona, transformó ese grosero deporte en un espectáculo dramático. Fueron iniciativas suyas la Momia, que se presentaba en el ring dentro de un sarcófago egipcio; Tarzán, cubriendo sus impudicias con una piel de tigre tan pequeña que a cada salto del luchador el público retenía el aliento a la espera de alguna revelación; el Ángel, que apostaba su cabellera de oro y cada noche la perdía bajo las tijeras del feroz Kuramoto —un indio mapuche disfrazado de samurai— para reaparecer al día siguiente con sus rizos intactos, prueba irrefutable de su condición divina. Éstas y otras aventuras comerciales, así como sus apariciones públicas con un par de guardaespaldas, cuyo papel consistía en intimidar a sus competidores y picar la curiosidad de las mujeres, le dieron un prestigio de hombre malo, que él celebraba con enorme regocijo. Llevaba una buena vida, viajaba por el mundo cerrando tratos y buscando monstruos, aparecía en clubes y casinos, poseía una mansión de cristal en California y un rancho en Yucatán, pero vivía la mayor parte del año en hoteles de ricos. Disfrutaba de la compañía de rubias de alquiler. Las escogía suaves y de senos frutales, como homenaje al recuerdo de su madrastra, pero no se afligía demasiado por asuntos amorosos y cuando su abuelo le reclamaba que se casara y echara hijos al mundo para que el apellido de los Fortunato no se desintegrara sin heredero, él replicaba que ni demente subiría al patíbulo matrimonial. Era un hombronazo moreno con una melena peinada a la cachetada, ojos traviesos y una voz autoritaria, que acentuaba su alegre vulgaridad. Le preocupaba la elegancia y se compraba ropa de duque, pero sus trajes resultaban un poco brillantes, las corbatas algo audaces, el rubí de su anillo demasiado ostentoso, su fragancia muy penetrante. Tenía el corazón de un domador de leones y ningún sastre inglés lograba disimularlo.

Este hombre, que había pasado buena parte de su existencia alborotando el aire con sus despilfarros, se cruzó un martes de marzo con Patricia Zimmerman y se le terminaron la inconsecuencia del espíritu y la claridad del pensamiento. Se hallaba en el único restaurante de esta ciudad donde todavía no dejan entrar negros, con cuatro compinches y una diva a quien pensaba llevar por una semana a las Bahamas, cuando Patricia entró al salón del brazo de su marido, vestida de seda y adornada con algunos de esos diamantes que hicieron célebre a la firma Zimmerman y Cía. Nada más diferente a su inolvidable madrastra olorosa a sudor de caballos o a las rubias complacientes, que esa mujer. La vio avanzar, pequeña, fina, los huesos del escote a la vista y el cabello castaño recogido en un moño severo, y sintió las rodillas pesadas y un ardor insoportable en el pecho. Él prefería a las hembras simples y bien dispuestas para la parranda y a esa mujer había que mirarla de cerca para valorar sus virtudes, y aun así sólo serían visibles para un ojo entrenado en apreciar sutilezas, lo cual no era el caso de Horacio Fortunato. Si la vidente de su circo hubiera consultado su bola de cristal para profetizarle que se enamoraría al primer vistazo de una aristócrata cuarentona y altanera, se habría reído de buena gana, pero eso mismo le ocurrió al verla avanzar en su dirección como la sombra de alguna antigua emperatriz viuda, en su atavío oscuro y con las luces de todos esos diamantes refulgiendo en su cuello. Patricia pasó por su lado y durante un instante se detuvo ante ese gigante con la servilleta colgada del chaleco y un rastro de salsa en la comisura de la boca. Horacio Fortunato alcanzó a percibir su perfume y apreciar su perfil aguileño y se olvidó por completo de la diva, los guardaespaldas, los negocios y todos los propósitos de su vida, y decidió con toda seriedad arrebatarle esa mujer al joyero para amarla de la mejor manera posible. Colocó su silla de medio lado y haciendo caso omiso de sus invitados se dedicó a medir la distancia que le separaba de ella, mientras Patricia Zimmerman se preguntaba si ese desconocido estaría examinando sus joyas con algún designio torcido.

Esa misma noche llegó a la residencia de los Zimmerman un ramo descomunal de orquídeas. Patricia miró la tarjeta, un rectángulo color sepia con un nombre de novela escrito en arabescos dorados. De pésimo gusto, masculló, adivinando al punto que se trataba del tipo engominado del restaurante y ordenó poner el regalo en la calle en la esperanza de que el remitente anduviera rondando la casa y se enterara del paradero de sus flores. Al día siguiente trajeron una caja de cristal con una sola rosa perfecta, sin tarjeta. El mayordomo también la colocó en la basura. El resto de la semana despacharon ramos diversos: un canasto con flores silvestres en un lecho de lavanda, una pirámide de claveles blancos en copa de plata, una docena de tulipanes negros importados de Holanda y otras variedades imposibles de encontrar en esta tierra caliente. Todos tuvieron el mismo destino del primero, pero eso no desanimó al galán, cuyo acecho se tornó tan insoportable que Patricia Zimmerman no se atrevía a responder al teléfono por temor a escuchar su voz susurrándole indecencias, como le ocurrió el mismo martes a las dos de la madrugada. Devolvía sus cartas cerradas. Dejó de salir porque encontraba a Fortunato en lugares inesperados: observándola desde el palco vecino en la ópera, en la calle dispuesto a abrirle la puerta del coche antes de que su chofer alcanzara a esbozar el gesto, materializándose como una ilusión en un ascensor o en alguna escalera. Estaba prisionera en su casa, asustada. Ya se le pasará, ya se le pasará, se repetía, pero Fortunato no se disipó como un mal sueño, seguía allí, al otro lado de las paredes, resoplando. La mujer pensó llamar a la policía o recurrir a su marido, pero su horror al escándalo se lo impidió. Una mañana estaba atendiendo su correspondencia, cuando el mayordomo le anunció la visita del presidente de la empresa Fortunato e Hijos.

—¿En mi propia casa, cómo se atreve? —murmuró Patricia con el corazón al galope. Necesitó echar mano de la implacable disciplina adquirida en tantos años de actuar en salones, para disimular el temblor de sus manos y su voz. Por un instante tuvo la tentación de enfrentarse con ese demente de una vez para siempre, pero comprendió que le fallarían las fuerzas, se sentía derrotada antes de verlo.

—Dígale que no estoy. Muéstrele la puerta y avísele a los empleados que ese caballero no es bienvenido en esta casa —ordenó.

Al día siguiente no hubo flores exóticas al desayuno y Patricia pensó, con un suspiro de alivio o de despecho, que el hombre había entendido por fin su mensaje. Esa mañana se sintió libre por primera vez en la semana y partió a jugar tenis y al salón de belleza. Regresó a las dos de la tarde con un nuevo corte de pelo y un fuerte dolor de cabeza. Al entrar vio sobre la mesa del vestíbulo un estuche de terciopelo morado con la marca de Zimmerman impresa en letras de oro. Lo abrió algo distraída, imaginando que su marido lo había dejado allí, y encontró un collar de esmeraldas acompañado de una de esas rebuscadas tarjetas de color sepia, que había aprendido a conocer y a detestar. El dolor de cabeza se le transformó en pánico. Ese aventurero parecía dispuesto a arruinarle la existencia, no sólo le compraba a su propio marido una joya imposible de disimular, sino que además se la enviaba con todo desparpajo a su casa. Esta vez no era posible echar el regalo a la basura como las rumas de flores recibidas hasta entonces. Con el estuche apretado contra el pecho se encerró en su escritorio. Media hora más tarde llamó al chofer y lo mandó a entregar un paquete a la misma dirección donde había devuelto varias cartas. Al desprenderse de la joya no sintió alivio alguno, por el contrario, tenía la impresión de hundirse en un pantano.

Pero para esa fecha también Horacio Fortunato caminaba por

un lodazal, sin avanzar ni un paso, dando vueltas a tientas. Nunca había necesitado tanto tiempo y dinero para cortejar a una mujer, aunque también era cierto, admitía, que hasta entonces todas eran diferentes a ésta. Se sentía ridículo por primera vez en su vida de saltimbanqui, no podía continuar así por mucho tiempo, su salud de toro empezaba a resentirse, dormía a sacudones, se le acababa el aire en el pecho, el corazón se le atolondraba, sentía fuego en el estómago y campanas en las sienes. Sus negocios también sufrían el impacto de su mal de amor, tomaba decisiones precipitadas y perdía dinero. Carajo, ya no sé quién soy ni dónde estoy parado, maldita sea, refunfuñaba sudando, pero ni por un momento consideró la posibilidad de abandonar la cacería.

Con el estuche morado de nuevo en sus manos, abatido en un sillón del hotel donde se hospedaba, Fortunato se acordó de su abuelo. Rara vez pensaba en su padre, pero a menudo volvía a su memoria ese abuelo formidable que a los noventa y tantos años todavía cultivaba sus hortalizas. Tomó el teléfono y pidió una comunicación de larga distancia.

El viejo Fortunato estaba casi sordo y tampoco podía asimilar el mecanismo de ese aparato endemoniado que le traía voces desde el otro extremo del planeta, pero la mucha edad no le había quitado la lucidez. Escuchó lo mejor que pudo el triste relato de su nieto, sin interrumpirlo hasta el final.

—De modo que esa zorra se está dando el lujo de burlarse de mi muchacho, ¿eh?

—Ni siquiera me mira, Nono. Es rica, bella, noble, tiene todo.

—Ajá... y también tiene marido.

—También, pero eso es lo de menos. ¡Si al menos me dejara hablarle!

—¿Hablarle? ¿Y para qué? No hay nada que decirle a una mujer como ésa, hijo.

—Le regalé un collar de reina y me lo devolvió sin una sola palabra.

—Dale algo que no tenga.

—¿Qué, por ejemplo?

—Un buen motivo para reírse, eso nunca falla con las mujeres —y el abuelo se quedó dormido con el auricular en la mano, soñando con las doncellas que lo amaron cuando realizaba acrobacias mortales en el trapecio y bailaba con su mona.

Al día siguiente el joyero Zimmerman recibió en su oficina a una espléndida joven, manicurista de profesión, según explicó, que venía a ofrecerle por la mitad de precio el mismo collar de esmeraldas que él había vendido cuarenta y ocho horas antes. El joyero recordaba muy bien al comprador, imposible olvidarlo, un patán presumido.

—Necesito una joya capaz de tumbarle las defensas a una dama arrogante —había dicho.

Zimmerman le pasó revista en un segundo y decidió que debía ser uno de esos nuevos ricos del petróleo o la cocaína. No tenía humor para vulgaridades, estaba habituado a otra clase de gente. Rara vez atendía él mismo a los clientes, pero ese hombre había insistido en hablar con él y parecía dispuesto a gastar sin vacilaciones.

—¿Qué me recomienda usted? —había preguntado ante la bandeja donde brillaban sus más valiosas prendas.

—Depende de la señora. Los rubíes y las perlas lucen bien sobre la piel morena, las esmeraldas sobre piel más clara, los diamantes son perfectos siempre.

—Tiene demasiados diamantes. Su marido se los regala como si fueran caramelos.

Zimmerman tosió. Le repugnaba esa clase de confidencias. El hombre tomó el collar, lo levantó hacia la luz sin ningún respeto, lo agitó como un cascabel y el aire se llenó de tintineos y de chispas verdes, mientras la úlcera del joyero daba un respingo.

—¿Cree que las esmeraldas traen buena suerte?

—Supongo que todas las piedras preciosas cumplen ese requisito, señor, pero no soy supersticioso.

—Ésta es una mujer muy especial. No puedo equivocarme con el regalo, ¿comprende?

—Perfectamente.

Pero por lo visto eso fue lo que ocurrió, se dijo Zimmerman sin poder evitar una sonrisa sarcástica, cuando esa muchacha le llevó de vuelta el collar. No, no había nada malo en la joya, era ella la que constituía un error. Había imaginado una mujer más refinada, en ningún caso una manicurista con esa cartera de plástico y esa blusa ordinaria, pero la muchacha lo intrigaba, había algo vulnerable y patético en ella, pobrecita, no tendrá un buen final en manos de ese bandolero, pensó.

—Es mejor que me lo diga todo, hija —dijo Zimmerman, finalmente.

La joven le soltó el cuento que había memorizado y una hora después salió de la oficina con paso ligero. Tal como lo había planeado desde un comienzo, el joyero no sólo había comprado el collar, sino que además la había invitado a cenar. Le resultó fácil darse cuenta de que Zimmerman era uno de esos hombres astutos y desconfiados para los negocios, pero ingenuo para todo lo demás y que sería sencillo mantenerlo distraído por el tiempo que Horacio Fortunato necesitara y estuviera dispuesto a pagar.

Ésa fue una noche memorable para Zimmerman, quien había contado con una cena y se encontró viviendo una pasión inesperada. Al día siguiente volvió a ver a su nueva amiga y hacia el fin de semana le anunció tartamudeando a Patricia que partía por unos días a Nueva York a una subasta de alhajas rusas, salvadas de la masacre de Ekaterimburgo. Su mujer no le prestó atención.

Sola en su casa, sin ánimo para salir y con ese dolor de cabeza que iba y venía sin darle descanso, Patricia decidió dedicar el sábado a recuperar fuerzas. Se instaló en la terraza a hojear unas revistas de moda. No había llovido en toda la semana y el aire estaba seco y denso. Leyó un rato hasta que el sol comenzó a adormecerla, el cuerpo le pesaba, se le cerraban los ojos y la revista cayó de sus manos. En eso le llegó un rumor desde el fondo del jardín y pensó en el jardinero, un tipo testarudo, quien en menos de un año había transformado su propiedad en una jungla tropical, arrancando sus macizos de crisantemos para dar paso a una vegetación desbordada. Abrió los ojos, miró distraída contra el sol y notó que algo de tamaño desusado se movía en la copa del aguacate. Se quitó los lentes oscuros y se incorporó. No había duda, una sombra se agitaba allá arriba y no era parte del follaje.

Patricia Zimmerman dejó el sillón y avanzó un par de pasos, entonces pudo ver con nitidez a un fantasma vestido de azul con una capa dorada que pasó volando a varios metros de altura, dio una voltereta en el aire y por un instante pareció detenerse en el gesto de saludarla desde el cielo. Ella sofocó un grito, segura de que la aparición caería como una piedra y se desintegraría al tocar tierra, pero la capa se infló y aquel coleóptero radiante estiró los brazos y se aferró a un níspero vecino. De inmediato surgió otra figura azul colgada de las piernas en la copa del otro árbol, columpiando por las muñecas a una niña coronada de flores. El primer trapecista hizo una señal y el segundo le lanzó a la criatura, quien alcanzó a soltar una lluvia de mariposas de papel antes de verse cogida por los tobillos. Patricia no atinó a moverse mientras en las alturas volaban esos silenciosos pájaros con capas de oro.

De pronto un alarido llenó el jardín, un grito largo y bárbaro que distrajo a Patricia de los trapecistas. Vio caer una gruesa cuerda por una pared lateral de la propiedad y por allí descendió Tarzán en persona, el mismo de la matiné en el cinematógrafo y de las historietas de su infancia, con su mísero taparrabo de piel de tigre y un mono auténtico sentado en su cadera, abrazándolo por la cintura. El Rey de la Selva aterrizó con gracia, se golpeó el pecho con los puños y repitió el bramido visceral, atrayendo a todos los empleados de la casa, que se precipitaron a la terraza. Patricia les ordenó con un gesto que se quedaran quietos, mientras la voz de Tarzán se apagaba para dar paso a un lúgubre redoble de tambores anunciando a una comitiva de cuatro egipcias que avanzaban de medio lado, cabeza y pies torcidos, seguidos por un jorobado con capucha a rayas, quien arrastraba una pantera negra al extremo de una cadena. Luego aparecieron dos monjes cargando un sarcófago y más atrás un ángel de largos cabellos áureos y cerrando el cortejo un indio disfrazado de japonés, en bata de levantarse y encaramado en patines de madera. Todos se detuvieron detrás de la piscina. Los monjes depositaron el ataúd sobre el césped, y mientras las vestales canturreaban en alguna lengua muerta y el Ángel y Kuramoto lucían sus prodigiosas musculaturas, se levantó la tapa del sarcófago y un ser de pesadilla emergió del interior. Cuando estuvo de pie, con todos sus vendajes a la vista, fue evidente que se trataba de una momia en perfecto estado de salud. En ese momento Tarzán lanzó otro aullido y sin que mediara ninguna provocación se puso a dar saltos alrededor de los egipcios y a sacudir al simio. La Momia perdió su paciencia milenaria, levantó un brazo y lo dejó caer como un garrotazo en la nuca del salvaje, dejándolo inerte con la cara enterrada en el pasto. La mona trepó chillando a un árbol. Antes de que el faraón embalsamado liquidara a Tarzán con un segundo golpe, éste se puso de pie y se le fue encima rugiendo. Ambos rodaron anudados en una posición inverosímil, hasta que se soltó la pantera y entonces todos corrieron a buscar refugio entre las plantas y los empleados de la casa volaron a meterse en la cocina. Patricia estaba a punto de lanzarse a la pileta, cuando apareció por encantamiento un individuo de frac y sombrero de copa, que de un sonoro latigazo detuvo en seco al felino y lo dejó en el suelo ronroneando como un gato con las cuatro patas en el aire, lo cual permitió al jorobado recuperar la cadena, mientras el otro se quitaba el sombrero y extraía de su interior una torta de merengue, que trajo hasta la terraza y depositó a los pies de la dueña de casa.

Por el fondo del jardín aparecieron los demás de la comparsa: los músicos de la banda tocando marchas militares, los payasos zurrándose bofetones, los enanos de las Cortes Medievales, la equitadora de pie sobre su caballo, la mujer barbuda, los perros en bicicleta, el avestruz vestido de colombina y por último una fila de boxeadores con sus calzones de satén y sus guantes de reglamento, empujando una plataforma con ruedas coronada por un arco de cartón pintado. Y allí, sobre ese estrado de emperador de utilería, iba Horacio Fortunato con su melena aplastada con brillantina, su irrevocable sonrisa de galán, orondo bajo su pórtico triunfal, rodeado por su circo inaudito, aclamado por las trompetas y los platillos de su propia orquesta, el hombre más soberbio, más enamorado y más divertido del mundo. Patricia lanzó una carcajada y le salió al encuentro.

La mujer tiene el poder/control en este cuento

TOSCA

Su padre la sentó al piano a los cinco años y a los diez Maurizia Rugieri dio su primer recital en el Club Garibaldi, vestida de organza rosada y botines de charol, ante un público benóvolo, compuesto en su mayoría por miembros de la colonia italiana. Al término de la presentación pusieron varios ramos de flores a sus pies y el presidente del club le entregó una placa conmemorativa y una muñeca de loza, adornada con cintas y encajes.

—Te saludamos, Maurizia Rugieri, como a un genio precoz, un nuevo Mozart. Los grandes escenarios del mundo te esperan —declamó.

La niña aguardó que se callara el aplauso y, por encima del llanto orgulloso de su madre, hizo oír su voz con una altanería inesperada.

—Ésta es la última vez que toco el piano. Lo que yo quiero es ser cantante —anunció y salió de la sala arrastrando a la muñeca por un pie.

Una vez que se repuso del bochorno, su padre la colocó en clases de canto con un severo maestro, quien por cada nota falsa le daba un golpe en las manos, lo cual no logró matar el entusiasmo de la niña por la ópera. Sin embargo, al término de la adolescencia se vio que tenía una voz de pájaro, apenas suficiente para arrullar a un infante en la cuna, de modo que debió de cambiar sus pretensiones de soprano por un destino más banal. A los diecinueve años se casó con Ezio Longo, inmigrante de primera generación en el país, arquitecto sin título y constructor de oficio, quien se había propuesto fundar un imperio sobre cemento y acero y a los treinta y cinco años ya lo tenía casi consolidado.

Ezio Longo se enamoró de Maurizia Rugieri con la misma determinación empleada en sembrar la capital con sus edificios. Era de corta estatura, sólidos huesos, un cuello de animal de tiro y un rostro enérgico y algo brutal, de labios gruesos y ojos negros. Su trabajo lo obligaba a vestirse con ropa rústica y de tanto estar al sol tenía la piel oscura y cruzada de surcos, como cuero curtido. Era de carácter bonachón y generoso, reía con facilidad y gustaba de la música popular y de la comida abundante y sin ceremonias. Bajo esa apariencia algo vulgar se encontraba un alma refinada y una delicadeza que no sabía traducir en gestos o palabras. Al contemplar a Maurizia a veces se le llenaban los ojos de lágrimas y el pecho de una oprimente ternura, que él disimulaba de un manotazo, sofocado de vergüenza. Le resultaba imposible expresar sus sentimientos y creía que cubriéndola de regalos y soportando con estoica paciencia sus extravagantes cambios de humor y sus dolencias imaginarias, compensaría las fallas de su repertorio de amante. Ella provocaba en él un deseo perentorio, renovado cada día con el ardor de los primeros encuentros, la abrazaba exacerbado, tratando de salvar el abismo entre los dos, pero toda su pasión se estrellaba contra los remilgos de Maurizia, cuya imaginación permanecía afiebrada por lecturas románticas y discos de Verdi y Puccini. Ezio se dormía vencido por las fatigas del día, agobiado por pesadillas de paredes torcidas y escaleras en espiral, y despertaba al amanecer para sentarse en la cama a observar a su mujer dormida con tal atención que aprendió a adivinarle los sueños. Hubiera dado la vida por que ella respondiera a sus sentimientos con igual intensidad. Le construyó una desmesurada mansión sostenida por columnas, donde la mezcolanza de estilos y la profusión de adornos confundían el sentido de orientación, y donde cuatro sirvientes trabajaban sin descanso sólo para pulir bronces, sacar brillo a los pisos, limpiar las pelotillas de cristal de las lámparas y sacudir los muebles de patas doradas y las falsas alfombras persas importadas de España. La casa tenía un pequeño anfiteatro en el jardín, con altoparlantes y luces de escenario mayor, en el cual Maurizia Rugieri solía cantar para sus invitados. Ezio no habría admitido ni en trance de muerte que era incapaz de apreciar aquellos vacilantes trinos de gorrión, no sólo para no poner en evidencia las lagunas de su cultura, sino sobre todo por respeto a las inclinaciones artísticas de su mujer. Era un hombre optimista y seguro de sí mismo, pero cuando Maurizia anunció llorando que estaba encinta, a él le vino de golpe una incontrolable aprensión, sintió que el corazón se le partía como un melón, que no había cabida para tanta dicha en este valle de lágrimas. Se le ocurrió que alguna catástrofe fulminante desbarataría su precario paraíso y se dispuso a defenderlo contra cualquier interferencia.

La catástrofe fue un estudiante de medicina con quien Maurizia se tropezó en un tranvía. Para entonces había nacido el niño —una criatura tan vital como su padre, que parecía inmune a todo daño, inclusive al mal de ojo— y la madre ya había recuperado la cintura. El estudiante se sentó junto a Maurizia en el trayecto al centro de la ciudad, un joven delgado y pálido, con perfil de estatua romana. Iba leyendo la partitura de Tosca y silbando entre dientes un aria del último acto. Ella sintió que todo el sol del mediodía se le eternizaba en las mejillas y un sudor de anticipación le empapaba el corpiño. Sin poder evitarlo tarareó las palabras del infortunado Mario saludando al amanecer, antes de que el pelotón de fusilamiento acabara con sus días. Así, entre dos líneas de la partitura, comenzó el romance. El joven se llamaba Leonardo Gómez y era tan entusiasta del *bel canto* como Maurizia.

Durante los meses siguientes el estudiante obtuvo su título de médico y ella vivió una por una todas las tragedias de la ópera y algunas de la literatura universal, la mataron sucesivamente don José, la tuberculosis, una tumba egipcia, una daga y veneno, amó cantando en italiano, francés y alemán, fue Aída, Carmen y Lucía de Lamermoor, y en cada ocasión Leonardo Gómez era el objeto de su pasión inmortal. En la vida real compartían un amor casto, que ella anhelaba consumar sin atreverse a tomar la iniciativa, y que él combatía en su corazón por respeto a la condición de casada de Maurizia. Se vieron en lugares públicos y algunas veces enlazaron sus manos en la zona sombría de algún parque, intercambiaron notas firmadas por Tosca y Mario y naturalmente llamaron Scarpia a Ezio Longo, quien estaba tan agradecido por el hijo, por su hermosa mujer y por los bienes otorgados por el cielo, y tan ocupado trabajando para ofrecerle a su familia toda la seguridad posible, que de no haber sido por un vecino que vino a contarle el chisme de que su esposa paseaba demasiado en tranvía, tal vez nunca se habría enterado de lo que ocurría a sus espaldas.

Ezio Longo se había preparado para enfrentar la contingencia de una quiebra en sus negocios, una enfermedad y hasta un accidente de su hijo, como imaginaba en sus peores momentos de terror supersticioso, pero no se le había ocurrido que un melifluo estudiante pudiera arrebatarle a su mujer delante de las narices. Al saberlo estuvo a punto de soltar una carcajada, porque de todas las desgracias, ésa le parecía la más fácil de resolver, pero después de ese primer impulso, una rabia ciega le trastornó el hígado. Siguió a Maurizia hasta una discreta pastelería, donde la sorprendió bebiendo chocolate con su enamorado. No pidió explicaciones. Cogió a su rival por la ropa, lo levantó en vilo y lo lanzó contra la pared en medio de un estrépito de loza rota y chillidos de la clientela. Luego tomó a su mujer por un brazo y la llevó hasta su coche, uno de los últimos Mercedes Benz importados al país, antes de que la Segunda Guerra Mundial arruinara las relaciones comerciales con Alemania. La encerró en casa y puso dos albañiles de su empresa al cuidado de las puertas. Maurizia pasó dos días llorando en la cama, sin hablar y sin comer. Entretanto Ezio Longo había tenido tiempo de meditar y la ira se le había transformado en una frustración sorda que le trajo a la memoria el abandono de su infancia, la pobreza de su juventud, la soledad de su existencia y toda esa inagotable hambre de cariño que lo acompañaron hasta que conoció a Maurizia Rugieri y creyó haber conquistado a una diosa. Al tercer día no aguantó más y entró en la pieza de su mujer.

—Por nuestro hijo, Maurizia, debes sacarte de la cabeza esas fantasías. Ya sé que no soy muy romántico, pero si me ayudas, puedo cambiar. Yo no soy hombre para aguantar cuernos y te quiero demasiado para dejarte ir. Si me das la oportunidad, te haré feliz, te lo juro.

Por toda respuesta ella se volvió contra la pared y prolongó su ayuno dos días más. Su marido regresó.

—Me gustaría saber qué carajo es lo que te falta en este mundo, a ver si puedo dártelo —le dijo, derrotado.

—Me falta Leonardo. Sin él me voy a morir.

—Está bien. Puedes ir con ese mequetrefe si quieres, pero no volverás a ver a nuestro hijo nunca más.

Ella hizo sus maletas, se vistió de muselina, se puso un sombrero con un velo y llamó a un coche de alquiler. Antes de partir besó al niño sollozando y le susurró al oído que muy pronto volvería a buscarlo. Ezio Longo —quien en una semana había perdido seis kilos y la mitad del cabello— le quitó a la criatura de los brazos.

Maurizia Rugieri llegó a la pensión donde vivía su enamorado y se encontró con que éste se había ido hacía dos días a trabajar como médico en un campamento petrolero, en una de esas provincias calientes, cuyo nombre evocaba indios y culebras. Le costó convencerse de que él había partido sin despedirse, pero lo atribuyó a la paliza recibida en la pastelería, concluyó que Leonardo era un poeta y que la brutalidad de su marido debió desconcertarlo. Se instaló en un hotel y en los días siguientes mandó telegramas a todos los puntos imaginables. Por fin logró ubicar a Leonardo Gómez para anunciarle que por él había renunciado a su único hijo, desafiado a su marido, a la sociedad y al mismo Dios y que su decisión de seguirlo en su destino, hasta que la muerte los separara, era absolutamente irrevocable.

El viaje fue una pesada expedición en tren, en camión y en algunas partes por vía fluvial. Maurizia jamás había salido sola fuera de un radio de treinta cuadras alrededor de su casa, pero ni la grandeza del paisaje ni las incalculables distancias pudieron atemorizarla. Por el camino perdió un par de maletas y su vestido de muselina quedó convertido en un trapo amarillo de polvo, pero llegó por fin al cruce del río donde debía esperarla Leonardo. Al bajarse del vehículo vio una piragua en la orilla y hacia allá corrió con los jirones del velo volando a su espalda y su largo cabello escapando en rizos del sombrero. Pero en vez de su Mario, encontró a un negro con casco de explorador y dos indios melancólicos con los remos en las manos. Era tarde para retroceder. Aceptó la explicación de que el doctor Gómez había tenido una emergencia y se subió al bote con el resto de su maltrecho equipaje, rezando para que aquellos hombres no fueran bandoleros o caníbales. No lo eran, por fortuna, y la llevaron sana y salva por el agua a través de un extenso territorio abrupto y salvaje, hasta el lugar donde la aguardaba su enamorado. Eran dos villorrios, uno de largos dormitorios comunes donde habitaban los trabajadores; y otro, donde vivían los empleados, que consistía en las oficinas de la compañía, veinticinco casas prefabricadas traídas en avión desde los Estados Unidos, una absurda cancha de golf y una pileta de agua verde que cada mañana amanecía llena de enormes sapos, todo rodeado de un cerco metálico con un portón custodiado por dos centinelas. Era un campamento de hombres de paso, allí la existencia giraba en torno de ese lodo oscuro que emergía del fondo de la tierra como un inacabable vómito de dragón. En aquellas soledades no había más mujeres que algunas sufridas compañeras de los trabajadores; los gringos y los capataces viajaban a la ciudad cada tres meses para visitar a sus familias. La llegada de la esposa del doctor Gómez, como la llamaron, trastornó la rutina por unos días, hasta que se acostumbraron a verla pasear con sus velos, su sombrilla y sus zapatos de baile, como un personaje escapado de otro cuento.

Maurizia Rugieri no permitió que la rudeza de esos hombres o el calor de cada día la vencieran, se propuso vivir su destino con grandeza y casi lo logró. Convirtió a Leonardo Gómez en el héroe de su propio melodrama, adornándolo con virtudes utópicas y exaltando hasta la demencia la calidad de su amor, sin detenerse a medir la respuesta de su amante para saber si él la seguía al mismo paso en esa desbocada carrera pasional. Si Leonardo Gómez daba muestras de quedarse muy atrás, ella lo atribuía a su carácter tímido y su mala salud, empeorada por ese clima maldito. En verdad, tan frágil parecía él, que ella se curó definitivamente de todos sus antiguos malestares para dedicarse a cuidarlo. Lo acompañaba al primitivo hospital y aprendió los menesteres de enfermera para ayudarlo. Atender víctimas de malaria o curar horrendas heridas de accidentes en los pozos le parecía mejor que permanecer encerrada en su casa, sentada bajo un ventilador, leyendo por centésima vez las mismas revistas añejas y novelas románticas. Entre jeringas y apósitos podía imaginarse a sí misma como una heroína de la guerra, una de esas valientes mujeres de las películas que veían a veces en el club del campamento. Se negó con una determinación suicida a percibir el deterioro de la realidad, empeñada en embellecer cada instante con palabras, ante la imposibilidad de hacerlo de otro modo. Hablaba de Leonardo Gómez —a quien siguió llamando Mario— como de un santo dedicado al servicio de la humanidad, y se impuso la tarea de mostrarle al mundo que ambos eran los protagonistas de un amor excepcional, lo cual acabó por desalentar a cualquier empleado de la Compañía que pudiera haberse sentido inflamado por la única mujer blanca del lugar. A la barbarie del campamento, Maurizia la llamó *contacto con la naturaleza* e ignoró los mosquitos, los bichos venenosos, las iguanas, el infierno del día, el sofoco de la noche y el hecho de que no podía aventurarse sola más allá del portón. Se refería a su soledad, su aburrimiento y su deseo natural de recorrer la ciudad, vestirse a la moda, visitar a sus amigas e ir al teatro, como una ligera *nostalgia*. A lo único que no pudo cambiarle el nombre fue a ese dolor animal que la doblaba en dos al recordar a su hijo, de modo que optó por no mencionarlo jamás.

Leonardo Gómez trabajó como médico del campamento durante más de diez años, hasta que las fiebres y el clima acabaron con su salud. Llevaba mucho tiempo dentro del cerco protector de la Compañía Petrolera, no tenía ánimo para iniciarse en un medio más agresivo y, por otra parte, aún recordaba la furia de Ezio Longo cuando lo reventó contra la pared, así que ni siquiera consideró la eventualidad de volver a la capital. Buscó otro puesto en algún rincón perdido donde pudiera seguir viviendo en paz, y así llegó un día a Agua Santa con su mujer, sus instrumentos de médico y sus discos de ópera. Era la década de los cincuenta y Maurizia Rugieri se bajó del autobús vestida a la moda, con un estrecho traje a lunares y un enorme sombrero de paja negra, que había encargado por catálogo a Nueva York, algo nunca visto por esos lados. De todas maneras, los acogieron con la hospitalidad de los pueblos pequeños y en menos de veinticuatro horas todos conocían la leyenda de amor de los recién llegados. Los llamaron Tosca y Mario, sin tener la menor idea de quiénes eran esos personajes, pero Maurizia se encargó de hacérselos saber. Abandonó sus prácticas de enfermera junto a Leonardo, formó un coro litúrgico para la parroquia y ofreció los primeros recitales de canto en la aldea. Mudos de asombro, los habitantes de Agua Santa la vieron transformada en Madame Butterfly sobre un improvisado escenario en la escuela, ataviada con una estrambótica bata de levantarse, unos palillos de tejer en el peinado, dos flores de plástico en las orejas y la cara pintada con yeso blanco, trinando con su voz de pájaro. Nadie entendió ni una palabra del canto, pero cuando se puso de rodillas y sacó un cuchillo de cocina amenazando con enterrárselo en la barriga, el público lanzó un grito de horror y un espectador corrió a disuadirla, le arrebató el arma de las manos y la obligó a ponerse de pie. Enseguida se armó una larga discusión sobre las razones para la trágica determinación de la dama japonesa, y todos estuvieron de acuerdo en que el marino norteamericano que la había abandonado era un desalmado, pero no valía la pena morir por él, puesto que la vida es larga y hay muchos hombres en este mundo. La representación terminó en holgorio cuando se improvisó una banda que interpretó unas cumbias y la gente se puso a bailar. A esa noche memorable siguieron otras similares: canto, muerte, explicación por parte de la soprano del argumento de la ópera, discusión pública y fiesta final.

El doctor Mario y la señora Tosca eran dos miembros selectos de la comunidad, él estaba a cargo de la salud de todos y ella de la vida cultural y de informar sobre los cambios en la moda. Vivía en una casa fresca y agradable, la mitad de la cual estaba ocupada por el consultorio. En el patio tenían una guacamaya azul y amarilla, que volaba sobre sus cabezas cuando salían a pasear por la plaza. Se sabía por dónde andaban el doctor o su mujer porque el pájaro los acompañaba siempre a dos metros de altura, planeando silenciosamente con sus grandes alas de animal pintarrajeado. En Agua Santa vivieron muchos años, respetados por la gente, que los señalaba como un ejemplo de amor perfecto.

En uno de esos ataques el doctor se perdió en los caminos de la fiebre y ya no pudo regresar. Su muerte conmovió al pueblo. Temieron que su mujer cometiera un acto fatal, como tantos que había representado cantando, así es que se turnaron para acompañarla de día y de noche durante las semanas siguientes. Maurizia Rugieri se vistió de luto de pies a cabeza, pintó de negro todos los muebles de la casa y arrastró su dolor como una sombra tenaz que le marcó el rostro con dos profundos surcos junto a la boca, sin embargo no intentó poner fin a su vida. Tal vez en la intimidad de su cuarto, cuando estaba sola en la cama, sentía un profundo alivio porque ya no tenía que seguir tirando de la pesada carreta de sus sueños, ya no era necesario mantener vivo al personaje inventado para representarse a sí misma, ni seguir haciendo malabarismos para disimular las flaquezas de un amante que nunca estuvo a la altura de sus ilusiones. Pero el hábito del teatro estaba demasiado enraizado. Con la misma paciencia infinita con que antes se creó una imagen de heroína romántica, en la viudez construyó la leyenda de su desconsuelo. Se quedó en Agua Santa, siempre vestida de negro, aunque el luto ya no se usaba desde hacía mucho tiempo, y se negó a cantar de nuevo, a pesar de las súplicas de sus amigos, quienes pensaban que la ópera podría darle consuelo. El pueblo estrechó el círculo alrededor de ella, como un fuerte abrazo, para hacerle la vida tolerable y ayudarla en sus recuerdos. Con la complicidad de todos, la imagen del doctor Gómez creció en la imaginación popular. Dos años después hicieron una colecta para fabricar un busto de bronce que colocaron sobre una columna en la plaza, frente a la estatua de piedra del libertador.

Ese mismo año abrieron la autopista que pasó frente a Agua Santa, alterando para siempre el aspecto y el ánimo del pueblo. Al comienzo la gente se opuso al proyecto, creyendo que sacarían a los pobres reclusos del Penal de Santa María para ponerlos, engrillados, a cortar árboles y picar piedras, como decían los abuelos que había sido construida la carretera en tiempos de la dictadura del Benefactor, pero pronto llegaron los ingenieros de la ciudad con la noticia de que el trabajo lo realizarían máquinas modernas, en vez de los presos. Detrás de ellos vinieron los topógrafos y después las cuadrillas de obreros con cascos anaranjados y chalecos que brillaban en la oscuridad. Las máquinas resultaron ser unas moles de hierro del tamaño de un dinosaurio, según cálculos de la maestra de escuela, en cuyos flancos estaba pintado el nombre de la empresa, *Ezio Longo e Hijo*. Ese mismo viernes llegaron el padre y el hijo a Agua Santa para revisar las obras y pagar a los trabajadores.

Al ver los letreros y las máquinas de su antiguo marido, Maurizia Rugieri se escondió en su casa con puertas y ventanas cerradas, con la insensata esperanza de mantenerse fuera del alcance de su pasado. Pero durante veintiocho años había soportado el recuerdo de su hijo ausente, como un dolor clavado en el centro del cuerpo, y cuando supo que los dueños de la compañía constructora estaban en Agua Santa almorzando en la taberna, no pudo seguir luchando contra su instinto. Se miró en el espejo. Era una mujer de cincuenta y un años, envejecida por el sol del trópico y el esfuerzo de fingir una felicidad quimérica, pero sus rasgos aún mantenían la nobleza del orgullo. Se cepilló el cabello y lo peinó en un moño alto, sin intentar disimular las canas, se colocó su mejor vestido negro y el collar de perlas de su boda, salvado de tantas aventuras, y en un gesto de tímida coquetería se puso un toque de lápiz negro en los ojos y de carmín en las mejillas y en los labios. Salió de su casa protegiéndose del sol con el paraguas de Leonardo Gómez. El sudor le corría por la espalda, pero ya no temblaba.

A esa hora las persianas de la taberna estaban cerradas para evitar el calor del mediodía, de modo que Maurizia Rugieri necesitó un buen rato para acomodar los ojos a la penumbra y distinguir en una de las mesas del fondo a Ezio Longo y el hombre joven que debía ser su hijo. Su marido había cambiado mucho menos que ella, tal vez porque siempre fue una persona sin edad. El mismo cuello de león, el mismo sólido esqueleto, las mismas facciones torpes y ojos hundidos, pero ahora dulcificados por un abanico de arrugas alegres producidas por el buen humor. Inclinado sobre su plato, masticaba con entusiamo, escuchando la charla del hijo. Maurizia los observó de lejos. Su hijo debía andar cerca de los treinta años. Aunque tenía los huesos largos y la piel delicada de ella, los gestos eran los de su padre, comía con igual placer, golpeaba la mesa para enfatizar sus palabras, se reía de buena gana, era un hombre vital y enérgico, con un sentido categórico de su propia fortaleza, bien dispuesto para la lucha. Maurizia miró a Ezio Longo con ojos nuevos y vio por primera vez sus macizas virtudes masculinas. Dio un par de pasos al frente, conmovida, con el aire atascado en el pecho, viéndose a sí misma desde otra dimensión, como si estuviera sobre un escenario representando el momento más dramático del largo teatro que había sido su existencia, con los nombres de su marido y su hijo en los labios y la mejor disposición para ser perdonada por tantos años de abandono. En ese par de minutos vio los minuciosos engranajes de la trampa donde se había metido durante tres décadas de alucinaciones. Comprendió que el verdadero héroe de la novela era Ezio Longo, y quiso creer que él había seguido deseándola y esperándola durante todos esos años con el amor persistente y apasionado que Leonardo Gómez nunca pudo darle porque no estaba en su naturaleza.

En ese instante, cuando un solo paso más la habría sacado de la zona de la sombra y puesto en evidencia, el joven se inclinó, aferró la muñeca de su padre y le dijo algo con un guiño simpático. Los dos estallaron en carcajadas, palmoteándose los brazos, desordenándose mutuamente el cabello, con una ternura viril y una firme complicidad de la cual Maurizia Rugieri y el resto del mundo estaban excluidos. Ella vaciló por un momento infinito en la frontera entre la realidad y el sueño, luego retrocedió, salió de la taberna, abrió su paraguas negro y volvió a su casa con la guacamaya volando sobre su cabeza, como un estrafalario arcángel de calendario.

WALIMAI

El nombre que me dio mi padre es Walimai, que en la lengua de nuestros hermanos del norte quiere decir viento. Puedo contártelo, porque ahora eres como mi propia hija y tienes mi permiso para nombrarme, aunque sólo cuando estemos en familia. Se debe tener mucho cuidado con los nombres de las personas y de los seres vivos, porque al pronunciarlos se toca su corazón y entramos dentro de su fuerza vital. Así nos saludamos como parientes de sangre. No entiendo la facilidad de los extranjeros para llamarse unos a otros sin asomo de temor, lo cual no sólo es una falta de respeto, también puede ocasionar graves peligros. He notado que esas personas hablan con la mayor liviandad, sin tener en cuenta que hablar es también ser. El gesto y la palabra son el pensamiento del hombre. No se debe hablar en vano, eso lo he enseñado a mis hijos, pero mis consejos no siempre se escuchan. Antiguamente los tabúes y las tradiciones eran respetados. Mis abuelos y los abuelos de mis abuelos recibieron de sus abuelos los conocimientos necesarios. Nada cambiaba para ellos. Un hombre con una buena enseñanza podía recordar cada una de las enseñanzas recibidas y así sabía cómo actuar en todo momento. Pero luego vinieron los extranjeros hablando contra la sabiduría de los ancianos y empujándonos fuera de nuestra tierra. Nos internamos cada vez más adentro de la selva, pero ellos siempre nos alcanzan, a veces tardan años, pero finalmente llegan de nuevo y entonces nosotros debemos destruir los sembrados, echarnos a la espalda los niños, atar los animales y partir. Así ha sido desde que me acuerdo: dejar todo y echar a correr como ratones y no como grandes guerreros y los dioses que poblaron este territorio en la antigüedad. Algunos jóvenes tienen curiosidad por los blancos y mientras nosotros viajamos hacia lo profundo del bosque para seguir viviendo como nuestros antepasados, otros emprenden el camino contrario. Consideramos a los que se van como si estuvieran muertos, porque muy pocos regresan y quienes lo hacen han cambiado tanto que no podemos reconocerlos como parientes.

Dicen que en los años anteriores a mi venida al mundo no nacieron suficientes hembras en nuestro pueblo y por eso mi padre tuvo que recorrer largos caminos para buscar esposa en otra tribu. Viajó por los bosques, siguiendo las indicaciones de otros que recorrieron esa ruta con anterioridad por la misma razón, y que volvieron con mujeres forasteras. Después de mucho tiempo, cuando mi padre ya comenzaba a perder la esperanza de encontrar compañera, vio a una muchacha al pie de una alta cascada, un río que caía del cielo. Sin acercarse demasiado, para no espantarla, le habló en el tono que usan los cazadores para tranquilizar a su presa, y le explicó su necesidad de casarse. Ella le hizo señas para que se aproximara, lo observó sin disimulo y debió haberle complacido el aspecto del viajero, porque decidió que la idea del matrimonio no era del todo descabellada. Mi padre tuvo que trabajar para su suegro hasta pagarle el valor de la mujer. Después de cumplir con los ritos de la boda, los dos hicieron el viaje de regreso a nuestra aldea.

Yo crecí con mis hermanos bajo los árboles, sin ver nunca el sol. A veces caía un árbol herido y quedaba un hueco en la cúpula profunda del bosque, entonces veíamos el ojo azul del cielo. Mis padres me contaron cuentos, me cantaron canciones y me enseñaron lo que deben saber los hombres para sobrevivir sin ayuda, sólo con su arco y sus flechas. De este modo fui libre. Nosotros, los Hijos de la Luna, no podemos vivir sin libertad. Cuando nos encierran entre paredes o barrotes nos volcamos hacia adentro, nos ponemos ciegos y sordos y en pocos días el espíritu se nos despega de los huesos del pecho y nos abandona. A veces nos volvemos como animales miserables, pero casi siempre preferimos morir. Por eso nuestras casas no tienen muros, sólo un techo inclinado para detener el viento y desviar la lluvia, bajo el cual colgamos nuestras hamacas muy juntas, porque nos gusta escuchar los sueños de las mujeres y los niños y sentir el aliento de los monos, los perros y las lapas, que duermen bajo el mismo alero. Los primeros tiempos viví en la selva sin saber que existía mundo más allá de los acantilados y los ríos. En algunas ocasiones vinieron amigos visitantes de otras tribus y nos contaron rumores de Boa Vista y de El Platanal, de los extranjeros y sus costumbres, pero creíamos que eran sólo cuentos para hacer reír. Me hice hombre y llegó mi turno de conseguir una esposa, pero decidí esperar porque prefería andar con los solteros, éramos alegres y nos divertíamos. Sin embargo, yo no podía dedicarme al juego y al descanso como otros, porque mi familia es numerosa: hermanos, primos, sobrinos, varias bocas que alimentar, mucho trabajo para un cazador.

Un día llegó un grupo de hombres pálidos a nuestra aldea. Cazaban con pólvora, desde lejos, sin destreza ni valor, eran incapaces de trepar a un árbol o de clavar un pez con una lanza en el agua, apenas podían moverse en la selva, siempre enredados en sus mochilas, sus armas y hasta en sus propios pies. No se vestían de aire, como nosotros, sino que tenían unas ropas empapadas y hediondas, eran sucios y no conocían las reglas de la decencia, pero estaban empeñados en hablarnos de sus conocimientos y de sus dioses. Los comparamos con lo que nos habían contado sobre los blancos y comprobamos la verdad de esos chismes. Pronto nos enteramos que éstos no eran misioneros, soldados ni recolectores de caucho, estaban locos, querían la tierra y llevarse la madera, también buscaban piedras. Les explicamos que la selva no se puede cargar a la espalda y transportar como un pájaro muerto, pero no quisieron escuchar razones. Se instalaron cerca de nuestra aldea. Cada uno de ellos era como un viento de catástrofe, destruía a su paso todo lo que tocaba, dejaba un rastro de desperdicio, molestaba a los animales y a las personas. Al principio cumplimos con las reglas de la cortesía y les dimos el gusto, porque eran nuestros huéspedes, pero ellos no estaban satisfechos con nada, siempre querían más, hasta que, cansados de esos juegos, iniciamos la guerra con todas las ceremonias habituales. No son buenos guerreros, se asustan con facilidad y tienen los huesos blandos. No resistieron los garrotazos que les dimos en la cabeza. Después de eso abandonamos la aldea y nos fuimos hacia el este, donde el bosque es impenetrable, viajando grandes trechos por las copas de los árboles para que no nos alcanzaran sus compañeros. Nos había llegado la noticia de que son vengativos y que por cada uno de ellos que muere, aunque sea en una batalla limpia, son capaces de eliminar a toda una tribu incluyendo a los niños. Descubrimos un lugar donde establecer otra aldea. No era tan bueno, las mujeres debían caminar horas para buscar agua limpia, pero allí nos quedamos porque creímos que nadie nos buscaría tan lejos. Al cabo de un año, en una ocasión en que tuve que alejarme mucho siguiendo la pista de un puma, me acerqué demasiado a un campamento de soldados. Yo estaba fatigado y no había comido en varios días, por eso mi entendimiento estaba aturdido. En vez de dar media vuelta cuando percibí la presencia de los soldados extranjeros, me eché a descansar. Me cogieron los soldados. Sin embargo no mencionaron los garrotazos propinados a los otros, en realidad no me preguntaron nada, tal vez no conocían a esas personas o no sabían que yo soy Walimai. Me llevaron a trabajar con los caucheros, donde había muchos hombres de otras tribus, a quienes habían vestido con pantalones y obligaban a trabajar, sin considerar para nada sus deseos. El caucho requiere mucha dedicación y no había suficiente gente por esos lados, por eso debían traernos a la fuerza. Ése fue un período sin libertad y no quiero hablar de ello. Me quedé solo para ver si aprendía algo, pero desde el principio supe que iba a regresar donde los míos. Nadie puede retener por mucho tiempo a un guerrero contra su voluntad.

Se trabajaba de sol a sol, algunos sangrando a los árboles para quitarles gota a gota la vida, otros cocinando el líquido recogido para espesarlo y convertirlo en grandes bolas. El aire libre estaba enfermo con el olor de la goma quemada y el aire en los dormitorios comunes lo estaba con el sudor de los hombres. En ese lugar nunca pude respirar a fondo. Nos daban de comer maíz, plátano y el extraño contenido de unas latas, que jamás probé porque nada bueno para los humanos puede crecer en unos tarros. En un extremo del campamento habían instalado una choza grande donde mantenían a las mujeres. Después de dos semanas trabajando con el caucho, el capataz me entregó un trozo de papel y me mandó donde ellas. También me dio una taza de licor, que yo volqué en el suelo, porque he visto cómo esa agua destruye la prudencia. Hice la fila, con todos los demás. Yo era el último y cuando me tocó entrar en la choza, el sol ya se había puesto y comenzaba la noche, con su estrépito de sapos y loros.

Ella era de la tribu de los Ila, los de corazón dulce, de donde vienen las muchachas más delicadas. Algunos hombres viajan durante meses para acercarse a los Ila, les llevan regalos y cazan para ellos, en la esperanza de conseguir una de sus mujeres. Yo la reconocí a pesar de su aspecto de lagarto, porque mi madre también era una Ila. Estaba desnuda sobre un petate, atada por el tobillo con una cadena fija en el suelo, aletargada, como si hubiera aspirado por la nariz el «yopo» de la acacia, tenía el olor de los perros enfermos y estaba mojada por el rocío de todos los hombres que estuvieron sobre ella antes que yo. Era del tamaño de un niño de pocos años, sus huesos sonaban como piedrecitas en el río. Las mujeres Ila se quitan todos los vellos del cuerpo, hasta las pestañas, se adornan las orejas con plumas y flores, se atraviesan palos pulidos en las mejillas y la nariz, se pintan dibujos en todo el cuerpo con los colores rojo del onoto, morado de la palmera y negro del carbón. Pero ella ya no tenía nada de eso. Dejé mi machete en el suelo y la saludé como hermana, imitando algunos cantos de pájaros y el ruido de los ríos. Ella no respondió. Le golpeé con fuerza el pecho, para ver si su espíritu resonaba entre las costillas, pero no hubo eco, su alma estaba muy débil y no podía contestarme. En cuclillas a su lado le di de beber un poco de agua y le hablé en la lengua de mi madre. Ella abrió los ojos y miró largamente. Comprendí.

Antes que nada me lavé sin malgastar el agua limpia. Me eché un buen sorbo a la boca y lo lancé en chorros finos contra mis manos, que froté bien y luego empapé para limpiarme la cara. Hice lo mismo con ella, para quitarle el rocío de los hombres. Me saqué los pantalones que me había dado el capataz. De la cuerda que me rodeaba la cintura colgaban mis palos para hacer fuego, algunas puntas de flechas, mi rollo de tabaco, mi cuchillo de madera con un diente de rata en la punta y una bolsa de cuero bien firme, donde tenía un poco de curare. Puse un poco de esa pasta en la punta de mi cuchillo, me incliné sobre la mujer y con el instrumento envenenado le abrí un corte en el cuello. La vida es un regalo de los dioses. El cazador mata para alimentar a su familia, él procura no probar la carne de su presa y prefiere la que otro cazador le ofrece. A veces, por desgracia, un hombre mata a otro en la guerra, pero jamás puede hacer daño a una mujer o a un niño. Ella me miró con grandes ojos, amarillos como la miel, y me parece que intentó sonreír agradecida. Por ella yo había violado el primer tabú de los Hijos de la Luna y tendría que pagar mi vergüenza con muchos trabajos de expiación. Acerqué mi oreja a su boca y ella murmuró su nombre. Lo repetí dos veces en mi mente para estar bien seguro pero sin pronunciarlo en alta voz, porque no se debe mentar a los muertos para no perturbar su paz, y ella ya lo estaba, aunque todavía palpitara su corazón. Pronto vi que se le paralizaban los músculos del vientre, del pecho y de los miembros, perdió el aliento, cambió de color, se le escapó un suspiro y su cuerpo se murió sin luchar, como mueren las criaturas pequeñas.

De inmediato sentí que el espíritu se le salía por las narices y se introducía en mí, aferrándose a mi esternón. Todo el peso de ella cayó sobre mí y tuve que hacer un esfuerzo para ponerme de pie, me movía con torpeza, como si estuviera bajo el agua. Doblé su cuerpo en la posición del descanso último, con las rodillas tocando el mentón, la até con las cuerdas del petate, hice una pila con los restos de la paja y usé mis palos para hacer fuego. Cuando vi que la hoguera ardía segura, salí lentamente de la choza, trepé el cerco del campamento con mucha dificultad, porque ella me arrastraba hacia abajo, y me dirigí al bosque. Había alcanzado los primeros árboles cuando escuché las campanas de alarma.

Toda la primera jornada caminé sin detenerme ni un instante. Al segundo día fabriqué un arco y unas flechas y con ellos pude cazar para ella y también para mí. El guerrero que carga el peso de otra vida humana debe ayunar por diez días, así se debilita el espíritu del difunto, que finalmente se desprende y se va al territorio de las almas. Si no lo hace, el espíritu engorda con los alimentos y crece dentro del hombre hasta sofocarlo. He visto algunos de hígado bravo morir así. Pero antes de cumplir con esos requisitos yo debía conducir el espíritu de la mujer Ila hacia la vegetación más oscura, donde nunca fuera hallado. Comí muy poco, apenas lo suficiente para no matarla por segunda vez. Cada bocado en mi boca sabía a carne podrida y cada sorbo de agua era amargo, pero me obligué a tragar para nutrirnos a los dos. Durante una vuelta completa de la luna me interné selva adentro llevando el alma de la mujer, que cada día pesaba más. Hablamos mucho. La lengua de los Ila es libre y resuena bajo los árboles con un largo eco. Nosotros nos comunicamos cantando, con todo el cuerpo, con los ojos, con la cintura, los pies. Le repetí las leyendas que aprendí de mi madre y de mi padre, le conté mi pasado y ella me contó la primera parte del suyo, cuando era una muchacha alegre que jugaba con sus hermanos a revolcarse en el barro y balancearse de las ramas más altas. Por cortesía, no mencionó su último tiempo de desdichas y de humillaciones. Cacé un pájaro blanco, le arranqué las mejores plumas y le hice adornos para las orejas. Por las noches mantenía encendida una pequeña hoguera, para que ella no tuviera frío y para que los jaguares y las serpientes no molestaran su sueño. En el río la bañé con cuidado, frotándola con ceniza y flores machacadas, para quitarle los malos recuerdos.

Por fin un día llegamos al sitio preciso y ya no teníamos más pretextos para seguir andando. Allí la selva era tan densa que en algunas partes tuve que abrir paso rompiendo la vegetación con mi machete y hasta con los dientes, y debíamos hablar en voz baja, para no alterar el silencio del tiempo. Escogí un lugar cerca de un hilo de agua, levanté un techo de hojas e hice una hamaca para ella con tres trozos largos de corteza. Con mi cuchillo me afeité la cabeza y comencé mi ayuno.

Durante el tiempo que caminamos juntos la mujer y yo nos amamos tanto que ya no deseábamos separarnos, pero el hombre no es dueño de la vida, ni siquiera de la propia, de modo que tuve que cumplir con mi obligación. Por muchos días no puse nada en mi boca, sólo unos sorbos de agua. A medida que las fuerzas se debilitaban ella se iba desprendiendo de mi abrazo, y su espíritu, cada vez más etéreo, ya no me pesaba como antes. A los cinco días ella dio sus primeros pasos por los alrededores, mientras yo dormitaba, pero no estaba lista para seguir su viaje sola y volvió a mi lado. Repitió esas excursiones en varias oportunidades, alejándose cada vez un poco más. El dolor de su partida era para mí tan terrible como una quemadura y tuve que recurrir a todo el valor aprendido de mi padre para no llamarla por su nombre en voz alta atrayéndola así de vuelta conmigo para siempre. A los doce días soñé que ella volaba como un tucán por encima de las copas de los árboles y desperté con el cuerpo muy liviano y con deseos de llorar. Ella se había ido definitivamente. Cogí mis armas y caminé muchas horas hasta llegar a un brazo del río. Me sumergí en el agua hasta la cintura, ensarté un pequeño pez con un palo afilado y me lo tragué entero, con escamas y cola. De inmediato lo vomité con un poco de sangre, como debe ser. Ya no me sentí triste. Aprendí entonces que algunas veces la muerte es más poderosa que el amor. Luego me fui a cazar para no regresar a mi aldea con las manos vacías.

El poder del amor
Niña de 12 años — doctor

ESTER LUCERO

Le llevaron a Ester Lucero en una improvisada camilla, desangrándose como un buey, con sus ojos oscuros abiertos de terror. Al verla, el doctor Ángel Sánchez perdió por primera vez su calma proverbial y no era para menos, pues estaba enamorado de ella desde el día en que la vio, cuando ella era aún una niña. En esa época ella todavía no se desprendía de sus muñecas y él, en cambio, regresaba envejecido mil años de su última Campaña Gloriosa. Llegó al pueblo a la cabeza de su columna, sentado en el techo de una camioneta, con un fusil sobre las rodillas, una barba de meses y una bala alojada para siempre en la ingle, pero tan feliz como nunca lo estuvo antes ni después. Vio a la muchacha agitando una bandera de papel rojo, en medio de la muchedumbre que vitoreaba a los libertadores. En ese momento él tenía treinta años y ella bordeaba los doce, pero Ángel Sánchez adivinó, por los firmes huesos de alabastro y la profundidad de la mirada de la niña, la belleza que en secreto se estaba gestando. La observó desde lo alto de su vehículo, convencido de que era una visión provocada por la calentura de los pantanos y el entusiasmo de la victoria, pero como esa noche no encontró consuelo en los brazos de la novia fugaz que le tocó en turno, comprendió que debía salir a buscar a esa criatura, al menos para comprobar su condición de espejismo. Al día siguiente, cuando se calmaron los tumultos callejeros de la celebración y empezó la tarea de ordenar al mundo y barrer los escombros de la dictadura, Sánchez salió a recorrer el pueblo. Su primera idea fue visitar las escuelas, pero se enteró que estaban cerradas desde la última batalla, de modo que tuvo que golpear las puertas una por una. Al cabo de varios días de paciente peregrinaje, y cuando ya pensaba que la muchacha había sido un engaño de su corazón extenuado, llegó a una casa minúscula pintada de azul y con el frente perforado de balas, cuya única ventana se abría a la calle sin más protección que unas cortinas floreadas. Llamó varias veces sin obtener respuesta, entonces se decidió a entrar. El interior era un aposento único, pobremente amoblado, fresco y en penumbra. Cruzó la habitación, abrió una puerta y se encontró en un amplio patio agobiado de trastos y cachivaches, con una hamaca colgada bajo un mango, una artesa para el lavado, un gallinero al fondo y una profusión de tarros de lata y cacharros de barro donde crecían yerbas, verduras y flores. Allí encontró por fin a quien creía haber soñado. Ester Lucero estaba descalza, con un vestido de lienzo ordinario, su mata de pelos atada en la nuca con un cordel de zapatos, ayudando a su abuela a tender la ropa al sol. Al verlo ambas retrocedieron en un gesto instintivo, porque habían aprendido a desconfiar de quien llevara botas.

—No se asusten, soy un compañero —se presentó con la boina grasienta en la mano.

A partir de ese día Ángel Sánchez se limitó a desear a Ester Lucero en silencio, avergonzado de esa inconfesable pasión por una chiquilla impúber. Por ella rehusó irse a la capital cuando se repartió el botín del poder, y prefirió quedarse a cargo del único hospital en ese pueblo olvidado. No aspiraba a consumar el amor más allá del ámbito de su propia imaginación. Vivía de ínfimas satisfacciones: verla pasar rumbo a la escuela, cuidarla cuando se contagió con el sarampión, proporcionarle vitaminas durante los años en que la leche, los huevos y la carne sólo alcanzaban para los más pequeños y los demás debían conformarse con plátano y maíz, visitarla en su patio, donde se instalaba en una silla a enseñarle las tablas de multiplicar ante el ojo vigilante de la abuela. Ester Lucero acabó llamándolo tío a falta de un nombre más apropiado, y la anciana, aceptando su presencia como otro de los inexplicables misterios de la Revolución.

—¿Qué interés puede tener un hombre instruido, doctor, jefe del hospital y héroe de la patria, en la charla de una vieja y los silencios de su nieta? —se preguntaban las comadres del pueblo.

En los años siguientes, la muchacha floreció como sucede casi siempre, pero Ángel Sánchez creyó que en su caso era una especie de prodigio y que sólo él podía ver a la beldad que maduraba escondida bajo los vestidos inocentes confeccionados por la abuela en su máquina de coser. Estaba seguro de que a su paso se alborotaban los sentidos de quien la viera, tal como ocurría con los suyos, por eso se extrañaba de no encontrar un remolino de pretendientes en torno de Ester Lucero. Vivía atormentado por sentimientos arrolladores: celos precisos de todos los hombres, una perenne melancolía —fruto de la desesperanza— y la fiebre de infierno que lo acosaba a la hora de la siesta, cuando imaginaba a la niña desnuda y húmeda, llamándolo con gestos obscenos entre las sombras del cuarto. Nadie supo nunca de sus tormentosos estados de ánimo. El control que ejercía sobre sí mismo se convirtió en una segunda naturaleza y así adquirió fama de hombre bueno. Por fin las matronas del pueblo se cansaron de buscarle novia y terminaron por aceptar que el médico era un poco raro.

—No parece maricón —concluyeron— pero tal vez la malaria o la bala que tiene en la entrepierna le quitaron para siempre el gusto por las mujeres.

Ángel Sánchez maldecía a su madre, que lo había traído al mundo veinte años muy temprano, y a su destino, que le había sembrado el cuerpo y el alma de tantas cicatrices. Rogaba que algún capricho de la naturaleza torciera la armonía y opacara la luz de Ester Lucero, para que nadie sospechara que era la mujer más hermosa de este mundo y de cualquier otro. Por eso el jueves fatídico, cuando la llevaron al hospital en una angarilla con la abuela marchando adelante y una procesión de curiosos detrás, el doctor dio un grito visceral. Al retirar la sábana y ver a la joven perforada por una herida horrenda, creyó que de tanto desear que ella jamás perteneciera a otro hombre, había provocado esa catástrofe.

—Se trepó al mango del patio, resbaló y cayó ensartada en la estaca donde atamos al ganso —explico la abuela.

—Pobrecita, quedó atravesada como un vampiro. No fue nada fácil desclavarla —aclaró un vecino que ayudaba a transportar la camilla.

Ester Lucero cerró los ojos y se quejó levemente.

Desde ese mismo instante Ángel Sánchez se batió en duelo personal contra la muerte. Lo intentó todo para salvar a la joven. La operó, la inyectó, le hizo transfusiones con su propia sangre y la colmó de antibióticos, pero a los dos días era evidente que la vida escapaba por la herida como un torrente incontenible. Sentado en una silla junto a la moribunda, agotado por la tensión y la tristeza, apoyó la cabeza a los pies de la cama y por unos minutos se durmió como un recién nacido. Mientras él soñaba con moscas gigantescas, ella andaba perdida en las pesadillas de su agonía, y así se encontraron en una tierra de nadie y en el sueño compartido ella se aferró a la mano de él y le rogó que no se dejara vencer por la muerte y que no la abandonara. Ángel Sánchez despertó sobresaltado por el recuerdo nítido del Negro Rivas y el absurdo milagro que le devolvió la vida. Salió corriendo y tropezó en el pasillo con la abuela, quien estaba sumida en un murmullo de interminables oraciones.

—¡Siga rezando, que yo regreso en quince minutos! —le gritó al pasar.

Diez años antes, cuando Ángel Sánchez marchaba con sus compañeros por la selva, con la vegetación hasta las rodillas y la tortura inconsolable de los mosquitos y el calor, acorralados, cruzando el país en todas direcciones para emboscar a los soldados de la dictadura, cuando no eran más que un puñado de locos visionarios con el cinturón atiborrado de balas, el morral de poemas y la cabeza de ideales, cuando llevaban meses sin oler a una mujer o echarse jabón por el cuerpo, cuando el hambre y el miedo eran una segunda piel y lo único que los mantenía en movimiento era la desesperación, cuando veían enemigos por todas partes y desconfiaban hasta de sus propias sombras, entonces el Negro Rivas se cayó por un barranco y rodó ocho metros hacia el abismo, estrellándose sin ruido, como una bolsa de trapos. Sus compañeros necesitaron veinte minutos para descender con cuerdas entre piedras filudas y troncos retorcidos, y encontrarlo sumergido en los matorrales, y casi dos horas para izarlo, ensopado en sangre.

El Negro Rivas, un hombronazo valiente y alegre, con la canción siempre lista en los labios y buena disposición para echarse al hombro a otro combatiente más débil, estaba abierto como una granada, con las costillas al aire y un tajo profundo que comenzaba en la espalda y acababa en la mitad del pecho. Sánchez llevaba su maletín para emergencias, pero eso escapaba por completo a sus modestos recursos. Sin la menor esperanza suturó la herida, lo vendó con tiras de tela y le administró las medicinas disponibles. Colocaron al hombre sobre un trozo de lona tendido entre dos palos y así lo transportaron, turnándose para cargarlo, hasta que fue evidente que cada sacudida era un minuto menos de vida, porque el Negro Rivas supuraba como un manantial y deliraba con iguanas con senos de mujer y huracanes de sal.

Estaban planeando acampar para dejarlo morir en paz, cuando alguien divisó a orillas de un pozo de agua negra, a dos indios que se despiojaban amigablemente. Un poco más allá, hundida en el vaho denso de la selva, estaba la aldea. Era una tribu inmovilizada en edad remota, sin más contacto con este siglo que algún misionero atrevido que fue a predicarles sin éxito las leyes de Dios y, lo que es más grave, sin haber oído jamás de la Insurrección ni haber escuchado el grito de Patria o Muerte. A pesar de estas diferencias y de la barrera del lenguaje, los indios comprendieron que esos hombres exhaustos no representaban mayor peligro y les dieron una tímida bienvenida. Los rebeldes señalaron al moribundo. El que parecía ser el jefe los condujo a una choza en eterna penumbra, donde flotaba una pestilencia de orines y de lodo. Allí acostaron al Negro Rivas sobre una esterilla, rodeado por sus compañeros y por toda la tribu. Al poco rato llegó el brujo en atavío de ceremonia. El comandante se espantó al ver sus collares de peonías, sus ojos de fanático y la costra de mugre en su cuerpo, pero Ángel Sánchez explicó que ya muy poco se podía hacer por el herido y cualquier cosa que lograra el hechicero —aunque fuera tan sólo ayudarlo a morir— era mejor que nada. El comandante ordenó a sus hombres bajar las armas y guardar silencio, para que ese extraño sabio medio desnudo pudiera ejercer su oficio sin distracciones.

Dos horas más tarde la fiebre había desaparecido y el Negro Rivas podía tragar agua. Al día siguiente volvió el curandero y repitió el tratamiento. Al anochecer el enfermo estaba sentado comiendo una espesa papilla de maíz y dos días después ensayaba sus primeros pasos por los alrededores, con la herida en pleno proceso de curación. Mientras los demás guerrilleros acompañaban los progresos del convaleciente, Ángel Sánchez recorrió la zona con el brujo juntando plantas en su bolsa. Años después el Negro Rivas llegó a ser Jefe de la Policía en la capital y sólo se acordaba de que estuvo a punto de morir cuando se quitaba la camisa para abrazar a una nueva mujer, quien invariablemente le preguntaba por ese largo costurón que lo partía en dos.

—Si al Negro Rivas lo salvó un indio en pelotas, a Ester Lucero la salvaré yo, así tenga que hacer pacto con el diablo —concluyó Ángel Sánchez mientras daba vuelta a su casa en busca de las yerbas que había guardado durante todos esos años y que, hasta ese instante, había olvidado por completo. Las encontró envueltas en un papel de periódico, resecas y quebradizas, al fondo de un destartalado baúl, junto a su cuaderno de versos, su boina y otros recuerdos de la guerra.

El médico regresó al hospital corriendo como un perseguido, bajo el calor de plomo que derretía el asfalto. Subió las escaleras a saltos e irrumpió en la habitación de Ester Lucero empapado de sudor. La abuela y la enfermera de turno lo vieron pasar a la carrera y se aproximaron a la mirilla de la puerta. Observaron cómo se quitaba la bata blanca, la camisa de algodón, los pantalones oscuros, los calcetines comprados de contrabando y los zapatos con suela de goma que siempre calzaba. Horrorizadas, lo vieron despojarse también de los calzoncillos y quedar en cueros, como un recluta.

—¡Santa María, Madre de Dios! —exclamó la abuela.

A través del ventanuco de la puerta pudieron vislumbrar al doctor cuando movía la cama hasta el centro de la habitación y, después de posar ambas manos sobre la cabeza de Ester Lucero durante algunos segundos, iniciaba un frenético baile alrededor de la enferma. Levantaba las rodillas hasta tocarse el pecho, efectuaba profundas inclinaciones, agitaba los brazos y hacía grotescas morisquetas, sin perder ni por un instante el ritmo interior que ponía alas en sus pies. Y durante media hora no paró de danzar como un insensato, esquivando las bombonas de oxígeno y los frascos de suero. Luego extrajo unas hojas secas del bolsillo de su bata, las colocó en una palangana, las aplastó con el puño hasta reducirlas a un polvo grueso, escupió encima con abundancia, mezcló todo para formar una pasta y se aproximó a la moribunda. Las mujeres lo vieron retirar los vendajes y, tal como notificó la enfermera en su informe, untar la herida con aquella asquerosa mixtura, sin la menor consideración por las leyes de la asepsia ni por el hecho de que exhibía sus vergüenzas al desnudo. Terminada la cura, el hombre cayó sentado al suelo, totalmente exhausto, pero iluminado por una sonrisa de santo.

Si el doctor Ángel Sánchez no hubiera sido el director del hospital y un héroe indiscutible de la Revolución, le habrían colocado una camisa de fuerza y enviado sin más trámites al manicomio. Pero nadie se atrevió a echar abajo la puerta que él trancó con el cerrojo, y cuando el alcalde tomó la decisión de hacerlo con ayuda de los bomberos, ya habían pasado catorce horas y Ester Lucero estaba sentada en la camilla, con los ojos abiertos, contemplando divertida a su tío Ángel, quien había vuelto a despojarse de sus ropas e iniciaba la segunda etapa del tratamiento con nuevas danzas rituales. Dos días más tarde, cuando llegó la comisión del Ministerio de Salud enviada especialmente desde la capital, la enferma paseaba por el corredor del brazo de su abuela, todo el pueblo desfilaba por el tercer piso para ver a la muchacha resucitada y el director del hospital, vestido con impecable corrección, recibía a sus colegas detrás de su escritorio. La comisión se abstuvo de preguntar detalles sobre las inusitadas danzas del médico y dedicó su atención a indagar sobre las maravillosas plantas del brujo.

Han pasado algunos años desde que Ester Lucero se cayó del mango. La joven se casó con un inspector de atmósferas y se fue a vivir a la capital, donde dio a luz una niña con huesos de alabastro y ojos oscuros. A su tío Ángel le envía de vez en cuando nostálgicas tarjetas salpicadas de horrores ortográficos. El Ministerio de Salud ha organizado cuatro expediciones para buscar las yerbas portentosas en la selva, sin ningún éxito. La vegetación se tragó la aldea indígena y con ella la esperanza de un medicamento científico contra los accidentes irremediables.

El doctor Ángel Sánchez ha quedado solo, sin más compañía que la imagen de Ester Lucero que lo visita en su cuarto a la hora de la siesta, abrasando su alma en una bacanal perpetua. El prestigio del médico ha aumentado mucho en toda la región, porque lo escuchan hablar con los astros en lenguas aborígenes.

MARÍA LA BOBA

María, la boba, creía en el amor. Eso la convirtió en una leyenda viviente. A su entierro acudieron todos los vecinos, hasta los policías y el ciego del quiosco, quien rara vez abandonaba su negocio. La calle República quedó vacía, y en señal de duelo colgaron cintas negras en los balcones y apagaron los faroles rojos de las casas. Cada persona tiene su historia y en ese barrio son casi siempre tristes, historias de pobrezas e injusticias acumuladas, de violencias padecidas, de hijos muertos antes de nacer y de amantes que se van, pero la de María era diferente, tenía un brillo elegante que echaba a volar la imaginación ajena. Se las arregló para ejercer su oficio sola, administrándose sin bulla, discretamente. Nunca tuvo la menor curiosidad por el alcohol ni por las drogas, ni siquiera le interesaban los consuelos de cinco pesos que vendían las adivinas y las profetas del vecindario. Parecía a salvo de los tormentos de la esperanza, protegida por la calidad de su amor inventado. Era una mujercita de aspecto inofensivo, de corta estatura, facciones y gestos finos, toda mansedumbre y suavidad, pero las veces que algún chulo intentó ponerle la mano encima se encontró con una fiera babeante, puras garras y colmillos, dispuesta a devolver cada golpe, así se le fuera la vida. Aprendieron a dejarla en paz. Mientras las otras mujeres pasaban su existencia escondiendo moretones bajo espesas capas de maquillaje barato, ella envejecía respetada, con un cierto aire de reina en harapos. No tenía ninguna conciencia del prestigio de su nombre ni de la leyenda que habían bordado a costa de ella. Era una prostituta vieja con alma de doncella.

En sus recuerdos figuraban con insistencia un baúl asesino y un hombre moreno con olor a mar, y así sus amigas descubrieron uno a uno los retazos de su vida y los unieron con paciencia, agregando lo que faltaba con recursos de fantasía, hasta reconstruirle un pasado. No era, desde luego, como las demás mujeres de ese lugar. Venía de un mundo remoto, donde la piel es más pálida y el castellano tiene un acento rotundo, de consonantes duras. Nació para gran dama, eso deducían las otras mujeres por su forma rebuscada de hablar y por sus modales extraños, y si alguna duda cabía, al morir la disipó. Se fue con la dignidad intacta. No padecía ninguna enfermedad conocida, no estaba asustada ni respiraba por los oídos como los moribundos comunes, simplemente anunció que ya no soportaba más el tedio de estar viva, se colocó su vestido de fiesta, se pintó los labios de rojo y abrió las cortinas de hule que daban acceso a su cuarto, para que todos pudieran acompañarla.

—Ahora me llegó el tiempo de morir —fue su única explicación.

Se recostó en su cama, con la espalda apoyada sobre tres almohadones, con fundas almidonadas para la ocasión, y se bebió sin respirar una jarra grande de chocolate espeso. Las otras mujeres se rieron, pero cuando cuatro horas después no hubo manera de despertarla comprendieron que su decisión era absoluta y echaron a correr la voz por el barrio. Algunos acudieron sólo por curiosidad, pero la mayoría se presentó con verdadera aflicción, quedándose allí para acompañarla. Sus amigas colaron café para ofrecer a las visitas, porque les pareció de mal gusto servir licor, no fueran a confundir aquello con una celebración. A eso de las seis de la tarde, María sufrió un estremecimiento, abrió los párpados, miró a su alrededor sin distinguir los rostros y enseguida abandonó este mundo. Eso fue todo. Alguien sugirió que tal vez había tragado veneno con el chocolate, en cuyo caso todos serían culpables por no haberla llevado a tiempo al hospital, pero nadie prestó atención a tales maledicencias.

—Si María decidió partir, estaba en su derecho, porque no tenía hijos ni padres que cuidar —sentenció la señora de la casa.

No quisieron velarla en un establecimiento funerario, porque la quietud premeditada de su muerte fue un suceso solemne en la calle República y era justo que sus últimas horas antes de bajar a la tierra transcurrieran en el ambiente donde había vivido y no como una extranjera de cuyo duelo nadie quiere hacerse cargo. Hubo opiniones sobre si velar muertos en esa casa atraería mala suerte para el alma de la difunta o las de los clientes, y por si acaso quebraron un espejo para rodear el ataúd y trajeron agua bendita de la capilla del Seminario, para salpicar por los rincones. Esa noche no se trabajó en el local, no hubo música ni risas, pero tampoco hubo llantos. Instalaron el cajón sobre una mesa en la sala, los vecinos prestaron sillas y allí se acomodaron los visitantes a tomar café y conversar en voz baja. En el centro estaba María con la cabeza apoyada sobre un cojín de raso, las manos cruzadas y la foto de su niño muerto sobre el pecho. En el transcurso de la noche le fue cambiando el tono de la piel, hasta acabar oscura como el chocolate.

Me enteré de la historia de María durante esas largas horas en que velamos su ataúd. Sus compañeras contaron que nació en tiempos de la Primera Guerra, en una provincia al sur del continente, donde los árboles pierden las hojas en la mitad del año y el frío cala los huesos. Era hija de una soberbia familia de emigrantes españoles. Al revisar su pieza encontraron en una caja de galletas algunos papeles quebradizos y amarillos, entre ellos un certificado de nacimiento, fotografías y cartas. Su padre fue propietario de una hacienda y, según un recorte de periódico desteñido por el tiempo, su madre había sido pianista antes de casarse. Cuando María tenía doce años, atravesó distraída un cruce de ferrocarril y la atropelló un tren de carga. La rescataron entre los rieles sin daños aparentes, tenía sólo algunos rasguños y había perdido el sombrero. Sin embargo, al poco tiempo, todos pudieron comprobar que el impacto había transportado a la niña a un estado de inocencia del cual ya nunca regresaría. Olvidó hasta los rudimentos escolares aprendidos antes del accidente, apenas recordaba algunas lecciones de piano y el uso de la aguja de coser, y cuando le hablaban se quedaba como ausente. Lo que no olvidó, en cambio, fueron las normas de urbanidad, que conservó intactas hasta su último día.

El golpe de la locomotora dejó a María incapacitada para el razonamiento, la atención o el rencor. Estaba, por lo tanto, bien equipada para la felicidad, pero no fue ésa su suerte. Al cumplir dieciséis años, sus padres, deseosos de pasarle a otro la carga de esa hija algo retardada, decidieron casarla antes de que se le marchitara la belleza, y escogieron a un tal doctor Guevara, hombre de vida retirada y mal dispuesto para el matrimonio, pero que les debía algún dinero y no pudo negarse cuando le sugirieron el enlace. Ese mismo año se celebró la boda en privado, como correspondía a una novia lunática y a un novio varias décadas mayor.

María llegó al lecho matrimonial con la mente de una criatura, aunque su cuerpo había madurado y ya era el de una mujer. El tren arrasó con su curiosidad natural, pero no pudo destruir la impaciencia de sus sentidos. Sólo contaba con lo aprendido al observar los animales en la hacienda, sabía que el agua fría es buena para separar a los perros que se quedan pegados durante el coito y que el gallo esponja las plumas y cacarea cuando quiere pisar a la gallina, pero no encontró uso adecuado para esos datos. En su noche de bodas vio avanzar en su dirección a un vejete tembloroso con una bata de franela, abierta, y algo imprevisto bajo el ombligo. La sorpresa le produjo un estreñimiento del cual no se atrevió a hablar y cuando empezó a hincharse como un globo, se bebió un frasco de Agua de la Margarita —remedio antiescrufuloso y reconstituyente, que en gran cantidad servía de purga— a causa de lo cual pasó veintidós días sentada en la bacinilla, tan descompuesta que casi pierde algunos órganos vitales, pero eso no tuvo la facultad de desinflarla. Pronto ya no pudo abotonar sus vestidos y a su debido tiempo dio a luz un niño rubio. Después de un mes en cama, alimentándose con caldo de gallina y dos litros de leche diarios, se levantó más fuerte y lúcida de lo que nunca estuvo en su vida. Parecía curada de su estado de sonambulismo perenne y hasta tuvo el ánimo para comprarse ropa elegante; sin embargo, no alcanzó a lucir su nuevo ajuar, porque el señor Guevara sufrió un ataque fulminante y murió sentado en el comedor, con la cuchara de sopa en la mano. María se resignó a usar trajes de luto y sombreros con velo, enterrada en una tumba de trapos. Así pasó dos años de negro, tejiendo chalecos para los pobres, entretenida con sus perros falderos y con su hijo, a quien peinaba con rizos y vestía de niña, tal como aparece en uno de los retratos encontrados en la caja de galletas, donde se lo puede ver sentado sobre una piel de oso e iluminado por un rayo sobrenatural.

Para la viuda el tiempo se detuvo en un instante perpetuo, el aire de los cuartos permaneció inmutable, con el mismo olor vetusto que dejó su marido. Siguió viviendo en la misma casa, cuidada por sirvientes leales y vigilada de cerca por sus padres y hermanos, que se turnaban para visitarla a diario, supervisar sus gastos y tomar hasta las menores decisiones. Pasaban las estaciones, caían las hojas de los árboles en el jardín y volvían a aparecer los colibríes del verano, sin cambios en su rutina. A veces se preguntaba la causa de sus vestidos negros, porque había olvidado al decrépito esposo que en un par de ocasiones la abrazara débilmente entre las sábanas de lino, para luego, arrepentido de su lujuria, arrojarse a los pies de la Madona y azotarse con una fusta de caballo. De vez en cuando abría el armario para sacudir los vestidos y no resistía la tentación de despojarse de sus ropajes oscuros y probarse a escondidas los trajes bordados de pedrerías, las estolas de piel, los zapatos de raso y los guantes de cabritilla. Se miraba en la triple luna del espejo y saludaba a esa mujer ataviada para un baile en la cual le costaba mucho reconocerse.

A los dos años de soledad el rumor de la sangre bullendo en su cuerpo se le hizo intolerable. Los domingos en la puerta de la iglesia se retrasaba para ver pasar a los hombres, atraída por el ronco sonido de sus voces, sus mejillas afeitadas y el aroma del tabaco. Con disimulo levantaba el velo del sombrero y les sonreía. Su padre y sus hermanos no tardaron en advertirlo y, convencidos de que esa tierra americana corrompía hasta la decencia de las viudas, decidieron en consejo de familia enviarla donde unos tíos en España, donde sin duda estaría a salvo de las tentaciones frívolas, protegida por las sólidas tradiciones y el poder de la Iglesia. Así empezó el viaje que cambiaría el destino de María, la boba.

Sus padres la embarcaron en un transatlántico acompañada por su hijo, una sirvienta y los perros falderos. El complicado equipaje incluía, además de los muebles de la habitación de María y su piano, una vaca que iba en la cala del barco, para proveer de leche fresca al niño. Entre muchas maletas y cajas de sombrero, también llevaba un enorme baúl con cantos y remaches de bronce, que contenía los vestidos de fiesta rescatados de la naftalina. La familia no pensaba que en casa de los tíos María tuviera oportunidad alguna de usarlos, pero no quisieron contrariarla. Los tres primeros días la viajera no pudo abandonar su litera, vencida por el mareo, pero finalmente se acostumbró al bamboleo del barco y consiguió levantarse. Entonces llamó a la sirvienta para que le ayudara a desempacar la ropa para la larga travesía.

La existencia de María estuvo marcada por desgracias súbitas, como ese tren que le arrebató el espíritu y la lanzó de vuelta a una infancia irreversible. Estaba ordenando los vestidos en el armario de su cabina, cuando el niño se asomó al baúl abierto. En ese instante un sacudón de la nave cerró de golpe la pesada tapa y el filo metálico le dio a la criatura en el cuello, desnucándola. Se necesitaron tres marineros para desprender a la madre del baúl maldito y una dosis de láudano capaz de tumbar a un atleta para impedir que se arrancara el pelo a mechones y se destrozara la cara con las uñas. Pasó horas aullando y luego entró en un estado crepuscular, meciéndose de lado a lado, como en los tiempos en que ganó fama de idiota. El capitán del buque anunció la infausta nueva por un altoparlante, leyó un breve responso y luego ordenó envolver el pequeño cadáver con una bandera y lanzarlo por la borda, porque ya estaban en medio del océano y no tenía cómo preservarlo hasta el próximo puerto.

Varios días después de la tragedia, María salió con paso incierto a tomar aire por primera vez en la cubierta. Era una noche tibia y del fondo del mar subía un olor inquietante de algas, de mariscos, de buques sumergidos, que le entró por las narices y le recorrió las venas con el efecto de una sacudida telúrica. Se encontraba mirando el horizonte, con la mente en blanco y la piel erizada desde los talones hasta la nuca, cuando escuchó un silbido insistente y al dar media vuelta descubrió dos pisos más abajo una silueta alumbrada por la luna, haciéndole señas. Bajó las escalerillas en trance, se aproximó al hombre moreno que la llamaba, sumisa se dejó quitar los velos y los ropones de luto y lo acompañó detrás de un rollo de cuerdas. Vapuleada por un impacto similar al del tren, aprendió en menos de tres minutos la diferencia entre un marido anciano, acabado por el temor a Dios, y un insaciable marinero griego ardiendo por la penuria de varias semanas de castidad oceánica. Deslumbrada, la mujer descubrió sus propias posibilidades, se secó el llanto y le pidió más. Pasaron parte de la noche conociéndose y sólo se separaron cuando oyeron la sirena de emergencia, un terrible bramido de naufragio que alteró el silencio de los peces. Pensando que la inconsolable madre se había arrojado al mar, la sirvienta había dado la voz de alarma y toda la tripulación, menos el griego, la buscaba.

María se reunió con su amante detrás de las cuerdas cada noche, hasta que el buque se aproximó a las costas del Caribe y el perfume dulzón de flores y frutos que arrastraba la brisa acabó de perturbarle los sentidos. Aceptó entonces la proposición de su compañero de abandonar la nave, donde penaba el fantasma del niño muerto y donde había tantos ojos espiándolos, se metió el dinero del viaje en los refajos y se despidió de su pasado de señora respetable. Descolgaron un bote y desaparecieron al amanecer, dejando a bordo a la sirvienta, los perritos, la vaca y el baúl asesino. El hombre remó con sus gruesos brazos de navegante hacia un puerto estupendo, que surgió ante sus ojos a la luz del alba como una aparición de otro mundo, con sus ranchos, sus palmeras y sus pájaros variopintos. Allí se instalaron los dos fugitivos mientras les duró la reserva de dinero.

El marinero resultó pendenciero y bebedor. Hablaba una jerizonga incomprensible para María y para los habitantes de ese lugar, pero conseguía comunicarse con morisquetas y sonrisas. Ella sólo se despabilaba cuando él aparecía para practicar con ella las maromas aprendidas en todos los lupanares desde Singapur hasta Valparaíso, y el resto del tiempo permanecía atontada por una languidez mortal. Bañada por los sudores del clima, la mujer inventó el amor sin compañero, aventurándose sola en territorios alucinantes, con la audacia de quien no conoce los riesgos. El griego carecía de intuición para adivinar que había abierto una compuerta, que él mismo no era sino el instrumento de una revelación, y fue incapaz de valorar el regalo ofrecido por esa mujer. Tenía a su lado a una criatura preservada en el limbo de una inocencia invulnerable, decidida a explorar sus propios sentidos con la juguetona disposición de un cachorro, pero él no supo seguirla. Hasta entonces ella no había conocido el desenfado del placer, ni siquiera lo había imaginado, aunque siempre estuvo en su sangre como el germen de una fiebre calcinante. Al descubrirlo supuso que se trataba de la dicha celestial que las monjas del colegio le prometían a las niñas buenas en el Más Allá. Sabía muy poco del mundo y era incapaz de mirar un mapa para ubicarse en el planeta, pero al ver los hibiscus y los loros creyó encontrarse en el paraíso y se dispuso a gozarlo. Allí nadie la conocía, estaba a sus anchas por primera vez, lejos de su casa, de la tutela inexorable de sus padres y hermanos, de las presiones sociales y de los velos de misa, libre al fin para saborear el torrente de emociones que nacía en su piel y penetraba por cada filamento hasta sus cavernas más profundas, donde se volcaba en cataratas, dejándola exhausta y feliz.

La falta de malicia de María, su impermeabilidad al pecado o la humillación, acabaron por aterrorizar al marinero. Las pausas entre cada abrazo se hicieron más largas, las ausencias del hombre más frecuentes, creció el silencio entre los dos. El griego trató de escapar de esa mujer con rostro de niña que lo llamaba sin cesar, húmeda, turgente, abrasada, convencido de que la viuda a quien sedujo en alta mar se había transformado en una perversa araña dispuesta a devorarlo como a una mosca en el tumulto de la cama. En vano buscó alivio para su virilidad apabullada retozando con las prostitutas, batiéndose a cuchillo y puñetazos con los chulos y apostando en peleas de gallos el sobrante de sus juergas. Cuando se encontró con los bolsillo vacíos, se aferró a esa excusa para desaparecer del todo. María lo esperó con paciencia durante varias semanas. Por la radio se enteraba a veces de que algún marinero francés, desertor de un barco británico, o un holandés escapado de una nave portuguesa, había sido asesinado a navajazos en los barrios bravos del puerto, pero ella escuchaba la noticia sin alterarse, porque aguardaba a un griego fugado de un transatlántico italiano. Cuando ya no pudo seguir soportando la calentura de los huesos y la ansiedad del alma, salió a pedir consuelo al primer hombre que pasaba. Lo cogió de la mano y le pidió de la forma más gentil y educada, que le hiciera el favor de desnudarse para ella.

El desconocido vaciló un poco ante esa joven que en nada se parecía a las profesionales del vecindario, pero cuya proposición era muy clara, a pesar del lenguaje desusado. Calculó que podía distraer diez minutos de su tiempo con ella y la siguió, sin sospechar que se vería sumergido en el torbellino de una pasión sincera. Asombrado y conmovido, se fue a contárselo a todo el mundo, dejándole a María un billete sobre la mesa. Pronto llegaron otros, atraídos por la murmuración de que había una mujer capaz de vender por un rato la ilusión del amor. Todos los clientes se fueron satisfechos. Así se convirtió María en la prostituta más célebre del puerto, cuyo nombre los marineros se llevaron tatuado en los brazos para darlo a conocer en otros mares, hasta que la leyenda le dio la vuelta al planeta.

El tiempo, la pobreza y el esfuerzo de burlar al desencanto destruyeron la frescura de María. La piel se le volvió pardusca, adelgazó hasta los huesos y para mayor comodidad se cortó el pelo como un preso, pero mantuvo sus modales elegantes y el mismo entusiasmo por cada encuentro con un hombre, porque no veía en ellos a sujetos anónimos, sino el reflejo de sí misma en brazos de su amante imaginario. Confrontada con la realidad, no era capaz de percibir la sórdida urgencia del compañero de turno, porque cada vez se entregaba con el mismo irrevocable amor, adelantándose, como una novia atrevida, a los deseos del otro. Con la edad se le desordenó la memoria, hablaba cosas disparatadas y para la época en que se trasladó a la capital y se instaló en la calle República, no se acordaba de que alguna vez fue la musa inspiradora de tantos versos improvisados por navegantes de todas las razas y se quedaba perpleja cuando alguno viajaba desde el puerto hasta la ciudad, sólo para comprobar si aún existía aquella de quien había oído en un lugar de Asia. Al hallarse frente a ese mísero saltamontes, ese montón de huesos patéticos, esa mujercita de nada, y ver la leyenda reducida a escombros, muchos daban media vuelta y se marchaban desconcertados, pero otros se quedaban por lástima. Éstos recibían un premio inesperado. María cerraba su cortina de hule y al punto cambiaba la calidad del aire en la pieza. Más tarde el hombre partía maravillado, llevándose la imagen de una muchacha mitológica y no la de la anciana lastimosa que creyó ver en un principio.

A María se le fue borrando el pasado —su único recuerdo nítido era el terror de trenes y baúles— y si no hubiera sido por la
tenacidad de sus compañeras de oficio, nadie habría conocido su
historia. Vivió esperando el instante en que se abriera la cortina
de su habitación para dar paso al marinero griego, o a cualquier
otro fantasma nacido de su fantasía, quien la recogería en el círculo preciso de sus brazos para devolverle el deleite compartido en
la cubierta de un buque en alta mar, buscando siempre la antigua
ilusión en cada hombre de paso, iluminada por un amor imaginario, engañando a las sombras con abrazos fugaces, con chispazos
que se consumían antes de arder, y cuando se aburrió de aguardar
en vano y sintió que también el alma se le cubría de escamas, decidió que era mejor dejar este mundo. Y con la misma delicadeza
y consideración de todos sus actos, recurrió entonces a la jarra de
chocolate.

LO MÁS OLVIDADO DEL OLVIDO

Ella se dejó acariciar, silenciosa, gotas de sudor en la cintura, olor a azúcar tostada en su cuerpo quieto, como si adivinara que un solo sonido podía hurgar en los recuerdos y echarlo todo a perder, haciendo polvo ese instante en que él era una persona como todas, un amante casual que conoció en la mañana, otro hombre sin historia atraído por su pelo de espiga, su piel pecosa o la sonajera profunda de sus brazaletes de gitana, otro que la abordó en la calle y echó a andar con ella sin rumbo preciso, comentando del tiempo o del tráfico y observando a la multitud, con esa confianza un poco forzada de los compatriotas en tierra extraña; un hombre sin tristezas, ni rencores, ni culpas, limpio como el hielo, que deseaba sencillamente pasar el día con ella vagando por librerías y parques, tomando café, celebrando el azar de haberse conocido, hablando de nostalgias antiguas, de cómo era la vida cuando ambos crecían en la misma ciudad, en el mismo barrio, cuando tenía catorce años, te acuerdas, los inviernos de zapatos mojados por la escarcha y de estufas de parafina, los veranos de duraznos, allá en el país prohibido. Tal vez se sentía un poco sola o le pareció que era una oportunidad de hacer el amor sin preguntas y por eso, al final de la tarde, cuando ya no había más pretextos para seguir caminando, ella lo tomó de la mano y lo condujo a su casa. Compartía con otros exiliados un apartamento sórdido, en un edificio amarillo al final de un callejón lleno de tarros de basura. Su cuarto era estrecho, un colchón en el suelo cubierto con una manta a rayas, unas repisas hechas con tablones apoyados en dos hileras de ladrillos, libros, afiches, ropa sobre una silla, una maleta en un rincón. Allí ella se quitó la ropa sin preámbulos con actitud de niña complaciente.

Él trató de amarla. La recorrió con paciencia, resbalando por sus colinas y hondonadas, abordando sin prisa sus rutas, amasándola, suave arcilla sobre las sábanas, hasta que ella se entregó, abierta. Entonces él retrocedió con muda reserva. Ella se volvió para buscarlo, ovillada sobre el vientre del hombre, escondiendo la cara, como empeñada en el pudor, mientras lo palpaba, lo lamía, lo fustigaba. Él quiso abandonarse con los ojos cerrados y la dejó hacer por un rato, hasta que lo derrotó la tristeza o la vergüenza y tuvo que apartarla. Encendieron otro cigarrillo, ya no había complicidad, se había perdido la anticipada urgencia que los unió durante ese día, y sólo quedaban sobre la cama dos criaturas desvalidas, con la memoria ausente, flotando en el vacío terrible de tantas palabras calladas. Al conocerse esa mañana no ambicionaron nada extraordinario, no habían pretendido mucho, sólo algo de compañía y un poco de placer, nada más, pero a la hora del encuentro los venció el desconsuelo. Estamos cansados, sonrió ella, pidiendo disculpas por esa pesadumbre instalada entre los dos. En un último empeño de ganar tiempo, él tomó la cara de la mujer entre sus manos y le besó los párpados. Se tendieron lado a lado, tomados de la mano, y hablaron de sus vidas en ese país donde se encontraban por casualidad, un lugar verde y generoso donde sin embargo siempre serían forasteros. Él pensó en vestirse y decirle adiós, antes de que la tarántula de sus pesadillas les envenenara el aire, pero la vio joven y vulnerable y quiso ser su amigo. Amigo, pensó, no amante, amigo para compartir algunos ratos de sosiego, sin exigencias ni compromisos, amigo para no estar solo y para combatir el miedo. No se decidió a partir ni a soltarle la mano. Un sentimiento cálido y blando, una tremenda compasión por sí mismo y por ella le hizo arder los ojos. Se infló la cortina como una vela y ella se levantó a cerrar la ventana, imaginando que la oscuridad podía ayudarlos a recuperar las ganas de estar juntos y el deseo de abrazarse. Pero no fue así, él necesitaba ese retazo de luz de la calle, porque si no se sentía atrapado de nuevo en el abismo de los noventa centímetros sin tiempo de la celda, fermentando en sus propios excrementos, demente. Deja abierta la cortina, quiero mirarte, le mintió, porque no se atrevió a confiarle su terror de la noche, cuando lo agobiaban de nuevo la sed, la venda apretada en la cabeza como una corona de clavos, las visiones de cavernas y el asalto de tantos fantasmas. No podía hablarle de eso, porque una cosa lleva a la otra y se acaba diciendo lo que nunca se ha dicho. Ella volvió a la cama, lo acarició sin entusiasmo, le pasó los dedos por las pequeñas marcas, explorándolas. No te preocupes, no es nada contagioso, son sólo cicatrices, rió él casi en un sollozo. La muchacha percibió su tono angustiado y se detuvo, el gesto suspendido, alerta. En ese momento él debió decirle que ése no era el comienzo de un nuevo amor, ni siquiera de una pasión fugaz, era sólo un instante de tregua, un breve minuto de inocencia, y que dentro de poco, cuando ella se durmiera, él se iría; debió decirle que no habría planes para ellos, ni llamadas furtivas, no vagarían juntos otra vez de la mano por las calles, ni compartirían juegos de amantes, pero no pudo hablar, la voz se le quedó agarrada en el vientre, como una zarpa. Supo que se hundía. Trató de retener la realidad que se le escabullía, anclar su espíritu en cualquier cosa, en la ropa desordenada sobre la silla, en los libros apilados en el suelo, en el afiche de Chile en la pared, en la frescura de esa noche caribeña, en el ruido sordo de la calle; intentó concentrarse en ese cuerpo ofrecido y pensar sólo en el cabello desbordado de la joven, en su olor dulce. Le suplicó sin voz que por favor lo ayudara a salvar esos segundos, mientras ella lo observaba desde el rincón más lejano de la cama, sentada como un faquir, sus claros pezones y el ojo de su ombligo mirándolo también, registrando su temblor, el chocar de sus dientes, el gemido. El hombre oyó crecer el silencio en su interior, supo que se le quebraba el alma, como tantas veces le ocurriera antes, y dejó de luchar, soltando el último asidero al presente, echándose a rodar por un despeñadero inacabable. Sintió las correas incrustadas en los tobillos y en las muñecas, la descarga brutal, los tendones rotos, las voces insultando, exigiendo nombres, los gritos inolvidables de Ana supliciada a su lado y de los otros, colgados de los brazos en el patio.

¡Qué pasa, por Dios, qué te pasa!, le llegó de lejos la voz de Ana. No, Ana quedó atascada en las ciénagas del Sur. Creyó percibir a una desconocida desnuda, que lo sacudía y lo nombraba, pero no logró desprenderse de las sombras donde se agitaban látigos y banderas. Encogido, intentó controlar las náuseas. Comenzó a llorar por Ana y por los demás. ¿Qué te pasa?, otra vez la muchacha llamándolo desde alguna parte. ¡Nada, abrázame...! rogó y ella se acercó tímida y lo envolvió en sus brazos, lo arrulló como a un niño, lo besó en la frente, le dijo llora, llora, lo tendió de espaldas sobre la cama y se acostó crucificada sobre él.

Permanecieron mil años así abrazados, hasta que lentamente se alejaron las alucinaciones y él regresó a la habitación, para descubrirse vivo a pesar de todo, respirando, latiendo, con el peso de ella sobre su cuerpo, la cabeza de ella descansando en su pecho, los brazos y las piernas de ella sobre los suyos, dos huérfanos aterrados. Y en ese instante, como si lo supiera todo, ella le dijo que el miedo es más fuerte que el deseo, el amor, el odio, la culpa, la rabia, más fuerte que la lealtad. El miedo es algo total, concluyó, con las lágrimas rodándole por el cuello. Todo se detuvo para el hombre, tocado en la herida más oculta. Presintió que ella no era sólo una muchacha dispuesta a hacer el amor por conmiseración, que ella conocía aquello que se encontraba agazapado más allá del silencio, de la completa soledad, más allá de la caja sellada donde él se había escondido del Coronel y de su propia traición, más allá del recuerdo de Ana Díaz y de los otros compañeros delatados, a quienes fueron trayendo uno a uno con los ojos vendados. ¿Cómo puede saber ella todo eso?

La mujer se incorporó. Su brazo delgado se recortó contra la bruma clara de la ventana, buscando a tientas el interruptor. Encendió la luz y se quitó uno a uno los brazaletes de metal, que cayeron sin ruido sobre la cama. El cabello le cubría a medias la cara cuando le tendió las manos. También a ella blancas cicatrices le cruzaban las muñecas. Durante un interminable momento él las observó inmóvil hasta comprenderlo todo, amor, y verla atada con las correas sobre la parrilla eléctrica, y entonces pudieron abrazarse y llorar, hambrientos de pactos y de confidencias, de palabras prohibidas, de promesas de mañana, compartiendo, por fin, el más recóndito secreto.

EL PEQUEÑO HEIDELBERG

Tantos años bailaron juntos El Capitán y la Niña Eloísa, que alcanzaron la perfección. Cada uno podía intuir el siguiente movimiento del otro, adivinar el instante exacto de la próxima vuelta, interpretar la más sutil presión de la mano o desviación de un pie. No habían perdido el paso ni una sola vez en cuarenta años, se movían con la precisión de una pareja acostumbrada a hacer el amor y dormir en estrecho abrazo, por eso resultaba tan difícil imaginar que nunca habían cruzado ni una sola palabra.

El Pequeño Heidelberg es un salón de baile a cierta distancia de la capital, ubicado en un cerro rodeado de plantaciones de plátanos, donde además de buena música y de un aire menos bochornoso, ofrecen un insólito guiso afrodisíaco aromatizado con toda suerte de especies, demasiado contundente para el clima ardiente de esta región, pero en perfecto acuerdo con las tradiciones que inspiraron al propietario, don Rupert. Antes de la crisis del petróleo, cuando se vivía aún en la ilusión de la abundancia y se importaban frutas de otras latitudes, la especialidad de la casa era el *struddel* de manzana, pero después que del petróleo quedó sólo un cerro de basura indestructible y el recuerdo de tiempos mejores, hacen el *struddel* con guayabas o mangos. Las mesas, dispuestas en un amplio círculo que deja al centro un espacio libre para el baile, están cubiertas con manteles a cuadros verdes y blancos y las paredes lucen escenas bucólicas de la vida campestre de los Alpes: pastoras con trenzas amarillas, fornidos mocetones y vacas impolutas. Los músicos —vestidos con pantalones cortos, calcetines de lana, suspensores tiroleses y sombreros de fieltro, que con el sudor han perdido la prestancia y de lejos parecen pelucas verdosas— se sitúan sobre una plataforma coronada por un águila embalsamada, a la cual, según dice don Rupert, de vez en cuando le salen plumas nuevas. Uno toca el acordeón, el otro un saxo y el tercero se las arregla con pies y manos para hacer sonar simultáneamente la batería y los platillos. El del acordeón es un maestro de su instrumento y también canta con cálida voz de tenor y un vago acento de Andalucía. A pesar de su disparatado atuendo de tabernero suizo es el favorito de las señoras asiduas al salón y varias de ellas acarician la secreta fantasía de quedar atrapadas con él en alguna aventura mortal, por ejemplo, un derrumbe o un bombardeo, donde exhalarían contentas el último aliento envueltas por esos brazos poderosos, capaces de arrancar tan desgarradores lamentos al acordeón. El hecho de que la edad promedio de esas damas alcance los setenta años, no inhibe la sensualidad evocada por el cantante, más bien le agrega el dulce soplo de la muerte. La orquesta comienza su trabajo después de la puesta del sol y termina a medianoche, excepto los sábados y los domingos, cuando el local se llena de turistas y deben continuar hasta que el último cliente se retire, en la madrugada. Sólo interpretan polcas, mazurcas, valses y danzas regionales de Europa, como si en vez de hallarse enclavado en el Caribe, el Pequeño Heidelberg se encontrara a orillas del Rhin.

En la cocina reina doña Burgel, la esposa de don Rupert, una matrona formidable a quienes pocos conocen, porque su existencia se desliza entre ollas y pilas de verduras, concentrada en preparar platos extranjeros con ingredientes criollos. Ella inventó el *struddel* de frutas tropicales y ese guiso afrodisíaco capaz de devolverle el vigor al más apabullado. Las mesas son atendidas por las hijas de los dueños, un par de sólidas mujeres, perfumadas a canela, clavo de olor, vainilla y limón, y algunas otras mozas de la localidad, todas de mejillas rubicundas. La clientela habitual se compone de emigrantes europeos llegados al país escapando de alguna guerra o de la pobreza, comerciantes, agricultores, artesanos, gentes amables y sencillas, que tal vez no siempre lo fueron, pero a quienes el paso de la vida ha nivelado en esa benévola cortesía de los viejos sanos. Los hombres llevan corbatas de mariposa y chaquetas, pero a medida que el sacudimiento del baile y la abundancia de cerveza les calienta el alma, van despojándose de lo superfluo hasta quedar en camisa. Las mujeres visten de colores alegres y estilo anticuado, como si sus trajes hubieran sido rescatados del baúl de novia que trajeron al inmigrar. De vez en cuando aparece un grupo de adolescentes agresivos, cuya presencia es precedida por el bochinche atronador de sus motos y la sonajera de botas, llaves y cadenas, y que llegan con el único propósito de burlarse de los viejos, pero el incidente no pasa de una escaramuza, porque el músico de la batería y el saxofonista están siempre dispuestos a arremangarse e imponer orden.

Los sábados, a eso de las nueve de la noche, cuando ya todo el mundo ha saboreado su ración del guiso afrodisíaco y se ha abandonado al placer del baile, aparece La Mexicana y se sienta sola. Es una cincuentona provocativa, mujer de cuerpo galeón —quilla alta, barrigona, amplia de popa, rostro de mascarón de proa— que luce un escote maduro, pero aún turgente, y una flor en la oreja. No es la única vestida de bailadora flamenca, por supuesto, pero en ella resulta más natural que en las otras señoras de pelo blanco y cintura triste que ni siquiera hablan un español decente. La Mexicana bailando la polca es una nave a la deriva en olas abruptas, pero al ritmo del vals parece deslizarse en aguas dulces. Así la vislumbraba a veces en sueños El Capitán y despertaba con la inquietud casi olvidada de su adolescencia. Dicen que El Capitán provenía de una flota nórdica cuyo nombre nadie pudo descifrar. Era experto en barcos antiguos y rutas marinas, pero todos esos conocimientos yacían sepultados en lo profundo de su mente, sin la menor posibilidad de ser útiles en el paisaje caliente de esta región, donde el mar es un plácido acuario de aguas verdes y cristalinas, inapropiado para la navegación de los intrépidos barcos del Mar del Norte. Era un hombre alto y seco, un árbol sin hojas, la espalda tiesa y los músculos del cuello todavía firmes, vestido con su chaqueta de botones dorados y envuelto en esa aura trágica de los marinos retirados. No se le escuchó nunca ni una palabra en español o en algún otro idioma conocido. Treinta años atrás don Rupert dijo que El Capitán era seguramente finlandés, por el color de hielo de sus pupilas y la justicia irrenunciable de su mirada, y como nadie lo pudo contradecir, acabaron por aceptarlo. Por lo demás, en el Pequeño Heidelberg el idioma carece de importancia, pues nadie va allí a conversar.

Algunas reglas del comportamiento han sido modificadas, para comodidad y conveniencia de todos. Cualquiera puede salir a la pista solo o invitar a alguien de otra mesa, y las mujeres también toman la iniciativa de aproximarse a los hombres, si así lo desean. Es una solución justa para las viudas sin compañía. Nadie saca a bailar a La Mexicana, porque se entiende que ella lo consideraría ofensivo, y los caballeros deben aguardar, temblorosos de anticipación, que ella lo haga. La mujer deposita su cigarro en el cenicero, descruza las feroces columnas de sus piernas, se acomoda el corpiño, avanza hasta el escogido y se le planta al frente sin una mirada. Cambia de pareja en cada baile, pero antes reservaba por lo menos cuatro piezas para El Capitán. Él la cogía por la cintura con su firme mano de timonel y la guiaba por la pista sin permitir que sus muchos años le cortaran la inspiración.

La más antigua parroquiana del salón, que en medio siglo no faltó ni un sábado al Pequeño Heidelberg, era la Niña Eloísa, una dama diminuta, blanda y suave, con piel de papel de arroz y una corona de cabellos transparentes. Por tanto tiempo se ganó la vida fabricando bombones en su cocina, que el aroma del chocolate la impregnó totalmente y olía a fiesta de cumpleaños. A pesar de su edad, aún guardaba algunos gestos de la primera juventud y era capaz de pasar toda la noche dando vueltas en la pista de baile sin descalabrarse los rizos del moño ni perder el ritmo del corazón. Había llegado al país a comienzos del siglo, proveniente de una aldea al sur de Rusia, con su madre, quien entonces era de una belleza deslumbrante. Vivieron juntas fabricando chocolates, ajenas por completo a los rigores del clima, del siglo y de la soledad, sin maridos, sin familia, ni grandes sobresaltos, y sin más diversión que El Pequeño Heidelberg cada fin de semana. Desde que murió su madre, la Niña Eloísa acudía sola. Don Rupert la recibía en la puerta con gran deferencia y la acompañaba hasta su mesa, mientras la orquesta le daba la bienvenida con los primeros acordes de su vals favorito. En algunas mesas se alzaban jarras de cerveza para saludarla, porque era la persona más anciana y sin duda la más querida. Era tímida, nunca se atrevió a invitar a un hombre a bailar, pero en todos esos años no tuvo necesidad de hacerlo, porque para cualquiera constituía un privilegio tomar su mano, enlazarla por el talle con delicadeza para no descomponerle algún huesito de cristal y conducirla a la pista. Era una bailarina graciosa y tenía esa fragancia dulce capaz de devolverle a quien la oliera los mejores recuerdos de su infancia.

El Capitán se sentaba solo, siempre en la misma mesa, bebía con moderación y no demostró jamás ningún entusiasmo por el guiso afrodisíaco de doña Burgel. Seguía el ritmo de la música con un pie y cuando la Niña Eloísa estaba libre la invitaba, cuadrándosele al frente con un discreto chocar de talones y una leve inclinación. No hablaban nunca, sólo se miraban y sonreían entre los galopes, escapes y diagonales de alguna añeja danza.

Un sábado de diciembre, menos húmedo que otros, llegó al Pequeño Heidelberg un par de turistas. Esta vez no eran los disciplinados japoneses de los últimos tiempos, sino unos escandinavos altos, de piel tostada y cabellos pálidos, que se instalaron en una mesa a observar fascinados a los bailarines. Eran alegres y ruidosos, chocaban los jarros de cerveza, se reían con gusto y charlaban a gritos. Las palabras de los extranjeros alcanzaron al Capitán en su mesa y desde muy lejos, desde otro tiempo y otro paisaje, le llegó el sonido de su propia lengua, entero y fresco, como recién inventado, palabras que no había oído desde hacía varias décadas, pero que permanecían intactas en su memoria. Una expresión suavizó su rostro de viejo navegante, haciéndolo vacilar por algunos minutos entre la reserva absoluta donde se sentía cómodo y el deleite casi olvidado de abandonarse en una conversación. Por último se puso de pie y se acercó a los desconocidos. Detrás del bar, don Rupert observó al Capitán, que estaba diciendo algo a los recién llegados, ligeramente inclinado, con las manos en la espalda. Pronto los demás clientes, las mozas y los músicos se dieron cuenta de que ese hombre hablaba por primera vez desde que lo conocían y también se quedaron quietos para escucharlo mejor. Tenía una voz de bisabuelo, cascada y lenta, pero ponía una gran determinación en cada frase. Cuando terminó de sacar todo el contenido de su pecho, hubo tal silencio en el salón que doña Burgel salió de la cocina para enterarse si alguien había muerto. Por fin, después de una pausa larga, uno de los turistas se sacudió el asombro y llamó a don Rupert para decirle en un inglés primitivo, que lo ayudara a traducir el discurso del Capitán. Los nórdicos siguieron al viejo marino hasta la mesa donde la Niña Eloísa aguardaba y don Rupert se aproximó también, quitándose por el camino el delantal, con la intuición de un acontecimiento solemne. El Capitán dijo unas palabras en su idioma, uno de los extranjeros lo interpretó en inglés y don Rupert, con las orejas rojas y el bigote tembleque, lo repitió en su español torcido.

—Niña Eloísa, pregunta El Capitán si quiere casarse con él.

La frágil anciana se quedó sentada con los ojos redondos de sorpresa y la boca oculta tras su pañuelo de batista, y todos esperaron suspendidos en un suspiro, hasta que ella logró sacar la voz.

—¿No le parece que esto es un poco precipitado?—musitó.

Sus palabras pasaron por el tabernero y los turistas y la respuesta hizo el mismo recorrido a la inversa.

—El Capitán dice que ha esperado cuarenta años para decírselo y que no podría esperar hasta que se presente de nuevo alguien que hable su idioma. Dice que por favor le conteste ahora.

—Está bien —susurró apenas la Niña Eloísa y no fue necesario traducir la respuesta, porque todos la entendieron.

Don Rupert, eufórico, levantó ambos brazos y anunció el compromiso, El Capitán besó las mejillas de su novia, los turistas estrecharon las manos de todo el mundo, los músicos batieron sus instrumentos en una algarabía de marcha triunfal y los asistentes hicieron una rueda en torno de la pareja. Las mujeres se limpiaban las lágrimas, los hombres brindaban emocionados, don Rupert se sentó ante el bar y escondió la cabeza entre los brazos, sacudido por la emoción, mientras doña Burgel y sus dos hijas destapaban botellas del mejor ron. Enseguida los músicos tocaron el vals del *Danubio Azul* y todos despejaron la pista.

El Capitán tomó de la mano a esa suave mujer que había amado sin palabras por tanto tiempo y la llevó hasta el centro del salón, donde bailaron con la gracia de dos garzas en su danza de bodas. El Capitán la sostenía con el mismo amoroso cuidado con que en su juventud atrapaba el viento en las velas de alguna nave etérea, conduciéndola por la pista como si se mecieran en el tranquilo oleaje de una bahía, mientras le decía en su idioma de ventiscas y bosques todo lo que su corazón había callado hasta ese momento. Bailando y bailando El Capitán sintió que se les iba retrocediendo la edad y en cada paso estaban más alegres y livianos. Una vuelta tras otra, los acordes de la música más vibrantes, los pies más rápidos, la cintura de ella más delgada, el peso de su pequeña mano en la suya más ligero, su presencia más incorpórea. Entonces vio que la Niña Eloísa iba tornándose de encaje, de espuma, de niebla, hasta hacerse imperceptible y por último desaparecer del todo y él se encontró girando y girando con los brazos vacíos, sin más compañía que un tenue aroma de chocolate.

El tenor le indicó a los músicos que se dispusieran a seguir tocando el mismo vals para siempre, porque comprendió que con la última nota El Capitán despertaría de su ensueño y el recuerdo de la Niña Eloísa se esfumaría definitivamente. Conmovidos, los viejos parroquianos del Pequeño Heidelberg permanecieron inmóviles en sus sillas, hasta que por fin La Mexicana, con su arrogancia transformada en caritativa ternura, se levantó y avanzó discretamente hacia las manos temblorosas del Capitán, para bailar con él.

LA MUJER DEL JUEZ

Nicolás Vidal siempre supo que perdería la vida por una mujer. Lo pronosticaron el día de su nacimiento y lo confirmó la dueña del almacén en la única ocasión en que él permitió que le viera la fortuna en la borra del café, pero no imaginó que la causa sería Casilda, la esposa del Juez Hidalgo. La divisó por primera vez el día en que ella llegó al pueblo a casarse. No la encontró atractiva, porque prefería las hembras desfachatadas y morenas, y esa joven transparente en su traje de viaje, con la mirada huidiza y unos dedos finos, inútiles para dar placer a un hombre, le resultaba inconsistente como un puñado de ceniza. Conociendo bien su destino, se cuidaba de las mujeres y a lo largo de su vida huyó de todo contacto sentimental, secando su corazón para el amor y limitándose a encuentros rápidos para burlar la soledad. Tan insignificante y remota le pareció Casilda que no tomó precauciones con ella, y llegado el momento olvidó la predicción que siempre estuvo presente en sus decisiones. Desde el techo del edificio, donde se había agazapado con dos de sus hombres, observó a la señorita de la capital cuando ésta bajó del coche el día de su matrimonio. Llegó acompañada por media docena de sus familiares, tan lívidos y delicados como ella, que asistieron a la ceremonia abanicándose con aire de franca consternación y luego partieron para nunca más regresar.

Como todos los habitantes del pueblo, Vidal pensó que la novia no aguantaría el clima y dentro de poco las comadres deberían vestirla para su propio funeral. En el caso improbable de que resistiera el calor y el polvo que se introducía por la piel y se fijaba en el alma, sin duda sucumbiría ante el mal humor y las manías de solterón de su marido. El Juez Hidalgo la doblaba en edad y llevaba tantos años durmiendo solo, que no sabía por dónde comenzar a complacer a una mujer. En toda la provincia temían su temperamento severo y su terquedad para cumplir la ley, aun a costa de la justicia. En el ejercicio de sus funciones ignoraba las razones del buen sentimiento, castigando con igual firmeza el robo de una gallina que el homicidio calificado. Vestía de negro riguroso para que todos conocieran la dignidad de su cargo, y a pesar de la polvareda irreductible de ese pueblo sin ilusiones llevaba siempre los botines lustrados con cera de abeja. Un hombre así no está hecho para marido, decían las comadres, sin embargo no se cumplieron los funestos presagios de la boda, por el contrario, Casilda sobrevivió a tres partos seguidos y parecía contenta. Los domingos acudía con su esposo a la misa de doce, imperturbable bajo su mantilla española, intocada por las inclemencias de ese verano perenne, descolorida y silenciosa como una sombra. Nadie le oyó algo más que un saludo tenue, ni le vieron gestos más osados que una inclinación de cabeza o una sonrisa fugaz, parecía volátil, a punto de esfumarse en un descuido. Daba la impresión de no existir, por eso todos se sorprendieron al ver su influencia en el Juez, cuyos cambios eran notables.

Si bien Hidalgo continuó siendo el mismo en apariencia, fúnebre y áspero, sus decisiones en la Corte dieron un extraño giro. Ante el estupor público dejó en libertad a un muchacho que robó a su empleador, con el argumento de que durante tres años el patrón le había pagado menos de lo justo y el dinero sustraído era una forma de compensación. También se negó a castigar a una esposa adúltera, argumentando que el marido no tenía autoridad moral para exigirle honradez, si él mismo mantenía una concubina. Las lenguas maliciosas del pueblo murmuraban que el Juez Hidalgo se daba vuelta como un guante cuando traspasaba el umbral de su casa, se quitaba los ropajes solemnes, jugaba con sus hijos, se reía

140

enamorada

y sentaba a Casilda sobre sus rodillas, pero esas murmuraciones nunca fueron confirmadas. De todos modos, atribuyeron a su mujer aquellos actos de benevolencia y su prestigio mejoró, pero nada de eso interesaba a Nicolás Vidal, porque se encontraba fuera de la ley y tenía la certeza de que no habría piedad para él cuando pudieran llevarlo engrillado delante del Juez. No prestaba oídos a los chismes sobre doña Casilda y las pocas veces que la vio de lejos, confirmó su primera apreciación de que era sólo un borroso ectoplasma.

blurred

Vidal había nacido treinta años antes en una habitación sin ventanas del único prostíbulo del pueblo, hijo de Juana La Triste y de padre desconocido. No tenía lugar en este mundo y su madre lo sabía, por eso intentó arrancárselo del vientre con yerbas, cabos de vela, lavados de lejía y otros recursos brutales, pero la criatura se empeñó en sobrevivir. Años después Juana La Triste, al ver a ese hijo tan diferente, comprendió que los drásticos sistemas para abortar que no consiguieron eliminarlo, en cambio templaron su cuerpo y su alma hasta darle la dureza del hierro. Apenas nació, la comadrona lo levantó para observarlo a la luz de un quinqué y de inmediato notó que tenía cuatro tetillas. *extraño*

—Pobrecito, perderá la vida por una mujer —pronosticó guiada por su experiencia en esos asuntos. M

Esas palabras pesaron como una deformidad en el muchacho. Tal vez su existencia hubiera sido menos mísera con el amor de una mujer. Para compensarlo por los numerosos intentos de matarlo antes de nacer, su madre escogió para él un nombre pleno de belleza y un apellido sólido, elegido al azar; pero ese nombre de príncipe no bastó para conjurar los signos fatales y antes de los diez años el niño tenía la cara marcada a cuchillo por las peleas y muy poco después vivía como fugitivo. A los veinte era jefe de una banda de hombres desesperados. El hábito de la violencia desarrolló la fuerza de sus músculos, la calle lo hizo despiadado y la soledad, a la cual estaba condenado por temor a perderse de amor, determinó la expresión de sus ojos. Cualquier habitante del pueblo podía jurar al verlo que era el hijo de Juana La Triste, porque tal como ella, tenía las pupilas aguadas de lágrimas sin derramar. Cada vez que se cometía una fechoría en la región, los guar-

N.V. una vida sin esperanza

w/o shedding them

dias salían con perros a cazar a Nicolás Vidal para callar la protesta de los ciudadanos, pero después de unas vueltas por los cerros regresaban con las manos vacías. En verdad no deseaban encontrarlo, porque no podían luchar con él. La pandilla consolidó en tal forma su mal nombre, que las aldeas y las haciendas pagaban un tributo para mantenerla alejada. Con esas donaciones los hombres podían estar tranquilos, pero Nicolás Vidal los obligaba a mantenerse siempre a caballo, en medio de una ventolera de muerte y estropicio para que no perdieran el gusto por la guerra ni se les mermara el desprestigio. Nadie se atrevía a enfrentarlos. En un par de ocasiones el Juez Hidalgo pidió al Gobierno que enviara tropas del ejército para reforzar a sus policías, pero después de algunas excursiones inútiles volvían los soldados a sus cuarteles y los forajidos a sus andanzas.

Sólo una vez estuvo Nicolás Vidal a punto de caer en las trampas de la justicia, pero lo salvó su incapacidad para conmoverse. Cansado de ver las leyes atropelladas, el Juez Hidalgo decidió pasar por alto los escrúpulos y preparar una trampa para el bandolero. (Se daba cuenta de que en defensa de la justicia iba a cometer un acto atroz, pero de dos males escogió el menor.) El único cebo que se le ocurrió fue Juana La Triste, porque Vidal no tenía otros parientes ni se le conocían amores. Sacó a la mujer del local, donde fregaba pisos y limpiaba letrinas a falta de clientes dispuestos a pagar por sus servicios, la metió dentro de una jaula fabricada a su medida y la colocó en el centro de la Plaza de Armas, sin más consuelo que un jarro de agua.

—Cuando se le termine el agua empezará a gritar. Entonces aparecerá su hijo y yo estaré esperándolo con los soldados —dijo el Juez.

El rumor de ese castigo, en desuso desde la época de los esclavos cimarrones, llegó a oídos de Nicolás Vidal poco antes de que su madre bebiera el último sorbo del cántaro. Sus hombres lo vieron recibir la noticia en silencio, sin alterar su impasible máscara de solitario ni el ritmo tranquilo con que afilaba su navaja contra una cincha de cuero. Hacía muchos años que no tenía contacto con Juana La Triste y tampoco guardaba ni un solo recuerdo placentero de su niñez, pero ésa no era una cuestión sentimental, sino un asunto de honor. Ningún hombre puede aguantar semejante ofensa, pensaron los bandidos, mientras alistaban sus armas y sus monturas, dispuestos a acudir a la emboscada y dejar en ella la vida si fuera necesario. Pero el jefe no dio muestras de prisa.

A medida que transcurrían las horas, aumentaba la tensión en el grupo. Se miraban unos a otros sudando, sin atreverse a hacer comentarios, esperando impacientes, las manos en las cachas de los revólveres, en las crines de los caballos, en las empuñaduras de los lazos. Llegó la noche y el único que durmió en el campamento fue Nicolás Vidal. Al amanecer las opiniones estaban divididas entre los hombres, unos creían que era mucho más desalmado de lo que jamás imaginaron y otros que su jefe planeaba una acción espectacular para rescatar a su madre. Lo único que nadie pensó fue que pudiera faltarle el coraje, porque había dado muestras de tenerlo en exceso. Al mediodía no soportaron más la incertidumbre y fueron a preguntarle qué iba a hacer.

—Nada —dijo.

—¿Y tu madre?

—Veremos quién tiene más cojones, el Juez o yo —replicó imperturbable Nicolás Vidal.

Al tercer día Juana La Triste ya no clamaba piedad ni rogaba por agua, porque se le había secado la lengua y las palabras morían en su garganta antes de nacer, yacía ovillada en el suelo de su jaula con los ojos perdidos y los labios hinchados, gimiendo como un animal en los momentos de lucidez y soñando con el infierno el resto del tiempo. Cuatro guardias armados vigilaban a la prisionera para impedir que los vecinos le dieran de beber. Sus lamentos ocupaban todo el pueblo, entraban por los postigos cerrados, los introducía el viento a través de las puertas, se quedaban prendidos en los rincones, los recogían los perros para repetirlos aullando, contagiaban a los recién nacidos y molían los nervios de quien los escuchaba. El Juez no pudo evitar el desfile de gente por la plaza compadeciendo a la anciana, ni logró detener la huelga solidaria de las prostitutas, que coincidió con la quincena de los mineros. El sábado las calles estaban tomadas por los rudos trabajadores de las minas, ansiosos por gastar sus ahorros antes de volver a los socavones, pero el pueblo no ofrecía ninguna diversión, aparte de la jaula y ese murmullo de lástima llevado de boca en boca, desde el río hasta la carretera de la costa. El cura encabezó a un grupo de feligreses que se presentaron ante el Juez Hidalgo a recordarle la caridad cristiana y suplicarle que eximiera a esa pobre mujer inocente de aquella muerte de mártir, pero el magistrado pasó el pestillo de su despacho y se negó a oírlos, apostando a que Juana La Triste aguantaría un día más y su hijo caería en la trampa. Entonces los notables del pueblo decidieron acudir a doña Casilda. La esposa del Juez los recibió en el sombrío salón de su casa y atendió sus razones callada, con los ojos bajos, como era su estilo. Hacía tres días que su marido se encontraba ausente, encerrado en su oficina, aguardando a Nicolás Vidal con una determinación insensata. Sin asomarse a la ventana, ella sabía todo lo que ocurría en la calle, porque también a las vastas habitaciones de su casa entraba el ruido de ese largo suplicio. Doña Casilda esperó que las visitas se retiraran, vistió a sus hijos con las ropas de domingo y salió con ellos rumbo a la plaza. Llevaba una cesta con provisiones y una jarra con agua fresca para Juana La Triste. Los guardias la vieron aparecer por la esquina y adivinaron sus intenciones, pero tenían órdenes precisas, así es que cruzaron sus rifles delante de ella y cuando quiso avanzar, observada por una muchedumbre expectante, la tomaron por los brazos para impedírselo. Entonces los niños comenzaron a gritar.

El Juez Hidalgo estaba en su despacho frente a la plaza. Era el único habitante del barrio que no se había taponeado las orejas con cera, porque permanecía atento a la emboscada, acechando el sonido de los caballos de Nicolás Vidal. Durante tres días con sus noches aguantó el llanto de su víctima y los insultos de los vecinos amotinados ante el edificio, pero cuando distinguió las voces de sus hijos comprendió que había alcanzado el límite de su resistencia. Agotado, salió de su Corte con una barba del miércoles, los ojos afiebrados por la vigilia y el peso de su derrota en la espalda. Atravesó la calle, entró en el cuadrilátero de la plaza y se aproximó a su mujer. Se miraron con tristeza. Era la primera vez en siete años que ella lo enfrentaba y escogió hacerlo delante de todo el pueblo. El Juez Hidalgo tomó la cesta y la jarra de manos de doña Casilda y él mismo abrió la jaula para socorrer a su prisionera.

—Se los dije, tiene menos cojones que yo —rió Nicolás Vidal al enterarse de lo sucedido.

Pero sus carcajadas se tornaron amargas al día siguiente, cuando le dieron la noticia de que Juana La Triste se había ahorcado en la lámpara del burdel donde gastó la vida, porque no pudo resistir la vergüenza de que su único hijo la abandonara en una jaula en el centro de la Plaza de Armas.

—Al Juez le llegó su hora —dijo Vidal.

Su plan consistía en entrar al pueblo de noche, atrapar al magistrado por sorpresa, darle una muerte espectacular y colocarlo dentro de la maldita jaula, para que al despertar al otro día todo el mundo pudiera ver sus restos humillados. Pero se enteró de que la familia Hidalgo había partido a un balneario de la costa para pasar el mal gusto de la derrota.

El indicio de que los perseguían para tomar venganza alcanzó al Juez Hidalgo a mitad de ruta, en una posada donde se habían detenido a descansar. El lugar no ofrecía suficiente protección hasta que acudiera el destacamento de la guardia, pero llevaba algunas horas de ventaja y su vehículo era más rápido que los caballos. Calculó que podría llegar al otro pueblo y conseguir ayuda. Ordenó a su mujer subir al coche con los niños, apretó a fondo el pedal y se lanzó a la carretera. Debió llegar con un amplio margen de seguridad, pero estaba escrito que Nicolás Vidal se encontraría ese día con la mujer de la cual había huido toda su vida.

Extenuado por las noches de vela, la hostilidad de los vecinos, el bochorno sufrido y la tensión de esa carrera para salvar a su familia, el corazón del Juez Hidalgo pegó un brinco y estalló sin ruido. El coche sin control salió del camino, dio algunos tumbos y se detuvo por fin en la vera. Doña Casilda tardó un par de minutos en darse cuenta de lo ocurrido. A menudo se había puesto en el caso de quedar viuda, pues su marido era casi un anciano, pero no imaginó que la dejaría a merced de sus enemigos. No se detuvo a pensar en eso, porque comprendió la necesidad de actuar de inmediato para salvar a los niños. Recorrió con la vista el sitio donde se encontraba y estuvo a punto de echarse a llorar de desconsuelo, porque en aquella desnuda extensión, calcinada por un sol inmisericorde, no se vislumbraban rastros de vida humana, sólo los cerros agrestes y un cielo blanqueado por la luz. Pero con una segunda mirada distinguió en una ladera la sombra de una gruta y hacia allá echó a correr llevando a dos criaturas en brazos y la tercera prendida a sus faldas.

Tres veces escaló Casilda cargando uno por uno a sus hijos hasta la cima. Era una cueva natural, como muchas otras en los montes de esa región. Revisó el interior para cerciorarse de que no fuera la guarida de algún animal, acomodó a los niños al fondo y los besó sin una lágrima.

—Dentro de algunas horas vendrán los guardias a buscarlos. Hasta entonces no salgan por ningún motivo, aunque me oigan gritar, ¿han entendido? —les ordenó.

Los pequeños se encogieron aterrados y con una última mirada de adiós la madre descendió del cerro. Llegó hasta el coche, bajó los párpados de su marido, se sacudió la ropa, se acomodó el peinado y se sentó a esperar. No sabía de cuántos hombres se componía la banda de Nicolás Vidal, pero rezó para que fueran muchos, así les daría trabajo saciarse de ella, y reunió sus fuerzas preguntándose cuánto tardaría en morir si se esmeraba en hacerlo poco a poco. Deseó ser opulenta y fornida para oponerles mayor resistencia y ganar tiempo para sus hijos.

No tuvo que aguardar largo rato. Pronto divisó polvo en el horizonte, escuchó un galope y apretó los dientes. Desconcertada, vio que se trataba de un solo jinete, que se detuvo a pocos metros de ella con el arma en la mano. Tenía la cara marcada de cuchillo y así reconoció a Nicolás Vidal, quien había decidido ir en persecución del Juez Hidalgo sin sus hombres, porque ése era un asunto privado que debían arreglar entre los dos. Entonces ella comprendió que debería hacer algo mucho más difícil que morir lentamente.

Al bandido le bastó una mirada para comprender que su enemigo se encontraba a salvo de cualquier castigo, durmiendo su muerte en paz, pero allí estaba su mujer flotando en la reverberación de la luz. Saltó del caballo y se le acercó. Ella no bajó los ojos ni se movió y él se detuvo sorprendido, porque por primera vez alguien lo desafiaba sin asomo de temor. Se midieron en silencio durante algunos segundos eternos, calibrando cada uno las fuerzas del otro, estimando su propia tenacidad y aceptando que estaban

146   ha cambiado

ante un adversario formidable. Nicolás Vidal guardó el revólver y Casilda sonrió.

La mujer del juez se ganó cada instante de las horas siguientes. Empleó todos los recursos de seducción registrados desde los albores del conocimiento humano y otros que improvisó inspirada por la necesidad, para brindar a aquel hombre el mayor deleite. No sólo trabajó sobre su cuerpo como diestra artesana, pulsando cada fibra en busca del placer, sino que puso al servicio de su causa el refinamiento de su espíritu. Ambos entendieron que se jugaban la vida y eso daba a su encuentro una terrible intensidad. Nicolás Vidal había huido del amor desde su nacimiento, no conocía la intimidad, la ternura, la risa secreta, la fiesta de los sentidos, el alegre gozo de los amantes. Cada minuto transcurrido acercaba el destacamento de guardias y con ellos el pelotón de fusilamiento, pero también lo acercaba a esa mujer prodigiosa y por eso los entregó con gusto a cambio de los dones que ella le ofrecía. Casilda era pudorosa y tímida y había estado casada con un viejo austero ante quien nunca se mostró desnuda. Durante esa inolvidable tarde ella no perdió de vista que su objetivo era ganar tiempo, pero en algún momento se abandonó, maravillada de su propia sensualidad, y sintió por ese hombre algo parecido a la gratitud. Por eso, cuando oyó el ruido lejano de la tropa le rogó que huyera y se ocultara en los cerros. Pero Nicolás Vidal prefirió envolverla en sus brazos para besarla por última vez, cumpliendo así la profecía que marcó su destino.

Lysistrata

UN CAMINO HACIA EL NORTE

Claveles Picero y su abuelo, Jesús Dionisio Picero, demoraron treinta y ocho días en cubrir los doscientos setenta kilómetros entre su aldea y la capital. Cruzaron a pie las tierras bajas, donde la humedad maceraba la vegetación en un caldo eterno de lodo y sudor, subieron y bajaron los cerros entre iguanas inmóviles y palmeras agobiadas, atravesaron las plantaciones de café esquivando capataces, lagartos y culebras, anduvieron bajo las hojas del tabaco entre mosquitos fosforescentes y mariposas siderales. Iban directo hacia la ciudad, bordeando la carretera, pero en un par de ocasiones debieron dar largos rodeos para evitar los campamentos de soldados. A veces los camioneros disminuían la marcha al pasar por su lado, atraídos por la espalda de reina mestiza y el largo cabello negro de la muchacha, pero la mirada del viejo los disuadía enseguida de cualquier intento de molestarla. El abuelo y su nieta no tenían dinero y no sabían mendigar. Cuando se les terminaron las provisiones que llevaban en una cesta, siguieron adelante a punta de puro coraje. Por las noches se envolvían en sus rebozos y se dormían bajo los árboles con un avemaría en los labios y el alma puesta en el niño, para no pensar en pumas y en alimañas ponzoñosas. Despertaban cubiertos de escarabajos azules. Con los primeros signos del amanecer, cuando el paisaje permanecía envuelto por las últimas brumas del sueño y todavía los hombres y las bestias no empezaban las faenas del día, ellos echaban a andar otra vez para aprovechar el fresco. Entraron en la capital por el Camino de los Españoles, preguntando a quienes cruzaban en las calles dónde podían hallar al Secretario del Bienestar Social. Para entonces a Jesús Dionisio le sonaban todos los huesos y a Claveles los colores del vestido se le habían desvanecido, tenía la expresión hechizada de una sonámbula y un siglo de fatiga se había derramado sobre el esplendor de sus veinte años.

Jesús Dionisio era el artesano más conocido de la provincia, en su larga vida había ganado un prestigio del cual no se jactaba, porque consideraba su talento como un don al servicio de Dios, del cual él era sólo su administrador. Había comenzado como alfarero y todavía hacía cacharros de barro, pero su fama provenía de santos de madera y pequeñas esculturas en botellas, que compraban los campesinos para sus altares domésticos o se vendían a los turistas en la capital. Era un trabajo lento, cosa de ojo, tiempo y corazón, como les explicaba el hombre a los chiquillos arremolinados a su alrededor para verlo trabajar. Introducía con pinzas en las botellas los palitos pintados, con un punto de cola en las partes que debía pegar, y esperaba con paciencia que secaran antes de poner la pieza siguiente. Su especialidad eran los Calvarios: una cruz grande al centro donde colgaba el Cristo tallado, con sus clavos, su corona de espinas y una aureola de papel dorado, y otras dos cruces más sencillas para los ladrones del Gólgota. En Navidad fabricaba nichos para el Niño Dios, con palomas representando el Espíritu Santo y con estrellas y flores para simbolizar la Gloria. No sabía leer ni firmar su nombre porque cuando él era niño no había escuela por esos lados, pero podía copiar del libro de misa algunas frases en latín para decorar los pedestales de sus santos. Decía que sus padres le habían enseñado a respetar las leyes de la Iglesia y a las gentes, lo cual era más valioso que tener instrucción. El arte no le daba para mantener su casa y redondeaba su presupuesto criando gallos de raza, finos para la pelea. A cada gallo debía dedicarle muchos cuidados, los alimentaba en el pico con una papilla de cereales machacados y sangre fresca, que conseguía en el matadero, debía despulgarlos a mano, airearles las plumas, pulirles las espuelas y entrenarlos a diario para que no les faltara valor a la hora de probarlos. A veces iba a otros pueblos para verlos pelear, pero nunca apostaba, pues para él todo dinero ganado sin sudor y trabajo era cosa del diablo. Los sábados por la noche iba con su nieta Claveles a limpiar la iglesia para la ceremonia del domingo. No siempre alcanzaba a llegar el sacerdote, que recorría los pueblos en bicicleta, pero los cristianos se juntaban de todos modos a rezar y cantar. Jesús Dionisio era también el encargado de colectar y guardar la limosna para el cuidado del templo y la ayuda al cura.

Trece hijos tuvo Picero con su mujer, Amparo Medina, de los cuales cinco sobrevivieron a las pestes y accidentes de la infancia. Cuando la pareja pensaba que ya había terminado la crianza, porque todos los muchachos eran adultos y habían salido de la casa, el menor volvió con permiso del Servicio Militar trayendo un bulto envuelto en trapos y se lo puso sobre las rodillas a Amparo. Al abrirlo vieron que se trataba de una niña recién nacida, medio agónica por la falta de leche materna y por el vapuleo del viaje.

—¿De dónde sacó esto, hijo? —preguntó Jesús Dionisio Picero.

—Al parecer es de la misma sangre mía —replicó el joven sin atreverse a sostener la mirada de su padre, estrujándose la gorra del uniforme entre sus dedos sudorosos.

—Y si no es mucho preguntar, ¿dónde se metió la madre?

—No sé. Dejó a la chiquita en la puerta del cuartel con un papel escrito de que el padre soy yo. El Sargento me mandó a entregársela a las monjas, dice que no hay manera de probar que es mía. Pero a mí me da lástima, no quiero que sea huérfana...

—¿Dónde se ha visto que una madre abandone a su crío recién parido?

—Son cosas de la ciudad.

—Ha de ser, pues. ¿Y cómo se llama esta pobrecita?

—Como usted la bautice, padre, pero si me lo pregunta, a mí me gusta Claveles, que era la flor preferida de su madre.

Jesús Dionisio salió a buscar la cabra para ordeñarla, mientras Amparo limpiaba al bebé con aceite y le rezaba a la Virgen de la Gruta pidiendo que le diera ánimo para hacerse cargo de otro niño. Una vez que vio a la criatura en buenas manos, el hijo menor se despidió agradecido, se echó el bolso al hombro y regresó al cuartel a cumplir su castigo.

Claveles creció en la casa de sus abuelos. Era una muchacha taimada y rebelde, a quien era imposible dominar mediante razones o con el ejercicio de la autoridad, pero que sucumbía de inmediato cuando le tocaban los sentimientos. Se levantaba al amanecer y caminaba cinco millas hasta un galpón en medio de los potreros, donde una maestra reunía a los niños de la zona para darles una instrucción básica. Ayudaba a su abuela en las tareas de la casa y a su abuelo en el taller, iba al cerro en busca de tierra de loza y le lavaba los pinceles, pero nunca se interesó por otros aspectos de su arte. Cuando Claveles tenía nueve años Amparo Medina, que se había ido encogiendo y estaba reducida al aspecto de un infante, amaneció fría en su cama, extenuada por tantas maternidades y tantos años de trabajo. Su marido cambió su mejor gallo por unas tablas y le fabricó una urna decorada con escenas bíblicas. Su nieta la vistió para el funeral con un hábito de Santa Bernardita, túnica blanca y cordón celeste en la cintura, el mismo usado por ella para su Primera Comunión, y que le quedó justo al cuerpo esmirriado de la anciana. Jesús Dionisio y Claveles salieron de la casa rumbo al cementerio, tirando de una carretilla donde iba el ataúd adornado con flores de papel. Por el camino se le sumaron los amigos, hombres y mujeres con las cabezas cubiertas, que los acompañaron en silencio.

El viejo escultor de santos y su nieta quedaron solos en la casa. En señal de duelo pintaron una cruz grande en la puerta y ambos llevaron por años una cinta negra cosida en la manga. El abuelo trató de reemplazar a su mujer en los detalles prácticos de la vida, pero nada volvió a ser como antes. La ausencia de Amparo Medina lo invadió por dentro, como una enfermedad maligna, sintió que se le aguaba la sangre, se le oscurecían los recuerdos, se le tornaban los huesos de algodón, se le llenaba el espíritu de dudas. Por primera vez en su existencia se rebeló contra el destino, preguntándose por qué a ella se la habían llevado sin él. A partir de entonces ya no pudo hacer Pesebres, de sus manos sólo salían Calvarios y Santos Mártires, todos vestidos de luto, a los cuales Claveles pegaba letreros con mensajes patéticos a la Divina Providencia, dictados por su abuelo. Esas figuras no tuvieron la misma aceptación entre los turistas de la ciudad, que preferían los colores escandalosos atribuidos por error al temperamento indígena, ni entre los campesinos, quienes necesitaban adorar deidades alegres, porque el único consuelo a las tristezas de este mundo era imaginar que en el cielo siempre estaban de fiesta. A Jesús Dionisio Picero le resultó casi imposible vender sus artesanías, pero siguió fabricándolas, porque en ese oficio se le pasaban las horas sin cansancio, como si siempre fuera temprano. Sin embargo, ni el trabajo ni la presencia de su nieta pudieron aliviarlo y empezó a beber a escondidas, para que nadie notara su vergüenza. Borracho llamaba a su mujer y a veces lograba verla junto al fogón de la cocina. Sin los cuidados diligentes de Amparo Medina la casa se fue deteriorando, se enfermaron las gallinas, tuvieron que vender la cabra, se les secó el huerto y pronto eran la familia más pobre de los alrededores. Poco después Claveles partió a trabajar a un pueblo vecino. A los catorce años su cuerpo ya había alcanzado la forma y el tamaño definitivos, y como no tenía la piel cobriza ni los firmes pómulos de los otros miembros de la familia, Jesús Dionisio Picero concluyó que su madre debió ser blanca, lo cual ofrecía una explicación para el hecho insólito de que la hubiera abandonado en la puerta de un cuartel.

Al cabo de un año y medio Claveles Picero regresó a la casa con manchas en la cara y una barriga prominente. Encontró a su abuelo sin más compañía que una leva de perros hambrientos y un par de gallos lamentables sueltos en el patio, hablando solo, la mirada perdida, con signos de no haberse lavado en un buen tiempo. Lo rodeaba el mayor desorden. Había abandonado su pedazo de tierra y pasaba las horas fabricando santos con una premura demencial, pero de su antiguo talento quedaba ya muy poco. Sus esculturas eran unos seres deformes y lúgubres, inapropiados para la devoción o para la venta, que se amontonaban por los rincones de la casa como pilas de leña. Jesús Dionisio Picero había cambiado tanto que no intentó endilgarle a su nieta un discurso sobre el pecado de echar hijos al mundo sin padre conocido, en verdad pareció no notar las señales del embarazo. Se limitó a abrazarla, tembloroso, llamándola Amparo.

—Míreme bien, abuelo, soy Claveles y vengo a quedarme, porque aquí hay mucho que hacer —dijo la joven y partió a encender la cocina para hervir unas papas y calentar agua para bañar al anciano.

Durante los meses siguientes Jesús Dionisio pareció resucitar de su duelo, dejó la bebida, volvió a cultivar su huerto, a ocuparse de sus gallos y a limpiar la iglesia. Todavía le hablaba al recuerdo de su mujer y de vez en cuando confundía a la nieta con la abuela, pero recuperó la capacidad de reírse. La compañía de Claveles y la ilusión de que pronto habría otra criatura en la casa le devolvieron el amor por los colores y poco a poco dejó de embetunar sus Santos con pintura negra, ataviándolos con ropajes más adecuados para el altar. El niño de Claveles salió del vientre de su madre un día a las seis de la tarde y cayó en las manos callosas de su bisabuelo, quien tenía una larga experiencia en esos menesteres, porque había ayudado a nacer a sus trece hijos.

—Se llamará Juan —decidió el improvisado partero tan pronto hubo cortado el cordón y envuelto a su descendiente en un pañal.

—¿Por qué Juan? No hay ningún Juan en la familia, abuelo.

—Porque Juan era el mejor amigo de Jesús y éste será el amigo mío. ¿Y cuál es el apellido del padre?

—Haga cuenta que padre no tiene.

—Picero entonces, Juan Picero.

Dos semanas después del nacimiento de su bisnieto, Jesús Dionisio comenzó a cortar los palos para un Nacimiento, el primero que hacía desde la muerte de Amparo Medina.

Claveles y su abuelo no tardaron mucho en darse cuenta de que el niño era anormal. Tenía una mirada curiosa y se movía como cualquier bebé, pero no reaccionaba cuando le hablaban, podía permanecer horas despierto e inmóvil. Hicieron el viaje hasta el hospital y allí les confirmaron que era sordo y por lo tanto sería mudo. El médico agregó que no había mucha esperanza para él, a menos que tuvieran la suerte y lograran colocarlo en una institución en la ciudad, donde le enseñarían buena conducta y en el futuro podrían darle un oficio para que se ganara la vida con decencia y no fuera siempre una carga para los demás.

—Ni hablar, Juan se queda con nosotros —decidió Jesús Dionisio Picero, sin darle ni una mirada a Claveles, que lloraba con la cabeza cubierta por el chal.

—¿Qué vamos a hacer, abuelo? —preguntó ella al salir.

—Criarlo, pues.

—¿Cómo?

—Con paciencia, igual como se entrenan los gallos o se meten Calvarios en botellas. Es cosa de ojo, tiempo y corazón.

Así lo hicieron. Sin considerar el hecho de que la criatura no podía oírlos, le hablaban sin tregua, le cantaban, lo colocaban cerca de la radio encendida a todo volumen. El abuelo tomaba la mano del niño y la apoyaba con firmeza sobre su propio pecho, para que sintiera la vibración de su voz al hablar, lo incitaba a gritar y celebraba sus gruñidos con grandes aspavientos. Apenas pudo sentarse lo instaló a su lado en un cajón, lo rodeó de palos, nueces, huesos, trozos de tela y piedrecillas para jugar, y, más tarde, cuando aprendió a no metérsela a la boca, le pasaba una bola de barro para moldear. Cada vez que conseguía trabajo, Claveles partía al pueblo, dejando a su hijo en manos de Jesús Dionisio. A donde fuera el anciano la criatura lo seguía como una sombra, rara vez se separaban. Entre los dos se desarrolló una sólida camaradería que eliminó la tremenda diferencia de edad y el obstáculo del silencio. Juan se acostumbró a observar los gestos y las expresiones del rostro de su bisabuelo para descifrar sus intenciones, con tan buenos resultados que para el año en que aprendió a caminar ya era capaz de leerle los pensamientos. Por su parte Jesús Dionisio lo cuidaba como una madre. Mientras sus manos se esmeraban en delicadas artesanías, su instinto seguía los pasos del niño, atento a cualquier peligro, pero sólo intervenía en casos extremos. No se acercaba a consolarlo después de una caída ni a socorrerlo cuando estaba en apuros, así lo acostumbró a valerse por sí mismo. A una edad en que otros muchachos todavía andan tropezando como cachorros, Juan Picero podía vestirse, lavarse y comer solo, alimentar a las aves, ir a buscar agua al pozo, sabía tallar las partes más simples de los santos, mezclar colores y preparar las botellas para los Calvarios.

—Habrá que mandarlo a la escuela para que no se quede bruto como yo —dijo Jesús Dionisio Picero cuando se acercaba el séptimo cumpleaños del niño.

Claveles hizo algunas indagaciones, pero le informaron que su hijo no podía asistir a un curso normal, porque ninguna maestra estaría dispuesta a aventurarse en el abismo de soledad donde estaba sumido.

—No importa, abuelo, se ganará la vida fabricando santos, como usted —se resignó Claveles.

—Eso no da para comer.

—No todos pueden educarse, abuelo.

—Juan es sordo, pero no tonto. Tiene mucho discernimiento y puede salir de aquí, la vida en el campo es muy dura para él.

Claveles estaba convencida de que el abuelo había perdido el juicio o que el amor por el niño le impedía ver sus limitaciones. Compró un silabario e intentó traspasarle sus escasos conocimientos, pero no logró hacerle entender a su hijo que esos garabatos representaban sonidos y acabó por perder la paciencia.

En esa época aparecieron los voluntarios de la señora Dermoth. Eran unos jóvenes provenientes de la ciudad, que recorrían las regiones más apartadas del país hablando de un proyecto humanitario para socorrer a los pobres. Explicando que en algunas partes nacían demasiados niños y sus padres no los podían alimentar, mientras en otras había muchas parejas sin hijos. Su organización intentaba aliviar ese desequilibrio. Se presentaron en el rancho de los Picero con un mapa de Norteamérica y unos folletos impresos a color donde se veían fotografías de niños morenos junto a padres rubios, en lujosos ambientes con chimeneas encendidas, grandes perros lanudos, pinos decorados con escarcha plateada y bolas de Navidad. Después de hacer un rápido inventario de la pobreza de los Picero, les informaron sobre la misión caritativa de la señora Dermoth, quien ubicaba a los niños más desamparados y los entregaba en adopción a familias con dinero, para salvarlos de una vida de miseria. A diferencia de otras instituciones destinadas al mismo fin, ella se ocupaba sólo de criaturas con taras de nacimiento o baldadas por accidentes o enfermedades. En el Norte había algunos matrimonios —buenos cristianos, por supuesto— que estaban dispuestos a adoptar a esos niños. Ellos disponían de todos los recursos para ayudarlos. Allá en el Norte había clínicas y escuelas donde hacían milagros, a los sordomudos, por ejemplo, les enseñaban a leer el movimiento de los labios y a hablar, después iban a colegios especiales, recibían educación completa y algunos se inscribían en la universidad y acababan convertidos en abogados o doctores. La organización había auxiliado a muchos niños, los Picero podían ver las fotografías, miren qué contentos se ven, qué sanos, con todos esos juguetes, en esas casas de ricos. Los voluntarios no podían prometer nada, pero harían todo lo posible para conseguir que una de esas parejas acogiera a Juan, para darle todas las oportunidades que su madre no podía ofrecerle.

—Nunca hay que desprenderse de los hijos, pase lo que pase —dijo Jesús Dionisio Picero, apretando la cabeza del niño contra su pecho para que no viera las caras y adivinara el motivo de la conversación.

—No sea egoísta, hombre, piense en lo que es mejor para él. ¿No ve que allá tendrá de todo? Usted no tiene para comprarle las medicinas, no puede mandarlo a la escuela, ¿qué va a ser de él? Este pobrecito ni siquiera tiene padre.

—Pero tiene madre y bisabuelo —replicó el viejo.

Los visitantes partieron, dejando sobre la mesa los folletos de la señora Dermoth. En los días siguientes Claveles se sorprendió muchas veces mirándolos y comparando esas casas amplias y bien decoradas con su modesta vivienda de tablas, techo de paja y suelo de tierra apisonada, esos padres amables y bien vestidos, con ella misma cansada y descalza, esos niños rodeados de juguetes y el suyo amasando barro.

Una semana más tarde Claveles se encontró con los voluntarios en el mercado, donde había ido a vender algunas esculturas de su abuelo, y volvió a escuchar los mismos argumentos, que una oportunidad como ésa no se le presentaría otra vez, que la gente adopta criaturas sanas, nunca retardados, esas personas del Norte eran de nobles sentimientos, que lo pensara bien, porque se iba a arrepentir toda la vida de haberle negado a su hijo tantas ventajas, condenándolo al sufrimiento y la pobreza.

—¿Por qué quieren sólo niños enfermos? —preguntó Claveles.

—Porque son unos gringos medio santos. Nuestra organización se ocupa sólo de los casos más penosos. Para nosotros sería más fácil colocar a los normales, pero se trata de ayudar a los desvalidos.

Claveles Picero volvió a ver a los voluntarios varias veces. Aparecían siempre cuando el abuelo no estaba en la casa. Hacia finales de noviembre le mostraron el retrato de una pareja de edad mediana, de pie ante la puerta de una casa blanca rodeada de un parque, y le dijeron que la señora Dermoth había encontrado a los padres ideales para su hijo. Le señalaron en el mapa el sitio preciso donde vivían, le explicaron que allí había nieve en invierno y los niños armaban muñecos, patinaban en el hielo y esquiaban, que en otoño los bosques parecían de oro y que en el verano se podía nadar en el lago. La pareja estaba tan ilusionada con la idea de adoptar al pequeño, que ya le habían comprado una bicicleta. También le mostraron la fotografía de la bicicleta. Y todo esto sin contar que le ofrecían doscientos cincuenta dólares a Claveles, con lo cual ella podría casarse y tener hijos sanos. Sería una locura rechazar aquello.

Dos días más tarde, aprovechando que Jesús Dionisio había partido a hacer el aseo de la iglesia, Claveles Picero vistió a su hijo con su mejor pantalón, le colocó su medalla de bautizo al cuello y le explicó en la lengua de gestos inventada por el abuelo para él, que no se verían en mucho tiempo, tal vez nunca más, pero todo era por su bien, iría a un lugar donde tendría comida todos los días y regalos para su cumpleaños. Lo llevó a la dirección señalada por los voluntarios, firmó un papel entregando la custodia de Juan a la señora Dermoth y salió corriendo para que su hijo no viera sus lágrimas y se echara a llorar también.

Cuando Jesús Dionisio Picero se enteró de lo ocurrido perdió el aire y la voz. A manotazos lanzó al suelo todo lo que encontró a su alcance, incluyendo los santos en botellas y luego arremetió contra Claveles, golpeándola con una violencia inesperada en alguien de su edad y de carácter tan manso. Apenas pudo hablar la acusó de ser igual a su madre, capaz de deshacerse de su propio hijo, lo que ni las fieras del monte hacen, y clamó al fantasma de Amparo Medina para que tomara venganza en esa nieta depravada. En los meses siguientes no le dirigió la palabra a Claveles, sólo abría la boca para comer y para mascullar maldiciones mientras sus manos se afanaban con los instrumentos de tallar. Los Picero se acostumbraron a vivir en huraño silencio, cada uno cumpliendo con sus tareas. Ella cocinaba y le ponía el plato sobre la mesa, él comía con la vista fija en la comida... Juntos cuidaban del huerto y de los animales, cada uno repitiendo los gestos de su propia rutina, en perfecta coordinación con el otro, sin rozarse. Los días de feria ella cogía las botellas y los santos de madera, partía a venderlos, volvía con algunas provisiones y dejaba el dinero restante en un tarro. Los domingos iban los dos a la iglesia separados, como extraños.

Tal vez habrían pasado el resto de sus vidas sin hablarse si hacia mediados de febrero el nombre de la señora Dermoth no hubiera hecho noticia. El abuelo escuchó el asunto por la radio, cuando Claveles estaba lavando la ropa en el patio, primero el comentario del locutor y luego la confirmación del Secretario del Bienestar Social en persona. Con el corazón desbocado, se asomó a la puerta llamando a Claveles a gritos. La muchacha se volvió y al verlo tan desencajado creyó que se estaba muriendo y corrió a sostenerlo.

—¡Lo mataron, ay Jesús, es seguro que lo mataron! —gimió el anciano cayendo de rodillas.

—¡A quién, abuelo!

—A Juan... —y medio sofocado por los sollozos le repitió las palabras del Secretario del Bienestar Social, que una organización criminal dirigida por una tal señora Dermoth vendía niños indígenas. Los escogían enfermos o de familias muy pobres, con la promesa de que serían colocados en adopción. Los mantenían por un tiempo en proceso de engorda y cuando estaban en mejores condiciones los llevaban a una clínica clandestina, donde los operaban. Decenas de inocentes fueron sacrificados como bancos de órganos, para que les sacaran los ojos, los riñones, el hígado y otras partes del cuerpo que eran enviadas para transplantes en el Norte. Agregó que en una de las casas de engorda habían encontrado veintiocho criaturas esperando su turno, que la policía había intervenido y que el Gobierno continuaba las investigaciones para desmantelar ese horrendo tráfico.

Así comenzó el largo viaje de Claveles y Jesús Dionisio Picero para hablar en la capital con el Secretario del Bienestar Social. Querían preguntarle, con toda la sumisión debida, si entre los niños rescatados estaba el suyo y si acaso se lo podían devolver. Del dinero recibido les quedaba muy poco, pero estaban dispuestos a trabajar como esclavos para la señora Dermoth por el tiempo que fuera necesario, hasta pagarle el último centavo de esos doscientos cincuenta dólares.

EL HUÉSPED DE LA MAESTRA

La Maestra Inés entró en *La Perla de Oriente*, que a esa hora estaba sin clientes, se dirigió al mostrador donde Riad Halabí enrollaba una tela de flores multicolores y anunció que acababa de cercenarle el cuello a un huésped de su pensión. El comerciante sacó su pañuelo blanco y se tapó la boca.

—¿Cómo dices, Inés?

—Lo que oíste, turco.

—¿Está muerto?

—Por supuesto.

—¿Y ahora qué vas a hacer?

—Eso mismo vengo a preguntarte —dijo ella acomodándose un mechón de cabello.

—Será mejor que cierre la tienda —suspiró Riad Halabí.

Se conocían desde hacía tanto, que ninguno podía recordar el número de años, aunque ambos guardaban en la memoria cada detalle de ese primer día en que iniciaron la amistad. Él era entonces uno de esos vendedores viajeros que van por los caminos ofreciendo sus mercaderías, peregrino del comercio, sin brújula ni rumbo fijo, un inmigrante árabe con un falso pasaporte turco, solitario, cansado, con el paladar partido como un conejo y unas ganas insoportables de sentarse a la sombra; y ella era una mujer todavía joven, de grupa firme y hombros recios, la única maestra de la aldea, madre de un niño de doce años, nacido de un amor fugaz. El hijo era el centro de la vida de la maestra, lo cuidaba con una dedicación inflexible y apenas lograba disimular su tendencia a mimarlo, aplicándole las mismas normas de disciplina que a los otros niños de la escuela, para que nadie pudiera comentar que lo malcriaba y para anular la herencia díscola del padre, formándolo, en cambio, de pensamiento claro y corazón bondadoso. La misma tarde en que Riad Halabí entró en Agua Santa por un extremo, por el otro un grupo de muchachos trajo el cuerpo del hijo de la Maestra Inés en una improvisada angarilla. Se había metido en un terreno ajeno a recoger un mango y el propietario, un afuerino a quien nadie conocía por esos lados, le disparó un tiro de fusil con intención de asustarlo, marcándole la mitad de la frente con un círculo negro por donde se le escapó la vida. En ese momento el comerciante descubrió su vocación de jefe y sin saber cómo, se encontró en el centro del suceso, consolando a la madre, organizando el funeral como si fuera un miembro de la familia y sujetando a la gente para evitar que despedazara al responsable. Entretanto, el asesino comprendió que le sería muy difícil salvar la vida si se quedaba allí y escapó del pueblo dispuesto a no regresar jamás.

A Riad Halabí le tocó a la mañana siguiente encabezar a la multitud que marchó del cementerio hacia el sitio donde había caído el niño. Todos los habitantes de Agua Santa pasaron ese día acarreando mangos, que lanzaron por las ventanas hasta llenar la casa por completo, desde el suelo hasta el techo. En pocas semanas el sol fermentó la fruta, que reventó en un jugo espeso, impregnando las paredes de una sangre dorada, de un pus dulzón, que transformó la vivienda en un fósil de dimensiones prehistóricas, una enorme bestia en proceso de podredumbre, atormentada por la infinita diligencia de las larvas y los mosquitos de la descomposición.

La muerte del niño, el papel que le tocó jugar en esos días y la acogida que tuvo en Agua Santa determinaron la existencia de Riad Halabí. Olvidó su ancestro de nómada y se quedó en la aldea. Allí instaló su almacén, *La Perla de Oriente*. Se casó, enviudó, volvió a casarse y siguió vendiendo, mientras crecía su prestigio de hombre justo. Por su parte Inés educó a varias generaciones de criaturas con el mismo cariño tenaz que le hubiera dado a su hijo, hasta que la venció la fatiga, entonces cedió el paso a otras maestras llegadas de la ciudad con nuevos silabarios y ella se retiró. Al dejar las aulas sintió que envejecía de súbito y que el tiempo se aceleraba, los días pasaban demasiado rápido sin que ella pudiera recordar en qué se le habían ido las horas.

—Ando aturdida, turco. Me estoy muriendo sin darme cuenta —comentó.

—Estás tan sana como siempre, Inés. Lo que pasa es que te aburres, no debes estar ociosa —replicó Riad Halabí y le dio la idea de agregar unos cuartos en su casa y convertirla en pensión.

—En este pueblo no hay hotel.

—Tampoco hay turistas —alegó ella.

—Una cama limpia y un desayuno caliente son bendiciones para los viajeros de paso.

Así fue, principalmente para los camioneros de la Compañía de Petróleos, que se quedaban a pasar la noche en la pensión cuando el cansancio y el tedio de la carretera les llenaban el cerebro de alucinaciones.

La Maestra Inés era la matrona más respetada de Agua Santa. Había educado a todos los niños del lugar durante varias décadas, lo cual le daba autoridad para intervenir en las vidas de cada uno y tirarles las orejas cuando lo consideraba necesario. Las muchachas le llevaban sus novios para que los aprobara, los esposos la consultaban en sus peleas, era consejera, árbitro y juez en todos los problemas, su autoridad era más sólida que la del cura, la del médico o la de la policía. Nada la detenía en el ejercicio de ese poder. En una ocasión se metió en el retén, pasó por delante del Teniente sin saludarlo, cogió las llaves que colgaban de un clavo en la pared y sacó de la celda a uno de sus alumnos, preso a causa de una borrachera. El oficial trató de impedírselo, pero ella le dio un empujón y se llevó al muchacho cogido por el cuello. Una vez en la calle le propinó un par de bofetones y le anunció que la próxima vez ella misma le bajaría los pantalones para darle una zurra memorable. El día en que Inés fue a anunciarle que había matado a un cliente, Riad Halabí no tuvo ni la menor duda de que hablaba en serio, porque la conocía demasiado. La tomó del brazo y caminó con ella las dos cuadras que separaban *La Perla de Oriente* de la casa de ella. Era una de las mejores construcciones del pueblo, de adobe y madera, con un porche amplio donde se colgaban hamacas en las siestas más calurosas, baños con agua corriente y ventiladores en todos los cuartos. A esa hora parecía vacía, sólo descansaba en la sala un huésped bebiendo cerveza con la vista perdida en la televisión.

—¿Dónde está? —susurró el comerciante árabe.

—En una de las piezas de atrás —respondió ella sin bajar la voz.

Lo condujo a la hilera de cuartos de alquiler, todos unidos por un largo corredor techado, con trinitarias moradas trepando por las columnas y maceteros de helechos colgando de las vigas, alrededor de un patio donde crecían nísperos y plátanos. Inés abrió la última puerta y Riad Halabí entró en la habitación en sombras. Las persianas estaban corridas y necesitó unos instantes para acomodar los ojos y ver sobre la cama el cuerpo de un anciano de aspecto inofensivo, un forastero decrépito, nadando en el charco de su propia muerte, con los pantalones manchados de excrementos, la cabeza colgando de una tira de piel lívida y una terrible expresión de desconsuelo, como si estuviera pidiendo disculpas por tanto alboroto y sangre y por el lío tremendo de haberse dejado asesinar. Riad Halabí se sentó en la única silla del cuarto, con la vista fija en el suelo, tratando de controlar el sobresalto de su estómago. Inés se quedó de pie, con los brazos cruzados sobre el pecho, calculando que necesitaría dos días para lavar las manchas y por lo menos otros dos para ventilar el olor a mierda y a espanto.

—¿Cómo lo hiciste? —preguntó por fin Riad Halabí secándose el sudor.

—Con el machete de picar cocos. Me vine por detrás y le di un solo golpe. Ni cuenta se dio, pobre diablo.

—¿Por qué?

—Tenía que hacerlo, así es la vida. Mira qué mala suerte, este viejo no pensaba detenerse en Agua Santa, iba cruzando el pueblo y una piedra le rompió el vidrio del carro. Vino a pasar unas horas aquí mientras el italiano del garaje le conseguía otro de repuesto. Ha cambiado mucho, todos hemos envejecido, según parece, pero lo reconocí al punto. Lo esperé muchos años, segura de que vendría, tarde o temprano. Es el hombre de los mangos.

—Alá nos ampare —murmuró Riad Halabí.

—¿Te parece que debemos llamar al Teniente?

—Ni de vaina, cómo se te ocurre.

—Estoy en mi derecho, él mató a mi niño.

—No lo entendería, Inés.

—Ojo por ojo, diente por diente, turco. ¿No dice así tu religión?

—La ley no funciona de ese modo, Inés.

—Bueno, entonces podemos acomodarlo un poco y decir que se suicidó.

—No lo toques. ¿Cuántos huéspedes hay en la casa?

—Sólo un camionero. Se irá apenas refresque, tiene que manejar hasta la capital.

—Bien, no recibas a nadie más. Cierra con llave la puerta de esta pieza y espérame, vuelvo en la noche.

—¿Qué vas a hacer?

—Voy a arreglar esto a mi manera.

Riad Halabí tenía sesenta y cinco años, pero aún conservaba el mismo vigor de la juventud y el mismo espíritu que lo colocó a la cabeza de la muchedumbre el día que llegó a Agua Santa. Salió de la casa de la Maestra Inés y se encaminó con paso rápido a la primera de varias visitas que debió hacer esa tarde. En las horas siguientes un cuchicheo persistente recorrió el pueblo, cuyos habitantes se sacudieron el sopor de años, excitados por la más fantástica noticia, que fueron repitiendo de casa en casa como un incontenible rumor, una noticia que pujaba por estallar en gritos y a la cual la misma necesidad de mantenerla en un murmullo le confería un valor especial. Antes de la puesta del sol ya se sentía en el aire esa alborozada inquietud que en los años siguientes sería una característica de la aldea, incomprensible para los forasteros de paso, que no podían ver en ese lugar nada extraordinario, sino sólo un villorrio insignificante, como tantos otros, al borde de la selva. Desde temprano empezaron a llegar los hombres a la taberna, las mujeres salieron a las aceras con sus sillas de cocina y se instalaron a tomar aire, los jóvenes acudieron en masa a la plaza como si fuera domingo. El Teniente y sus hombres dieron un par de vueltas de rutina y después aceptaron la invitación de las muchachas del burdel, que celebraban un cumpleaños, según dijeron. Al anochecer había más gente en la calle que un día de Todos los Santos, cada uno ocupado en lo suyo con tan aparatosa diligencia que parecían estar posando para una película, unos jugando dominó, otros bebiendo ron y fumando en las esquinas, algunas parejas paseando de la mano, las madres correteando a sus hijos, las abuelas husmeando por las puertas abiertas. El cura encendió los faroles de la parroquia y echó a volar las campanas llamando a rezar el novenario de San Isidoro Mártir, pero nadie andaba con ánimo para ese tipo de devociones.

A las nueve y media se reunieron en la casa de la Maestra Inés el árabe, el médico del pueblo y cuatro jóvenes que ella había educado desde las primeras letras y eran ya unos hombronazos de regreso del servicio militar. Riad Halabí los condujo hasta el último cuarto, donde encontraron el cadáver cubierto de insectos, porque se había quedado la ventana abierta y era la hora de los mosquitos. Metieron al infeliz en un saco de lona, lo sacaron en vilo hasta la calle y lo echaron sin mayores ceremonias en la parte de atrás del vehículo de Riad Halabí. Atravesaron todo el pueblo por·la calle principal, saludando como era la costumbre a las personas que se les cruzaron por delante. Algunos les devolvieron el saludo con exagerado entusiasmo, mientras otros fingieron no verlos, riéndose con disimulo, como niños sorprendidos en alguna travesura. La camioneta se dirigió al lugar donde muchos años antes el hijo de la Maestra Inés se inclinó por última vez a coger una fruta. En el resplandor de la luna vieron la propiedad invadida por la hierba maligna del abandono, deteriorada por la decrepitud y los malos recuerdos, una colina enmarañada donde los mangos crecían salvajes, las frutas se caían de las ramas y se pudrían en el suelo, dando nacimiento a otras matas que a su vez engendraban otras y así hasta crear una selva hermética que se había tragado los cercos, el sendero y hasta los despojos de la casa, de la cual sólo quedaba un rastro casi imperceptible de olor a mermelada. Los hombres encendieron sus lámparas de queroseno y echaron a andar bosque adentro, abriéndose paso a machetazos. Cuando consideraron que ya habían avanzado bastante, uno de ellos señaló el suelo y allí, a los pies de un gigantesco árbol abrumado de fruta, cavaron un hoyo profundo, donde depositaron el saco de lona. Antes de cubrirlo de tierra, Riad Halabí dijo una breve oración musulmana, porque no conocía otras. Regresaron al pueblo a medianoche y vieron que todavía nadie se había retirado, las luces continuaban encendidas en todas las ventanas y por las calles transitaba la gente.

Entretanto la Maestra Inés había lavado con agua y jabón las paredes y los muebles del cuarto, había quemado la ropa de cama, ventilado la casa y esperaba a sus amigos con la cena preparada y una jarra de ron con jugo de piña. La comida transcurrió con alegría comentando las últimas riñas de gallos, bárbaro deporte, según la Maestra, pero menos bárbaro que las corridas de toros, donde un matador colombiano acababa de perder el hígado, alegaron los hombres. Riad Halabí fue el último en despedirse. Esa noche, por primera vez en su vida, se sentía viejo. En la puerta, la Maestra Inés le tomó las manos y las retuvo un instante entre las suyas.

—Gracias, turco —le dijo.

—¿Por qué me llamaste a mí, Inés?

—Porque tú eres la persona que más quiero en este mundo y porque tú debiste ser el padre de mi hijo.

Al día siguiente los habitantes de Agua Santa volvieron a sus quehaceres de siempre engrandecidos por una complicidad magnífica, por un secreto de buenos vecinos, que habrían de guardar con el mayor celo, pasándoselo unos a otros por muchos años como una leyenda de justicia, hasta que la muerte de la Maestra Inés nos liberó a todos y puedo yo ahora contarlo.

Eva Luna

CON TODO EL RESPETO DEBIDO

Eran un par de pillos. Él tenía cara de corsario y llevaba el cabello y el bigote teñidos color de azabache, pero con el tiempo cambió de estilo y se dejó las canas, que le suavizaron la expresión y le dieron un aire más circunspecto. Ella era robusta, con esa piel lechosa de las sajonas pelirrojas, una piel que en la juventud refleja la luz con brochazos opalescentes, pero en la madurez se convierte en papel manchado. Los años que pasó en los campamentos petroleros y en los villorrios de la frontera no acabaron con su vigor, herencia de sus antepasados escoceses. Ni los mosquitos, ni el calor ni el mal uso pudieron agotarle el cuerpo o mermarle las ganas de mandar. A los catorce años abandonó a su padre, un pastor protestante que predicaba la Biblia en plena selva, labor del todo inútil porque nadie entendía su jerigonza en inglés y porque en esas latitudes las palabras, incluso las de Dios, se pierden en la algarabía de las aves. A esa edad la muchacha ya había alcanzado su estatura definitiva y estaba en pleno dominio de su persona. No era una criatura sentimental. Rechazó uno a uno a los hombres que, atraídos por la llamarada incandescente de su cabello, tan raro en el trópico, le ofrecieron protección. No había oído hablar del amor y no estaba en su temperamento inventarlo, en cambio supo sacarle el mejor partido al único bien que poseía y al cumplir veinticinco ya tenía un puñado de diamantes cosidos en el doblez de sus enaguas. Se los entregó sin vacilar a Domingo Toro, el único hombre que consiguió domarla, un aventurero que recorría la región cazando caimanes y traficando con armas y whisky falsificado. Era un bribón inescrupuloso, el compañero perfecto para Abigail McGovern.

En los primeros tiempos la pareja tuvo que inventar negocios algo estrafalarios para acrecentar su capital. Con los diamantes de ella y algunos ahorros que él había obtenido con sus contrabandos, sus cueros de lagarto y sus trampas en el juego, Domingo compró fichas del Casino, porque supo que eran idénticas a las de otro casino al otro lado de la frontera, donde el valor de la moneda era muy superior. Llenó de fichas una maleta y viajó a cambiarlas por dinero contante y sonante. Alcanzó a repetir dos veces la misma operación antes de que las autoridades se alarmaran y cuando lo hicieron resultó que no se lo podía acusar de nada ilegal. Entretanto Abigail comerciaba con unos cacharros de barro que les compraba a los guajiros y vendía como piezas arqueológicas a los gringos de la Compañía de Petróleos, con tanto acierto que pronto pudo ampliar su empresa con falsas pinturas coloniales, hechas por un estudiante en un sucucho detrás de la catedral y envejecidas apresuradamente con agua de mar, hollín y orines de gato. Para entonces ella había depuesto los modales y las palabrotas de cuatrero, se había cortado el pelo y se vestía con trajes caros. Aunque su gusto era muy rebuscado y sus esfuerzos por parecer elegante demasiado notorios, podía pasar por una dama, lo cual facilitaba sus relaciones sociales y contribuía al éxito de sus negocios. Citaba a sus clientes en los salones del Hotel Inglés y mientras servía el té con los gestos mesurados que había aprendido a copiar, hablaba de partidas de caza y campeonatos de tenis en hipotéticos lugares de nombre británico, que nadie podía ubicar en un mapa. Después de la tercera taza mencionaba en tono confidencial el propósito de ese encuentro, mostraba fotografías de las supuestas antigüedades y dejaba en claro que su intención era salvar esos tesoros de la desidia local. El gobierno no tenía los recursos para preservar aquellos extraordinarios objetos, decía, y escamotearlos fuera del país, aunque fuera ilegal, constituía un acto de conciencia arqueológica.

Una vez que los Toro echaron las bases de una pequeña fortuna, Abigail pretendió fundar una estirpe y convenció a Domingo de la necesidad de tener un buen nombre.

—¿Qué hay de malo con el nuestro?

—Nadie se llama Toro, es un apellido de tabernero —replicó Abigail.

—Es el de mi padre y no pienso cambiarlo.

—En ese caso hay que convencer a todo el mundo de que somos ricos.

Sugirió comprar tierras y sembrar plátanos o café, como los *godos* de antaño, pero a él no le atraía la idea de irse a las provincias del interior, tierra salvaje, expuesta a bandas de ladrones, al ejército o a los guerrilleros, a víboras y a toda suerte de pestes; creía que era una estupidez partir a la selva en busca de futuro, puesto que ésta se hallaba al alcance de la mano en pleno centro de la capital, era más seguro dedicarse al comercio, como los miles de sirios y judíos que desembarcaban con un atado de miserias a la espalda y al cabo de pocos años vivían con holgura.

—Nada de turquerías. Lo que yo quiero es una familia respetable, que nos llamen don y doña y nadie se atreva a hablarnos con el sombrero puesto —dijo ella.

Pero él insistió y ella acabó por acatar su decisión, como casi siempre hacía, porque cuando se le ponía al frente su marido la mortificaba con largos períodos de abstinencia y silencio. En esas ocasiones él desaparecía de la casa por varios días, regresaba maltrecho de amores clandestinos, se mudaba de ropa y volvía a salir, dejando a Abigail furiosa al principio y luego aterrada por la idea de perderlo. Ella era una persona práctica, carecía por completo de sentimientos románticos y si alguna vez hubo en ella alguna semilla de ternura, los años de suripanta, la destruyeron, pero Domingo era el único hombre que ella podía tolerar a su lado y no estaba dispuesta a dejarlo partir. Apenas Abigail cedía, él regresaba a dormir a su cama. No había reconciliaciones ruidosas, simplemente retomaban el ritmo de las rutinas y volvían a la complicidad de sus trampas. Domingo Toro instaló una cadena de tiendas en los barrios pobres, donde vendía muy barato, pero en grandes cantidades. Las tiendas le servían de pantalla para otros negocios menos lícitos. El dinero siguió amontonándose y pudieron pagar extravagancias de ricos, pero Abigail no estaba satisfecha, porque se dio cuenta de que una cosa era vivir con lujo y otra muy diferente ser aceptados en sociedad.

—Si me hubieras hecho caso no nos confundirían con comerciantes árabes. ¡Mira que ponerte a vender trapos! —le reclamó a su marido.

—No sé de qué te quejas, tenemos de todo.

—Sigue con tus bazares de pobres, si eso es lo que quieres, pero yo voy a comprar caballos de carrera.

—¿Caballos? ¿Qué sabes tú de caballos, mujer?

—Que son elegantes, toda la gente importante tiene caballos.

—¡Nos vamos a arruinar!

Por una vez Abigail logró imponer su voluntad y al poco tiempo comprobaron que no había sido mala idea. Los animales les dieron pretextos para alternar con las antiguas familias de criadores y además resultaron rentables, pero aunque los Toro aparecían con frecuencia en las páginas hípicas de la prensa, nunca estaban en la crónica social. Despechada, Abigail se puso cada vez más ostentosa. Encargó una vajilla de porcelana con su retrato pintado a mano en cada pieza, copas de cristal tallado y muebles con gárgolas furiosas en las patas, además de un raído sillón que hizo pasar como reliquia colonial, diciéndole a todo el mundo que había pertenecido al Libertador, razón por la cual le ató un cordón rojo por delante para que nadie pudiera posar las asentaderas donde el Padre de la Patria lo había hecho. Consiguió una institutriz alemana para sus hijos y un vagabundo holandés, a quien vistió de almirante, para manejar el yate de la familia. Los únicos vestigios del pasado eran los tatuajes de filibustero de Domingo y una lesión en la espalda de Abigail, como consecuencia de culebrear abierta de piernas en sus tiempos de barbarie; pero él se cubría los tatuajes con mangas largas y ella se hizo fabricar un corsé de hierro con cojinetes de seda para impedir que el dolor le postrara la dignidad. Para entonces era una mujerona obesa, cubierta de joyas, parecida a Nerón. La ambición marcó en ella los estragos físicos que las aventuras en la selva no habían logrado hacerle.

Con la intención de atraer a lo más selecto de la sociedad, los Toro ofrecían cada año para carnavales una fiesta de disfraces: la corte de Bagdad con el elefante y los camellos del zoológico y un ejército de mozos vestidos de beduinos; el Baile de Versalles, donde los invitados con trajes de brocados y pelucas empolvadas danzaron minué entre espejos biselados; y otras parrandas escandalosas que formaron parte de las leyendas locales y dieron motivo a violentas diatribas en los periódicos de izquierda. Tuvieron que apostar guardias en la casa para impedir que los estudiantes, indignados por el despilfarro, pintaran consignas en las columnas y lanzaran caca por las ventanas, alegando que los nuevos ricos llenaban sus bañeras con champaña, mientras los nuevos pobres cazaban los gatos de los tejados para comérselos. Esas francachelas les dieron cierta respetabilidad, porque para entonces la línea que dividía las clases sociales se estaba esfumando, al país llegaba gente de todos los rincones de la tierra atraída por el miasma del petróleo, la capital crecía sin control, las fortunas se hacían y se perdían en un santiamén y ya no había posibilidad de averiguar los orígenes de cada cual. Sin embargo, las familias de alcurnia mantenían a los Toro a la distancia, a pesar de que ellos mismos descendían de otros inmigrantes cuyo único mérito era haber llegado a esas costas con medio siglo de anticipación. Asistían a los banquetes de Domingo y Abigail y a veces paseaban por el Caribe en el yate guiado por la firme mano del capitán holandés, pero no retribuían las atenciones recibidas. Tal vez Abigail habría tenido que resignarse a un segundo plano, si un evento inesperado no les da vuelta la suerte.

Esa tarde de agosto Abigail despertó abochornada de la siesta, hacía mucho calor y el aire estaba cargado con presagios de tormenta. Se puso un vestido de seda sobre el corsé y se hizo conducir al salón de belleza. El automóvil atravesó las calles atestadas de tráfico con los vidrios cerrados, para evitar que algún resentido —de esos que cada vez había más— escupiera a la señora por la ventanilla, y se detuvo en el local a las cinco en punto, donde entró después de indicar al chofer que la recogiera una hora más tarde. Cuando el hombre regresó a buscarla Abigail no estaba. Las peluqueras dijeron que a los cinco minutos de llegar, la señora anunció que iba a hacer una corta diligencia, pero no volvió. Entretanto Domingo Toro recibió en su oficina la primera llamada de los Pumas Rojos, un grupo extremista del cual nadie había oído hablar hasta entonces, para anunciarle que habían secuestrado a su mujer.

Así comenzó el escándalo que salvó el prestigio de los Toro. La policía detuvo al chofer y a las peluqueras, allanaron barrios enteros y acordonaron la mansión de los Toro, con la consecuente molestia de los vecinos. Un autobús de la televisión bloqueó la calle durante días y un tropel de periodistas, detectives y curiosos pisoteó los prados de las casas. Domingo Toro apareció en las pantallas, sentado en el sillón de cuero de su biblioteca, entre un mapamundi y una yegua embalsamada, implorando a los plagiarios que le devolvieran a la madre de sus hijos. El magnate de los baratillos, como lo llamó la prensa, ofreció un millón por su mujer, cifra muy exagerada, porque otro grupo guerrillero sólo había conseguido la mitad por un embajador del Medio Oriente. Sin embargo, a los Pumas Rojos no les pareció suficiente y pidieron el doble. Después de ver la fotografía de Abigail en los periódicos, muchos pensaron que el mejor negocio de Domingo sería pagar esa cifra, no para recuperar a su cónyuge, sino para que los raptores se quedaran con ella. Una exclamación incrédula recorrió el país cuando el marido, después de algunas consultas con banqueros y abogados, aceptó el trato, a pesar de las advertencias de la policía. Horas antes de entregar la suma estipulada, recibió por correo un mechón de pelo rojo y una nota indicando que el precio había aumentando en otro cuarto de millón. Para entonces también los hijos de los Toro salían por televisión enviando mensajes de desesperación filial a Abigail. El macabro remate fue subiendo de tono día a día, ante los ojos atentos de la prensa.

El suspenso acabó cinco días más tarde, justo cuando la curiosidad del público empezaba a desviarse en otras direcciones. Abigail apareció atada y amordazada en un coche estacionado en pleno centro, algo nerviosa y despeinada, pero sin daños visibles y hasta un poco más gorda. La tarde en que Abigail regresó a su casa se juntó una pequeña multitud en la calle para aplaudir a ese marido que había dado tal prueba de amor.

Ante el acoso de los periodistas y las exigencias de la policía,

Domingo Toro asumió una actitud de discreta galantería, negándose a revelar cuánto había pagado con el argumento de que su esposa no tenía precio. La exageración popular le atribuyó una cifra del todo improbable, mucho más de lo que ningún hombre había pagado jamás por una mujer y menos por la suya. Eso convirtió a los Toro en símbolo de opulencia, se dijo que eran tan ricos como el Presidente, quien se había beneficiado por años de los ingresos petroleros de la Nación y cuya fortuna se calculaba como una de las cinco mayores del mundo. Domingo y Abigail fueron encumbrados a la alta sociedad, donde no habían tenido acceso hasta entonces. Nada opacó su triunfo, ni siquiera las protestas públicas de los estudiantes, que colgaron lienzos en la Universidad acusando a Abigail de secuestrarse a sí misma, al magnate de sacar los millones de un bolsillo para meterlos en otro sin pagar impuestos, y a la policía de tragarse el cuento de los Pumas Rojos para asustar a la gente y justificar las purgas contra los partidos de oposición. Pero las malas lenguas no lograron destruir el magnífico efecto del secuestro y una década más tarde los Toro-McGovern se habían convertido en una de las familias más respetables del país.

VIDA INTERMINABLE

Hay toda clase de historias. Algunas nacen al ser contadas, su substancia es el lenguaje y antes de que alguien las ponga en palabras son apenas una emoción, un capricho de la mente, una imagen o una intangible reminiscencia. Otras vienen completas, como manzanas, y pueden repetirse hasta el infinito sin riesgo de alterar su sentido. Existen unas tomadas de la realidad y procesadas por la inspiración, mientras otras nacen de un instante de inspiración y se convierten en realidad al ser contadas. Y hay historias secretas que permanecen ocultas en las sombras de la memoria, son como organismos vivos, les salen raíces, tentáculos, se llenan de adherencias y parásitos y con el tiempo se transforman en materia de pesadillas. A veces para exorcizar los demonios de un recuerdo es necesario contarlo como un cuento.

Ana y Roberto Blaum envejecieron juntos, tan unidos que con los años llegaron a parecer hermanos; ambos tenían la misma expresión de benevolente sorpresa, iguales arrugas, gestos de las manos, inclinación de los hombros; los dos estaban marcados por costumbres y anhelos similares. Habían compartido cada día durante la mayor parte de sus vidas y de tanto andar de la mano y dormir abrazados podían ponerse de acuerdo para encontrarse en el mismo sueño. No se habían separado nunca desde que se conocieron, medio siglo atrás. En esa época Roberto estudiaba medicina y ya tenía la pasión que determinó su existencia de lavar al mundo y redimir al prójimo, y Ana era una de esas jóvenes virginales capaces de embellecerlo todo con su candor. Se descubrieron a través de la música. Ella era violinista de una orquesta de cámara y él, que provenía de una familia de virtuosos y le gustaba tocar el piano, no se perdía ni un concierto. Distinguió sobre el escenario a esa muchacha vestida de terciopelo negro y cuello de encaje que tocaba su instrumento con los ojos cerrados y se enamoró de ella a la distancia. Pasaron meses antes de que se atreviera a hablarle y cuando lo hizo bastaron cuatro frases para que ambos comprendieran que estaban destinados a un vínculo perfecto. La guerra los sorprendió antes que alcanzaran a casarse y, como millares de judíos alucinados por el espanto de las persecuciones, tuvieron que escapar de Europa. Se embarcaron en un puerto de Holanda, sin más equipaje que la ropa puesta, algunos libros de Roberto y el violín de Ana. El buque anduvo dos años a la deriva, sin poder atracar en ningún muelle, porque las naciones del hemisferio no quisieron aceptar su cargamento de refugiados. Después de dar vueltas por varios mares, arribó a las costas del Caribe. Para entonces tenía el casco como una coliflor de conchas y líquenes, la humedad rezumaba de su interior en un moquilleo persistente, sus máquinas se habían vuelto verdes y todos los tripulentes y pasajeros —menos Ana y Roberto defendidos de la desesperanza por la ilusión del amor— habían envejecido doscientos años. El capitán, resignado a la idea de seguir deambulando eternamente, hizo un alto con su carcasa de transatlántico en un recodo de la bahía, frente a una playa de arenas fosforescentes y esbeltas palmeras coronadas de plumas, para que los marineros descendieran en la noche a cargar agua dulce para los depósitos. Pero hasta allí no más llegaron. Al amanecer del día siguiente fue imposible echar a andar las máquinas, corroídas por el esfuerzo de moverse con una mezcla de agua salada y pólvora, a falta de combustibles mejores. A media mañana aparecieron en una lancha las autoridades del puerto más cercano, un puñado de mulatos alegres con el uniforme desabrochado y la mejor voluntad, que de acuerdo con el reglamento les ordenaron salir de sus aguas territoriales, pero al saber la triste suerte de los navegantes y el deplorable estado del buque le sugirieron al capitán que se quedaran unos días allí tomando el sol, a ver si de tanto darles rienda los inconvenientes se arreglaban solos, como casi siempre ocurre. Durante la noche todos los habitantes de esa nave desdichada descendieron en los botes, pisaron las arenas cálidas de aquel país cuyo nombre apenas podían pronunciar, y se perdieron tierra adentro en la voluptuosa vegetación, dispuestos a cortarse las barbas, despojarse de sus trapos mohosos y sacudirse los vientos oceánicos que les habían curtido el alma.

Así comenzaron Ana y Roberto Blaum sus destinos de inmigrantes, primero trabajando de obreros para subsistir y más tarde, cuando aprendieron las reglas de esa sociedad voluble, echaron raíces y él pudo terminar los estudios de medicina interrumpidos por la guerra. Se alimentaban de banana y café y vivían en una pensión humilde, en un cuarto de dimensiones escasas, cuya ventana enmarcaba un farol de la calle. Por las noches Roberto aprovechaba esa luz para estudiar y Ana para coser. Al terminar el trabajo él se sentaba a mirar las estrellas sobre los techos vecinos y ella le tocaba en su violín antiguas melodías, costumbre que conservaron como forma de cerrar el día. Años después, cuando el nombre de Blaum fue célebre, esos tiempos de pobreza se mencionaban como referencia romántica en los prólogos de los libros o en las entrevistas de los periódicos. La suerte les cambió, pero ellos mantuvieron su actitud de extrema modestia, porque no lograron borrar las huellas de los sufrimientos pasados ni pudieron librarse de la sensación de precariedad propia del exilio. Eran los dos de la misma estatura, de pupilas claras y huesos fuertes. Roberto tenía aspecto de sabio, una melena desordenada le coronaba las orejas, llevaba gruesos lentes con marcos redondos de carey, usaba siempre un traje gris, que reemplazaba por otro igual cuando Ana renunciaba a seguir zurciendo los puños, y se apoyaba en un bastón de bambú que un amigo le trajo de la India. Era un hombre de pocas palabras, preciso al hablar como en todo lo demás, pero con un delicado sentido del humor que suavizaba el peso de sus conocimientos. Sus alumnos habrían de recordarlo como el más bondadoso de los profesores. Ana poseía un temperamento alegre y confiado, era incapaz de imaginar la maldad ajena y por eso resultaba inmune a ella. Roberto reconocía que su mujer estaba dotada de un admirable sentido práctico y desde el principio delegó en ella las decisiones importantes y la administración del dinero. Ana cuidaba de su marido con mimos de madre, le cortaba el cabello y las uñas, vigilaba su salud, su comida y su sueño, estaba siempre al alcance de su llamado. Tan indispensable les resultaba a ambos la compañía del otro, que Ana renunció a su vocación musical, porque la habría obligado a viajar con frecuencia, y sólo tocaba el violín en la intimidad de la casa. Tomó la costumbre de ir con Roberto en las noches a la morgue o a la biblioteca de la universidad donde él se quedaba investigando durante largas horas. A los dos les gustaba la soledad y el silencio de los edificios cerrados.

Después regresaban caminando por las calles vacías hasta el barrio de pobres donde se encontraba su casa. Con el crecimiento descontrolado de la ciudad ese sector se convirtió en un nido de traficantes, prostitutas y ladrones, donde ni los carros de la policía se atrevían a circular después de la puesta del sol, pero ellos lo cruzaban de madrugada sin ser molestados. Todo el mundo los conocía. No había dolencia ni problema que no fueran consultados con Roberto y ningún niño había crecido allí sin probar las galletas de Ana. A los extraños alguien se encargaba de explicarles desde un principio que por razones de sentimiento los viejos eran intocables. Agregaban que los Blaum constituían un orgullo para la Nación, que el Presidente en persona había condecorado a Roberto y que eran tan respetables, que ni siquiera la Guardia los molestaba cuando entraba al vecindario con sus máquinas de guerra, allanando las casas una por una.

Yo los conocí al final de la década de los sesenta, cuando en su locura mi Madrina se abrió el cuello con una navaja. La llevamos al hospital desangrándose a borbotones, sin que nadie alentara esperanza real de salvarla, pero tuvimos la buena suerte de que Roberto Blaum estaba allí y procedió tranquilamente a coserle la cabeza en su lugar. Ante el asombro de los otros médicos, mi Madrina se repuso. Pasé muchas horas sentada junto a su cama durante las semanas de convalecencia y hubo varias ocasiones de conversar con Roberto. Poco a poco iniciamos una sólida amistad. Los Blaum no tenían hijos y creo que les hacía falta, porque con el tiempo llegaron a tratarme como si yo lo fuera. Iba a verlos a menudo, rara vez de noche para no aventurarme sola en ese vecindario, ellos me agasajaban con algún plato especial para el almuerzo. Me gustaba ayudar a Roberto en el jardín y a Ana en la cocina. A veces ella cogía su violín y me regalaba un par de horas de música. Me entregaron la llave de su casa y cuando viajaban yo les cuidaba al perro y les regaba las plantas.

Los éxitos de Roberto Blaum habían empezado temprano, a pesar del atraso que la guerra impuso a su carrera. A una edad en que otros médicos se inician en los quirófanos, él ya había publicado algunos ensayos de mérito, pero su notoriedad comenzó con la publicación de su libro sobre el derecho a una muerte apacible. No le tentaba la medicina privada, salvo cuando se trataba de algún amigo o vecino, y prefería practicar su oficio en los hospitales de indigentes, donde podía atender a un número mayor de enfermos y aprender cada día algo nuevo. Largos turnos en los pabellones de moribundos le inspiraron una compasión por esos cuerpos frágiles encadenados a las máquinas de vivir, con el suplicio de agujas y mangueras, a quienes la ciencia les negaba un final digno con el pretexto de que se debe mantener el aliento a cualquier costo. Le dolía no poder ayudarlos a dejar este mundo y estar obligado, en cambio, a retenerlos contra su voluntad en sus camas agonizantes. En algunas ocasiones el tormento impuesto a uno de sus enfermos se le hacía tan insoportable, que no lograba apartarlo ni un instante de su mente. Ana debía despertarlo, porque gritaba dormido. En el refugio de las sábanas él se abrazaba a su mujer, la cara hundida en sus senos, desesperado.

—¿Por qué no desconectas los tubos y le alivias los padecimientos a ese pobre infeliz? Es lo más piadoso que puedes hacer. Se va a morir de todos modos, tarde o temprano...

—No puedo, Ana. La ley es muy clara, nadie tiene derecho a la vida de otro, pero para mí esto es un asunto de conciencia.

—Ya hemos pasado antes por esto y cada vez vuelves a sufrir los mismos remordimientos. Nadie lo sabrá, será cosa de un par de minutos.

Si en alguna oportunidad Roberto lo hizo, sólo Ana lo supo. Su libro proponía que la muerte, con su ancestral carga de terrores, es sólo el abandono de una cáscara inservible, mientras el espíritu se reintegra en la energía única del cosmos. La agonía, como el nacimiento, es una etapa del viaje y merece la misma misericordia. No hay la menor virtud en prolongar los latidos y temblores de un cuerpo más allá del fin natural, y la labor del médico debe ser facilitar el deceso, en vez de contribuir a la engorrosa burocracia de la muerte. Pero tal decisión no podía depender sólo del discernimiento de los profesionales o la misericordia de los parientes, era necesario que la ley señalara un criterio.

La proposición de Blaum provocó un alboroto de sacerdotes, abogados y doctores. Pronto el asunto trascendió de los círculos científicos e invadió la calle, dividiendo las opiniones. Por primera vez alguien hablaba de ese tema, hasta entonces la muerte era un asunto silenciado, se apostaba a la inmortalidad, cada uno con la secreta esperanza de vivir para siempre. Mientras la discusión se mantuvo a un nivel filosófico, Roberto Blaum se presentó en todos los foros para sostener su alegato, pero cuando se convirtió en otra diversión de las masas, él se refugió en su trabajo, escandalizado ante la desvergüenza con que explotaron su teoría con fines comerciales. La muerte pasó a primer plano, despojada de toda realidad y convertida en alegre motivo de moda.

Una parte de la prensa acusó a Blaum de promover la eutanasia y comparó sus ideas con las de los nazis, mientras otra parte lo aclamó como a un santo. Él ignoró el revuelo y continuó sus investigaciones y su labor en el hospital. Su libro se tradujo a varias lenguas y se difundió en otros países, donde el tema también provocó reacciones apasionadas. Su fotografía salía con frecuencia en las revistas de ciencia. Ese año le ofrecieron una cátedra en la Facultad de Medicina y pronto se convirtió en el profesor más solicitado por los estudiantes. No había ni asomo de arrogancia en Roberto Blaum, tampoco el fanatismo exultante de los administradores de las revelaciones divinas, sólo la apacible certeza de los hombres estudiosos. Mientras mayor era la fama de Roberto, más recluida era la vida de los Blaum. El impacto de esa breve celebridad los asustó y acabaron por admitir a muy pocos en su círculo más íntimo.

La teoría de Roberto fue olvidada por el público con la misma rapidez con que se puso de moda. La ley no fue cambiada, ni siquiera se discutió el problema en el Congreso, pero en el ámbito académico y científico el prestigio del médico aumentó. En los siguientes treinta años Blaum formó varias generaciones de cirujanos, descubrió nuevas drogas y técnicas quirúrgicas y organizó un sistema de consultorios ambulantes, carromatos, barcos y avionetas equipados con todo lo necesario para atender desde partos hasta epidemias diversas, que recorrían el territorio nacional llevando socorro hasta las zonas más remotas, allá donde antes sólo los misioneros habían puesto los pies. Obtuvo incontables premios, fue Rector de la Universidad durante una década y Ministro de Salud durante dos semanas, tiempo que demoró en juntar las pruebas de la corrupción administrativa y el despilfarro de los recursos y presentarlas al Presidente, quien no tuvo más alternativa que destituirlo, porque no se trataba de sacudir los cimientos del gobierno para darle gusto a un idealista. En esas décadas Blaum continuó las investigaciones con moribundos. Publicó varios artículos sobre la obligación de decir la verdad a los enfermos graves, para que tuvieran tiempo de acomodar el alma y no se fueran pasmados por la sorpresa de morirse, y sobre el respeto debido a los suicidas y las formas de poner fin a la propia vida sin dolores ni estridencias inútiles.

El nombre de Blaum volvió a pronunciarse por las calles cuando fue publicado su último libro, que no sólo remeció a la ciencia tradicional, sino que provocó una avalancha de ilusiones en todo el país. En su larga experiencia en hospitales Roberto había tratado a innumerables pacientes de cáncer y observó que mientras algunos eran derrotados por la muerte, con el mismo tratamiento otros sobrevivían. En su libro, Roberto intentaba demostrar la relación entre el cáncer y el estado de ánimo, y aseguraba que la tristeza y la soledad facilitan la multiplicación de las células fatídicas, porque cuando el enfermo está deprimido bajan las defensas del cuerpo, en cambio si tiene buenas razones para vivir su organismo lucha sin tregua contra el mal. Explicaba que la cura, por lo tanto, no puede limitarse a la cirugía, la química o recursos de boticario, que atacan sólo las manifestaciones físicas, sino que debe contemplar sobre todo la condición del espíritu. El último capítulo sugería que la mejor disposición se encuentra en aquellos que cuentan con una buena pareja o alguna otra forma de cariño, porque el amor tiene un efecto benéfico que ni las drogas más poderosas pueden superar.

La prensa captó de inmediato las fantáticas posibilidades de esta teoría y puso en boca de Blaum cosas que él jamás había dicho. Si antes la muerte causó un alboroto inusitado, en esta ocasión algo igualmente natural fue tratado como novedad. Le atribuyeron al amor virtudes de Piedra Filosofal y dijeron que podía curar todos los males. Todos hablaban del libro, pero muy pocos lo leyeron. La sencilla suposición de que el afecto puede ser bueno para la salud se complicó en la medida en que todo el mundo quiso agregarle o quitarle algo, hasta que la idea original de Blaum se perdió en una maraña de absurdos, creando una confusión colosal en el público. No faltaron los pícaros que intentaron sacarle provecho al asunto, apoderándose del amor como si fuera un invento propio. Proliferaron nuevas sectas esotéricas, escuelas de psicología, cursos para principiantes, clubes para solitarios, píldoras de la atracción infalible, perfumes devastadores y un sinfín de adivinos de pacotilla que usaron sus barajas y sus bolas de vidrio para vender sentimientos de cuatro centavos. Apenas descubrieron que Ana y Roberto Blaum eran una pareja de ancianos conmovedores, que habían estado juntos mucho tiempo y que conservaban intactas la fortaleza del cuerpo, las facultades de la mente y la calidad de su amor, los convirtieron en ejemplos vivientes. Aparte de los científicos que analizaron el libro hasta la extenuación, los únicos que lo leyeron sin propósitos sensacionalistas fueron los enfermos de cáncer, sin embargo, para ellos la esperanza de una curación definitiva se convirtió en una burla atroz, porque en verdad nadie podía indicarles dónde hallar el amor, cómo obtenerlo y mucho menos la forma de preservarlo. Aunque tal vez la idea de Blaum no carecía de lógica, en la práctica resultaba inaplicable.

Roberto estaba consternado ante el tamaño del escándalo, pero Ana le recordó lo ocurrido antes y lo convenció de que era cuestión de sentarse a esperar un poco, porque la bulla no duraría mucho. Así ocurrió. Los Blaum no estaban en la ciudad cuando el clamor se desinfló. Roberto se había retirado de su trabajo en el hospital y en la universidad, pretextando que estaba cansado y que ya tenía edad para hacer una vida más tranquila. Pero no logró mantenerse ajeno a su propia celebridad, su casa se veía invadida por enfermos suplicantes, periodistas, estudiantes, profesores, y curiosos que llegaban a toda hora. Me dijo que necesitaba silencio, porque pensaba escribir otro libro, y lo ayudé a buscar un lugar apartado donde refugiarse. Encontramos una vivienda en La Colonia, una extraña aldea incrustada en un cerro tropical, réplica de algún villorrio bávaro del siglo diecinueve, un desvarío arquitectónico de casas de madera pintada, relojes de cucú, macetas de geranios y avisos con letras góticas, habitada por una raza de gente rubia con los mismos trajes tiroleses y mejillas rubicundas que sus bisabuelos trajeron al emigrar de la Selva Negra. Aunque ya entonces La Colonia era la atracción turística que hoy es, Roberto pudo alquilar una propiedad aislada donde no llegaba el tráfico de los fines de semana. Me pidieron que me hiciera cargo de sus asuntos en la capital, yo colectaba el dinero de su jubilación, las cuentas y el correo. Al principio los visité con frecuencia, pero pronto me di cuenta que en mi presencia mantenían una cordialidad algo forzada, muy diferente a la bienvenida calurosa que antes me prodigaban. No pensé que se tratara de algo contra mí, ni mucho menos, siempre conté con su confianza y su estima, simplemente deduje que deseaban estar solos y preferí comunicarme con ellos por teléfono y por carta.

Cuando Roberto Blaum me llamó por última vez, hacía un año que no los veía. Hablaba muy poco con él, pero mantenía largas conversaciones con Ana. Yo le daba noticias del mundo y ella me contaba de su pasado, que parecía irse tornando cada vez más vívido para ella, como si todos los recuerdos de antaño fueran parte de su presente en el silencio que ahora la rodeaba. A veces me hacía llegar por diversos medios galletas de avena que horneaba para mí y bolsitas de lavanda para perfumar los armarios. En los últimos meses me enviaba también delicados regalos: un pañuelo que le dio su marido muchos años atrás, fotografías de su juventud, un prendedor antiguo. Supongo que eso, más el deseo de mantenerme alejada y el hecho de que Roberto eludiera hablar del libro en preparación, debieron darme las claves, pero en verdad no imaginé lo que estaba sucediendo en aquella casa de las montañas. Más tarde, cuando leí el diario de Ana, me enteré de que Roberto no escribió una sola línea. Durante todo ese tiempo se dedicó por entero a amar a su mujer, pero eso no logró desviar el curso de los acontecimientos.

En los fines de semana el viaje a La Colonia se convierte en un peregrinaje de coches con los motores calientes que avanzan a vuelta de las ruedas, pero durante los otros días, sobre todo en la temporada de lluvias, es un paseo solitario por una ruta de curvas cerradas que corta las cimas de los cerros, entre abismos sorpresivos y bosques de cañas y palmas. Esa tarde había nubes atrapadas entre las colinas y el paisaje parecía de algodón. La lluvia había callado a los pájaros y no se oía más que el sonido del agua contra los cristales. Al ascender refrescó el aire y sentí la tormenta suspendida en la niebla, como un clima de otra latitud. De pronto, en un recodo del camino apareció aquel villorrio de aspecto germano, con sus techos inclinados para soportar una nieve que jamás caería. Para llegar donde los Blaum había que atravesar todo el pueblo, que a esa hora parecía desierto. Su cabaña era similar a todas las demás, de madera oscura, con aleros tallados y ventanas con cortinas de encaje, al frente florecía un jardín bien cuidado y atrás se extendía un pequeño huerto de fresas. Corría una ventisca fría que silbaba entre los árboles, pero no vi humo en la chimenea. El perro, que los había acompañado durante años, estaba echado en el porche y no se movió cuando lo llamé, levantó la cabeza y me miró sin mover la cola, como si no me reconociera, pero me siguió cuando abrí la puerta, que estaba sin llave, y crucé el umbral. Estaba oscuro. Tanteé la pared buscando el interruptor y encendí las luces. Todo se veía en orden, había ramas frescas de eucalipto en los jarrones, que llenaban el aire de un olor limpio. Atravesé la sala de esa vivienda de alquiler, donde nada delataba la presencia de los Blaum, salvo las pilas de libros y el violín, y me extrañó de que en año y medio mis amigos no hubieran implantado sus personalidades al lugar donde vivían.

Subí la escalera al ático, donde estaba el dormitorio principal, una pieza amplia, con altos techos de vigas rústicas, papel desteñido en los muros y muebles ordinarios de vago estilo provenzal. Una lámpara de velador alumbraba la cama, sobre la cual yacía Ana, con el vestido de seda azul y el collar de corales que tantas veces le vi usar. Tenía en la muerte la misma expresión de inocencia con que aparece en la fotografía de su boda, tomada mucho tiempo atrás, cuando el capitán del barco la casó con Roberto a setenta millas de la costa, esa tarde espléndida en que los peces voladores salieron del mar para anunciarles a los refugiados que la tierra prometida estaba cerca. El perro que me había seguido, se encogió en un rincón gimiendo suavemente.

Sobre la mesa de noche, junto a un bordado inconcluso y al diario de vida de Ana, encontré una nota de Roberto dirigida a mí, en la cual me pedía que me hiciera cargo de su perro y que los enterrara en el mismo ataúd en el cementerio de esa aldea de cuentos. Habían decidido morir juntos, porque ella estaba en la última fase de un cáncer y preferían viajar a otra etapa tomados de la mano, como siempre habían estado, para que en el instante fugaz en que el espíritu se desprende no corrieran el riesgo de perderse en algún vericueto del vasto universo.

Recorrí la casa en busca de Roberto. Lo encontré en una pequeña habitación detrás de la cocina, donde tenía su estudio, sentado ante un escritorio de madera clara, con la cabeza entre las manos, sollozando. Sobre la mesa estaba la jeringa con que inyectó el veneno a su mujer, cargada con la dosis destinada para él. Le acaricié la nuca, levantó la vista y me miró largamente. Supongo que quiso evitarle a Ana los sufrimientos del final y preparó la partida de ambos de modo que nada alterara la serenidad de ese instante, limpió la casa, cortó ramas para los jarrones, vistió y peinó a su mujer y cuando estuvo todo dispuesto le colocó la inyección. Consolándola con la promesa de que pocos minutos después se reuniría con ella, se acostó a su lado y la abrazó hasta tener la certeza de que ya no vivía. Llenó de nuevo la jeringa, se subió la manga de la camisa y tanteó la vena, pero las cosas no resultaron como las había planeado. Entonces me llamó.

—No puedo hacerlo, Eva. Sólo a ti puedo pedírtelo... Por favor, ayúdame a morir.

UN DISCRETO MILAGRO

La familia Boulton provenía de un comerciante de Liverpool, que emigró a mediados del siglo diecinueve con su tremenda ambición como única fortuna, y se hizo rico con una flotilla de barcos de carga en el país más austral y lejano del mundo. Los Boulton eran miembros prominentes de la colonia británica, y como tantos ingleses fuera de su isla preservaron sus tradiciones y su lengua con una tenacidad absurda, hasta que la mezcla con sangre criolla les tumbó la arrogancia y les cambió los nombres anglosajones por otros más castizos.

Gilberto, Filomena y Miguel nacieron en el apogeo de la fortuna de los Boulton, pero a lo largo de sus vidas vieron declinar el tráfico marítimo y esfumarse una parte sustancial de sus ingresos. Aunque dejaron de ser ricos, pudieron mantener su estilo de vida. Era difícil encontrar tres personas de aspecto y carácter más diferentes que estos tres hermanos. En la vejez se acentuaron los rasgos de cada cual, pero a pesar de sus aparentes disparidades sus almas coincidían en lo fundamental.

Gilberto era un poeta de setenta y tantos años, de facciones delicadas y porte de bailarín, cuya existencia había transcurrido ajena a las necesidades materiales, entre libros de arte y antigüedades. Era el único de sus hermanos que se educó en Inglaterra, experiencia que lo marcó profundamente. Le quedó para siempre el vicio del té. Nunca se casó, en parte porque no encontró a tiempo a la joven pálida que tantas veces surgía en sus versos de juventud, y cuando renunció a esa ilusión ya era demasiado tarde, porque sus hábitos de solterón estaban muy arraigados. Se burlaba de sus ojos azules, su pelo amarillo y su ancestro, diciendo que casi todos los Boulton eran unos comerciantes vulgares, quienes de tanto fingirse aristócratas habían terminado convencidos de que lo eran. Sin embargo, usaba chaquetas de tweed con parches de cuero en los codos, jugaba bridge, leía el *Times* con tres semanas de atraso y cultivaba la ironía y la flema atribuidas a los intelectuales británicos.

Filomena, rotunda y simple como una campesina, era viuda y abuela de varios nietos. Estaba dotada de una gran tolerancia, que le permitía aceptar tanto las veleidades anglófilas de Gilberto como el hecho de que Miguel anduviera con huecos en los zapatos y el cuello de la camisa en hilachas. Nunca le faltaba ánimo para atender los achaques de Gilberto o escucharlo recitar sus extraños versos, ni para colaborar en los innumerables proyectos de Miguel. Tejía incansablemente chalecos para su hermano menor, que éste se ponía un par de veces y luego regalaba a otro más necesitado. Los palillos eran una prolongación de su manos, se movían con un ritmo travieso, un tictac continuo que anunciaba su presencia y la acompañaba siempre, como el aroma de su colonia de jazmín.

Miguel Boulton era sacerdote. A diferencia de sus hermanos, él resultó moreno, de baja estatura, casi enteramente cubierto por un vello negro que le habría dado un aspecto bestial si su rostro no hubiea sido tan bondadoso. Abandonó las ventajas de la residencia familiar a los diecisiete años y sólo regresaba a ella para participar en los almuerzos dominicales con sus parientes, o para que Filomena lo cuidara en las raras ocasiones en que se enfermaba de gravedad. No sentía ni la menor nostalgia por las comodidades de su juventud y a pesar de sus arrebatos de mal humor, se consideraba un hombre afortunado y estaba contento con su existencia. Vivía junto al Basurero Municipal, en una población miserable de los extramuros de la capital, donde las calles no tenían pavimento, aceras, ni árboles. Su rancho estaba construido con tablas y planchas de cinc. A veces en verano surgían del suelo fumarolas fétidas de los gases que se filtraban bajo tierra desde los depósitos de basura. Su mobiliario consistía en un camastro, una mesa, dos sillas y repisas para libros, y las paredes lucían afiches revolucionarios, cruces de latón fabricadas por los presos políticos, modestas tapicerías bordadas por las madres de los desaparecidos, y banderines de su equipo de fútbol favorito. Junto al crucifijo, donde cada mañana comulgaba a solas y cada noche le agradecía a Dios la suerte de estar aún vivo, colgaba una bandera roja. El Padre Miguel era uno esos seres marcados por la terrible pasión de la justicia. En su larga vida había acumulado tanto sufrimiento ajeno, que era incapaz de pensar en el dolor propio, lo cual, sumado a la certeza de actuar en nombre de Dios, lo hacía temerario. Cada vez que los militares allanaban su casa y se lo llevaban acusándolo de subversivo debían amordazarlo, porque ni a palos lograban evitar que los agobiara de insultos intercalados de citas de los evangelios. Había sido detenido tan a menudo, hecho tantas huelgas de hambre en solidaridad con los presos, y amparado a tantos perseguidos, que de acuerdo a la ley de probabilidades debió haber muerto varias veces. Su fotografía, sentado ante un local de la policía política con un letrero anunciando que allí torturaban gente, fue difundida por todo el mundo. No había castigo capaz de amilanarlo, pero no se atrevieron a hacerlo desaparecer, como a tantos otros, porque ya era demasiado conocido. En las noches, cuando se instalaba ante su pequeño altar doméstico a conversar con Dios, dudaba azorado si sus únicos impulsos serían el amor al prójimo y el ansia de justicia, o si en sus acciones no habría también una soberbia satánica. Ese hombre, capaz de adormecer a un niño con boleros y de pasar noches en vela cuidando enfermos, no confiaba en la gentileza de su propio corazón. Había luchado toda su vida contra la cólera, que le espesaba la sangre y lo hacía estallar en arranques incontenibles. En secreto se preguntaba qué sería de él si las circunstancias no le ofrecieran tan buenos pretextos para desahogarse. Filomena vivía pendiente de él, pero Gilberto opinaba que si nada demasiado grave le había ocurrido en casi setenta años de equilibrarse en la cuerda floja, no había razón para preocuparse, puesto que el ángel de la guarda de su hermano había demostrado ser muy eficiente.

—Los ángeles no existen. Son errores semánticos —replicaba Miguel.

—No seas hereje, hombre.

—Eran simples mensajeros hasta que Santo Tomás de Aquino inventó toda esa patraña.

—¿Me vas a decir que la pluma del Arcángel San Gabriel, que se venera en Roma, proviene de la cola de un buitre? —se reía Gilberto.

—Si no crees en los ángeles no cres en nada. ¿Por qué sigues de cura? Debieras cambiar de oficio —terciaba Filomena.

—Ya se perdieron varios siglos discutiendo cuántas criaturas de ésas caben en la punta de un alfiler. ¿Qué más da? ¡No gasten energía en ángeles, sino en ayudar a la gente!

Miguel había perdido la vista paulatinamente y ya estaba casi ciego. Del ojo derecho no veía nada y del izquierdo bastante poco, no podía leer y le resultaba muy difícil salir de su vecindario, porque se perdía en las calles. Cada vez dependía más de Filomena para movilizarse. Ella lo acompañaba o le mandaba el automóvil con el chofer, Sebastián Canuto, alias El Cuchillo, un ex convicto a quien Miguel había sacado de la cárcel y regenerado, y que trabajaba con la familia desde hacía dos décadas. Con la turbulencia política de los últimos años, El Cuchillo se convirtió en el discreto guardaespaldas del cura. Cuando corría el rumor de una marcha de protesta, Filomena le daba el día libre y él partía a la población de Miguel, provisto de una cachiporra y un par de manoplas escondidas en los bolsillos. Se apostaba en la calle a esperar que el sacerdote saliera y luego lo seguía a cierta distancia, listo para defenderlo a golpes o para arrastrarlo a lugar seguro si la situación lo exigía. La nebulosa en que vivía Miguel le impedía darse mucha cuenta de estas maniobras de salvataje, que lo habrían enfurecido, porque consideraría injusto disponer de tal protección mientras el resto de los manifestantes soportaba los golpes, los chorros de agua y los gases.

Al acercarse la fecha en que Miguel cumplía setenta años su ojo izquierdo sufrió un derrame y en pocos minutos se quedó en la más completa oscuridad. Se encontraba en la iglesia en una reunión nocturna con los pobladores, hablando sobre la necesidad de organizarse para enfrentar al Basurero Municipal, porque ya no se podía seguir viviendo entre tanta mosca y tanto olor de podredumbre. Muchos vecinos estaban en el bando opuesto de la religión católica, en verdad para ellos no habían pruebas de la existencia de Dios, por el contrario, los padecimientos de sus vidas eran una demostración irrefutable de que el universo era una pura pelotera, pero también ellos consideraban el local de la parroquia como el centro natural de la población. La cruz que Miguel llevaba colgando al pecho les parecía sólo un inconveniente menor, una especie de extravagancia de viejo. El sacerdote estaba paseando mientras hablaba, como era su costumbre, cuando sintió que las sienes y el corazón se le disparaban al galope y todo el cuerpo se le humedecía en un sudor pegajoso. Lo atribuyó al calor de la discusión, se pasó la manga por la frente y por un momento cerró los párpados. Al abrirlos creyó estar hundido en un torbellino al fondo del mar, sólo percibía oleajes profundos, manchas, negro sobre negro. Estiró un brazo en busca de apoyo.

—Se cortó la luz —dijo, pensando en otro sabotaje.

Sus amigos lo rodearon asustados. El Padre Boulton era un compañero formidable, que había vivido entre ellos desde que podían recordar. Hasta entonces lo creyeron invencible, un hombronazo fuerte y musculoso, con un vozarrón de sargento y unas manos de albañil que se juntaban en la plegaria, pero que en verdad parecían hechas para la pelea. De pronto comprendieron cuán gastado estaba, lo vieron encogido y pequeño, un niño lleno de arrugas. Un coro de mujeres improvisó los primeros remedios, lo obligaron a tenderse en el suelo, le pusieron paños mojados en la cabeza, le dieron a beber vino caliente, le hicieron masajes en los pies; pero nada surtió efecto, por el contrario, con tanto manoseo el enfermo estaba perdiendo la respiración. Por fin Miguel logró quitarse a la gente de encima y ponerse de pie, dispuesto a enfrentar esa nueva desgracia cara a cara.

—Estoy fregado —dijo sin perder la calma—. Por favor, llamen a mi hermana y díganle que estoy en un apuro, pero no le den detalles para que no se preocupe.

A la hora apareció Sebastián Canuto, huraño y silencioso como siempre, anunciando que la señora Filomena no podía perderse el capítulo de la telenovela y que aquí le mandaba algo de plata y un canasto con provisiones para su gente.

—Esta vez no se trata de eso, Cuchillo, parece que me he quedado ciego

El hombre lo subió al automóvil y sin hacer preguntas se lo llevó a través de toda la ciudad hasta la mansión de los Boulton, que se alzaba plena de elegancia en medio de un parque algo abandonado, pero todavía señorial. Convocó a todos los habitantes de la casa a bocinazos, ayudó a bajar al enfermo y lo transportó casi en andas, conmovido al verlo tan liviano y tan dócil. Su tosca cara de perdulario estaba mojada de lágrimas cuando les dio la noticia a Gilberto y a Filomena.

—Por la pelandusca que me parió, don Miguelito se ha quedado sin ojos. Esto es lo único que nos faltaba —lloró el chofer sin poder contenerse.

—No digas groserías delante del poeta —dijo el sacerdote.

—Ponlo en la cama, Cuchillo —ordenó Filomena—. Esto no es grave, debe ser algún resfrío. ¡Eso te pasa por andar sin chaleco!

—Se ha detenido el tiempo / noche y día es siempre invierno / y hay un puro silencio / de antenas por lo negro...* —comenzó a improvisar Gilberto.

—Dile a la cocinera que prepare un caldo de pollo —lo hizo callar su hermana.

El médico de la familia determinó que no se trataba de un resfrío y recomendó que a Miguel lo viera un oftalmólogo. Al día siguiente, después de una apasionada exposición sobre la salud, don de Dios y derecho del pueblo, que el infame sistema imperante había convertido en privilegio de una casta, el enfermo aceptó ir donde un especialista. Sebastián Canuto condujo a los tres hermanos al Hospital del Área Sur, único sitio aprobado por Miguel, porque allí se atendían los más pobres entre los pobres. Esa súbita ceguera había puesto al cura de pésimo talante, no podía comprender el designio divino que lo convertía en un inválido justamente cuando sus servicios

* *Aunque es de noche*, del poeta chileno Carlos Bolton.

más se necesitaban. De la resignación cristiana ni se acordó. Desde el comienzo se negó a aceptar que lo guiaran o lo sostuvieran, prefería avanzar a tropezones, aun a riesgo de partirse un hueso, no tanto por orgullo como para acostumbrarse lo antes posible a esa nueva limitación. Filomena le dio secretas instrucciones al chofer para que desviara el rumbo y los llevara a la Clínica Alemana, pero su hermano, que conocía demasiado bien el olor de la miseria, entró en sospechas apenas cruzaron el umbral del edificio y las confirmó cuando escuchó música en el ascensor. Debieron sacarlo de allí a toda prisa, antes que se desencadenara una trifulca. En el hospital esperaron durante cuatro horas, tiempo que Miguel aprovechó para indagar las desgracias de los demás pacientes de la sala, Filomena para iniciar otro chaleco y Gilberto para componer el poema sobre las antenas por lo negro que había surgido en su corazón el día anterior.

—El ojo derecho no tiene remedio y para devolver algo de visión al izquierdo habría que operarlo de nuevo —dijo el médico que por fin los atendió—. Ya ha tenido tres operaciones y los tejidos están muy debilitados, esto requiere técnicas e instrumentos especiales. Creo que el único lugar donde pueden intentarlo es en el Hospital Militar...

—¡Jamás! —lo interrumpió Miguel—. ¡No pondré nunca mis pies en ese antro de desalmados!

Sobresaltado, el médico le hizo un guiño de disculpa a la enfermera, quien se lo devolvió con una sonrisa cómplice.

—No seas mañoso, Miguel. Será sólo por un par de días, no creo que eso sea una traición a tus principios. ¡Nadie se va al infierno por eso! —apuntó Filomena, pero su hermano replicó que prefería quedarse ciego para el resto de sus días, que darles a los militares el gusto de devolverle la vista. En la puerta el médico lo retuvo un instante por el brazo.

—Mire, Padre... ¿Ha oído hablar de la clínica del Opus Dei? Allí también tienen recursos muy modernos.

—¿Opus Dei? —exclamó el cura—. ¿Dijo Opus Dei?

Filomena trató de conducirlo fuera del consultorio, pero él se trancó en el umbral para informar al doctor que a esa gente tampoco iría a pedirles un favor.

—Pero cómo..., ¿no son católicos?

—Son unos fariseos reaccionarios.

—Disculpe —balbuceó el médico.

Una vez en el coche Miguel le zampó a sus hermanos y al chofer que el Opus Dei era una organización fatídica, más ocupada en tranquilizar la coincidencia de las clases altas que en alimentar a los que se mueren de hambre, y que más fácilmente entra un camello por el ojo de una aguja que un rico al Reino de los cielos, o algo por el estilo. Agregó que lo sucedido era una prueba más de lo mal que estaban las cosas en el país, donde sólo los privilegiados podían curarse con dignidad y los demás se debían conformar con yerbas de misericordia y cataplasmas de humillación. Por último pidió que lo llevaran directo a su casa porque debía regar los geranios y preparar el sermón del domingo.

—Estoy de acuerdo —comentó Gilberto, deprimido por las horas de espera y por la visión de tanta desgracia y tanta fealdad en el hospital. No estaba acostumbrado a esas diligencias.

—¿De acuerdo con qué? —preguntó Filomena.

—Que no podemos ir al Hospital Militar, sería una barrabasada. Pero podríamos darle una oportunidad al Opus Dei, ¿no les parece?

—¡Pero de qué estás hablando! —replicó su hermano—. Ya te dije lo que pienso de ellos.

—¡Cualquiera diría que no podemos pagar! —agregó Filomena, a punto de perder la paciencia.

—No se pierde nada con preguntar —sugirió Gilberto pasándose su pañuelo perfumado por el cuello.

—Esa gente está tan ocupada moviendo fortunas en los bancos y bordando casullas de cura con hilos de oro, que no les queda ánimo para ver las necesidades ajenas. El cielo no se gana con genuflexiones, sino con...

—Pero usted no es pobre, don Miguelito —interrumpió Sebastián Canuto aferrado al volante.

—No me insultes, Cuchillo. Soy tan pobre como tú. Da media vuelta y llévanos a la clínica esa, para probarle al poeta que, como siempre, anda en la luna.

Fueron recibidos por una señora amable, que los hizo llenar un formulario y les ofreció café. Quince minutos después pasaban los tres al consultorio.

—Antes que nada, doctor, quiero saber si usted también es del Opus Dei o si sólo trabaja aquí —dijo el sacerdote.

—Pertenezco a la Obra —sonrió blandamente el médico.

—¿Cuánto cuesta la consulta? —El tono del cura no disimulaba el sarcasmo.

—¿Tiene problemas financieros, Padre?

—Dígame cuánto.

—Nada, si no puede pagar. Las donaciones son voluntarias.

Por un breve instante el Padre Boulton perdió el aplomo, pero el desconcierto no le duró mucho.

—Esto no parece una obra de beneficencia.

—Es una clínica privada.

—Ajá... Aquí vienen sólo los que pueden hacer donaciones.

—Mire, Padre, si no le gusta le sugiero que se vaya —replicó el doctor—. Pero no se irá sin que yo lo examine. Si quiere me trae a todos sus protegidos, que aquí se los atenderemos lo mejor posible, para eso pagan los que tienen. Y ahora no se mueva y abra bien los ojos.

Después de una meticulosa revisión el médico confirmó el diagnóstico previo, pero no se mostró optimista.

—Aquí contamos con un equipo excelente, pero se trata de una operación muy delicada. No puedo engañarlo, Padre, sólo un milagro puede devolverle la vista —concluyó.

Miguel estaba tan apabullado que apenas lo escuchó, pero Filomena se aferró a esa esperanza.

—¿Un milagro, dijo?

—Bueno, es una manera de hablar, señora. La verdad es que nadie puede garantizarle que volverá a ver.

—Si lo que usted quiere es un milagro, yo sé dónde conseguirlo —dijo Filomena colocando el tejido en su bolsa—. Muchas gracias, doctor. Vaya preparando todo para la operación, pronto estaremos de vuelta.

De nuevo en el coche, con Miguel mudo por primera vez en mucho tiempo y Gilberto extenuado por los sobresaltos del día, Filomena le ordenó a Sebastián Canuto que enfilara hacia la montaña. El hombre le lanzó una mirada de reojo y sonrió entusiasmado. Había conducido otras veces a su patrona por esos rumbos y nunca lo hacía de buen grado, porque el camino era una serpiente retorcida, pero esta vez lo animaba la idea de ayudar al hombre que más apreciaba en este mundo.

—¿Dónde vamos ahora? —murmuró Gilberto echando mano de su educación británica para no desplomarse de cansancio.

—Es mejor que te duermas, el viaje es largo. Vamos a la gruta de Juana de los Lirios —le explicó su hermana.

—¡Debes estar loca! —exclamó el cura sorprendido.

—Es santa.

—Ésos son puros disparates. La Iglesia no se ha pronunciado sobre ella.

—El Vaticano se demora como cien años en reconocer un santo. No podemos esperar tanto —concluyó Filomena.

—Si Miguel no cree en ángeles, menos creerá en beatas criollas, sobre todo si esa Juana proviene de una familia de terratenientes —suspiró Gilberto.

—Eso no tiene nada que ver, ella vivió en la pobreza. No le metas ideas en la cabeza a Miguel —dijo Filomena.

—Si no fuera porque su familia está dispuesta a gastar una fortuna para tener un santo propio, nadie sabría de su existencia —interrumpió el cura.

—Es más milagrosa que cualquiera de tus santos extranjeros.

—En todo caso, me parece mucha petulancia esto de pedir un trato especial. Mal que mal, yo no soy nadie y no tengo derecho a movilizar al cielo con demandas personales —refunfuñó el ciego.

El prestigio de Juana había comenzado después de su muerte a una edad prematura, porque los campesinos de la región, impresionados por su vida piadosa y sus obras de caridad, le rezaban pidiendo favores. Pronto se corrió la voz de que la difunta era capaz de realizar prodigios y el asunto fue subiendo de tono hasta culminar en el Milagro del Explorador, como lo llamaron. El hombre estuvo perdido en la cordillera durante dos semanas, y cuando ya los equipos de rescate habían abandonado la búsqueda y estaban a punto de declararlo muerto, apareció agotado y hambriento, pero intacto. En sus declaraciones a la prensa contó que en un sueño había visto la imagen de una muchacha vestida de largo con un ramo de flores en los brazos. Al despertar sintió un fuerte aroma de lirios y supo sin lugar a dudas que se trataba de un mensaje celestial. Siguiendo el penetrante perfume de las flores logró salir de aquel laberinto de desfiladeros y abismos y llegar por fin a las cercanías de un camino. Al comparar su visión con un retrato de Juana, atestiguó que eran idénticas. La familia de la joven se encargó de divulgar la historia, de construir una gruta en el sitio donde apareció el explorador y de movilizar todos los recursos a su alcance para llevar el caso al Vaticano. Hasta ese momento, sin embargo, no había respuesta del jurado cardenalicio. La Santa Sede no creía en resoluciones precipitadas, llevaba muchos siglos de parsimonioso ejercicio del poder y esperaba disponer de muchos más en el futuro, de modo que no se daba prisa para nada y mucho menos para las beatificaciones. Recibía numerosos testimonios provenientes del continente sudamericano, donde cada tanto aparecían profetas, santones, predicadores, estilitas, mártires, vírgenes, anacoretas y otros originales personajes a quienes la gente veneraba, pero no era cosa de entusiasmarse con cada uno. Se requería una gran cautela en estos asuntos, porque cualquier traspié podía conducir al ridículo, sobre todo en estos tiempos de pragmatismo, cuando la incredulidad prevalecía sobre la fe. Sin embargo, los devotos de Juana no aguardaron el veredicto de Roma para darle trato de santa. Se vendían estampitas y medallas con su retrato y todos los días se publicaban avisos en los periódicos agradeciéndole algún favor concedido. En la gruta plantaron tantos lirios que el olor aturdía a los peregrinos y volvía estériles a los animales domésticos de los alrededores. Las lámparas de aceite, los cirios y las antorchas llenaron el aire de una humareda contumaz y el eco de los cánticos y las oraciones rebotaban entre los cerros confundiendo a los cóndores en vuelo. En poco tiempo el lugar se llenó de placas recordatorias, toda clase de aparatos ortopédicos y réplicas de órganos humanos en miniatura, que los creyentes dejaban como prueba de alguna curación sobrenatural. Mediante una colecta pública se juntó dinero para pavimentar la ruta y en un par de años había un camino lleno de curvas, pero transitable, que unía la capital con la capilla.

Los hermanos Boulton llegaron a su destino al anochecer. Sebastián Canuto ayudó a los tres ancianos a recorrer el sendero que conducía hasta la gruta. A pesar de la hora tardía, no faltaban devotos, unos se arrastraban de rodillas sobre las piedras, sostenidos por algún pariente solícito, otros rezaban en alta voz o encendían velas ante una estatua de yeso de la beata. Filomena y El Cuchillo se hincaron a formular su petición. Gilberto se sentó en un banco a pensar en las vueltas que da la vida, y Miguel se quedó de pie mascullando que si se trataba de solicitar milagros por qué no pedían mejor que cayera el tirano y volviera la democracia de una vez por todas.

Pocos días después los médicos de la clínica del Opus Dei le operaron el ojo izquierdo sin costo alguno, después de advertir a los hermanos que no debían hacerse demasiadas ilusiones. El sacerdote les rogó a Filomena y Gilberto que no hicieran ni el menor comentario sobre Juana de los Lirios, bastante tenía con la humillación de ser socorrido por sus rivales ideológicos. Apenas lo dieron de alta Filomena se lo llevó a su casa, haciendo caso omiso de sus protestas. Miguel lucía un enorme parche cubriéndole media cara y estaba debilitado por todo ese asunto, pero su vocación de modestia permanecía intacta. Declaró que no deseaba ser atendido por manos mercenarias, de modo que debieron despedir a la enfermera contratada para la ocasión. Filomena y el fiel Sebastián Canuto se encargaron de cuidarlo, tarea nada liviana, porque el enfermo estaba de pésimo humor, no soportaba la cama y no quería comer.

La presencia del sacerdote alteró en su esencia las rutinas de la casa. Las radios de oposición y la Voz de Moscú por onda corta atronaban a todas horas y había un desfile perpetuo de compungidos pobladores del barrio de Miguel, que llegaban a visitar al enfermo. Su habitación se llenó de humildes regalos: dibujos de los niños de la escuela, galletas, matas de yerbas y de flores criadas en latas de conserva, una gallina para la sopa y hasta un cachorro de dos meses, que se orinaba sobre las alfombras persas y roía las patas de los muebles, y que alguien le llevó con la idea de adiestrarlo como perro de ciego. Sin embargo, la convalecencia fue rápida y cincuenta horas después de la operación Filomena llamó al médico para comunicarle que su hermano veía bastante bien.

—¡Pero no le dije que no se tocara el vendaje! —exclamó el doctor.

—El parche todavía lo tiene. Ahora ve por el otro ojo —explicó la señora.

—¿Cuál otro ojo?

—El del lado, pues doctor, el que tenía muerto.

—No puede ser. Voy para allá. ¡No lo muevan por ningún motivo! —ordenó el cirujano.

En la casona de los Boulton encontró a su paciente muy animoso, comiendo papas fritas y mirando la telenovela con el perro en las rodillas. Incrédulo, comprobó que el sacerdote veía sin dificultad por el ojo que había estado ciego desde hacía ocho años, y al quitarle el vendaje fue evidente que también veía por el ojo operado.

El Padre Miguel celebró sus setenta años en la parroquia de su barrio. Su hermana Filomena y sus amigas formaron una caravana de coches atiborrados de tortas, pasteles, bocaditos, canastos con fruta y jarras de chocolate, encabezada por El Cuchillo, quien llevaba litros de vino y de aguardiente disimulados en botellas de horchata. El cura dibujó en grandes papeles la historia de su azarosa vida, y los puso en las paredes de la iglesia. En ellos contaba con un dedo de ironía los altibajos de su vocación, desde el instante en que el llamado de Dios lo golpeó como un mazazo en la nuca a los quince años, y su lucha contra los pecados capitales, primero los de la gula y la lujuria, y más tarde el de la ira, hasta sus aventuras recientes en los cuarteles de la Policía, a una edad en que otros vejetes se columpian en una mecedora contando estrellas. Había colgado un retrato de Juana, coronado por una guirnalda de flores, junto a las infaltables banderas rojas. La reunión comenzó con una misa animada por cuatro guitarras, a la cual asistieron todos los vecinos. Pusieron altoparlantes para que la multitud desbordada en la calle pudiera seguir la ceremonia. Después de la bendición algunas personas se adelantaron para dar testimonio de un nuevo caso de abuso de la autoridad, hasta que Filomena avanzó a grandes trancos para anunciar que ya estaba bueno de lamentaciones y que era hora de divertirse. Salieron todos al patio, alguien puso la música y empezó de inmediato el baile y la comilona. Las señoras del barrio alto sirvieron las viandas, mientras El Cuchillo encendía fuegos de artificio y el cura bailaba un charlestón, rodeado por todos sus feligreses y amigos, para demostrar que no sólo podía ver como un águila, sino que además no había quien lo igualara en una parranda.

—Estas fiestas populares no tienen nada de poesía —observó Gilberto después del tercer vaso de falsa horchata, pero sus respingos de lord inglés no lograron disimular que se estaba divirtiendo.

—¡A ver curita, cuéntanos el milagro! —gritó alguien, y el resto del público se unió en la petición.

El sacerdote hizo callar la música, se acomodó el desorden de la ropa, de un manotazo se aplastó los pocos pelos que le coronaban la cabeza y con la voz quebrada por el agradecimiento se refirió a Juana de los Lirios, sin cuya intervención todos los artificios de la ciencia y de la técnica habrían resultado infructuosos.

—Si al menos fuera una beata proletaria sería más fácil tenerle confianza —apuntó un atrevido y una carcajada general coreó el comentario.

—¡No me jodan con el milagro, miren que se me enoja la santa y me quedo otra vez ciego de perinola! —rugió el Padre Miguel indignado—. ¡Y ahora pónganse todos en fila, porque me van a firmar una carta para el Papa!

Y así, en medio de risotadas y tragos de vino, todos los pobladores firmaron la solicitud de beatificación de Juana de los Lirios.

UNA VENGANZA

El mediodía radiante en que coronaron a Dulce Rosa Orellano con los jazmines de la Reina del Carnaval, las madres de las otras candidatas murmuraron que se trataba de un premio injusto, que se lo daban a ella sólo porque era la hija del Senador Anselmo Orellano, el hombre más poderoso de toda la provincia. Admitían que la muchacha resultaba agraciada, tocaba el piano y bailaba como ninguna, pero había otras postulantes a ese galardón mucho más hermosas. La vieron de pie en el estrado, con su vestido de organza y su corona de flores saludando a la muchedumbre y entre dientes la maldijeron. Por eso, algunas de ellas se alegraron cuando meses más tarde el infortunio entró en la casa de los Orellano sembrando tanta fatalidad, que se necesitaron veinticinco años para cosecharla.

La noche de la elección de la reina hubo baile en la Alcaldía de Santa Teresa y acudieron jóvenes de remotos pueblos para conocer a Dulce Rosa. Ella estaba tan alegre y bailaba con tanta ligereza que muchos no percibieron que en realidad no era la más bella, y cuando regresaron a sus puntos de partida dijeron que jamás habían visto un rostro como el suyo. Así adquirió inmerecida fama de hermosura y ningún testimonio posterior pudo desmentirla. La exagerada descripción de su piel traslúcida y sus ojos diáfanos, pasó de boca en boca y cada quien le agregó algo de su propia fantasía.

Los poetas de ciudades apartadas compusieron sonetos para una doncella hipotética de nombre Dulce Rosa.

El rumor de esa belleza floreciendo en la casa del Senador Orellano llegó también a oídos de Tadeo Céspedes, quien nunca imaginó conocerla, porque en los años de su existencia no había tenido tiempo de aprender versos ni mirar mujeres. Él se ocupaba sólo de la Guerra Civil. Desde que empezó a afeitarse el bigote tenía un arma en la mano y desde hacía mucho vivía en el fragor de la pólvora. Había olvidado los besos de su madre y hasta los cantos de la misa. No siempre tuvo razones para ofrecer pelea, porque en algunos períodos de tregua no había adversarios al alcance de su pandilla, pero incluso en esos tiempos de paz forzosa vivió como un corsario. Era hombre habituado a la violencia. Cruzaba el país en todas direcciones luchando contra enemigos visibles, cuando los había, y contra las sombras, cuando debía inventarlos, y así habría continuado si su partido no gana las elecciones presidenciales. De la noche a la mañana pasó de la clandestinidad a hacerse cargo del poder y se le terminaron los pretextos para seguir alborotando.

La última misión de Tadeo Céspedes fue la expedición punitiva a Santa Teresa. Con ciento veinte hombres entró al pueblo de noche para dar un escarmiento y eliminar a los cabecillas de la oposición. Balearon las ventanas de los edificios públicos, destrozaron la puerta de la iglesia y se metieron a caballo hasta el altar mayor, aplastando al Padre Clemente que se les plantó por delante, y siguieron al galope con un estrépito de guerra en dirección a la villa del Senador Orellano, que se alzaba plena de orgullo sobre la colina.

A la cabeza de una docena de sirvientes leales, el Senador esperó a Tadeo Céspedes, después de encerrar a su hija en la última habitación del patio y soltar a los perros. En ese momento lamentó, como tantas otras veces en su vida, no tener descendientes varones que lo ayudaran a empuñar las armas y defender el honor de su casa. Se sintió muy viejo, pero no tuvo tiempo de pensar en ello, porque vio en las laderas del cerro el destello terrible de ciento veinte antorchas que se aproximaban espantando a la noche. Repartió las últimas municiones en silencio. Todo estaba dicho y cada uno sabía que antes del amanecer debería morir como un macho en su puesto de pelea.

—El último tomará la llave del cuarto donde está mi hija y cumplirá con su deber —dijo el Senador al oír los primeros tiros.

Todos esos hombres habían visto nacer a Dulce Rosa y la tuvieron en sus rodillas cuando apenas caminaba, le contaron cuentos de aparecidos en las tardes de invierno, la oyeron tocar el piano y la aplaudieron emocionados el día de su coronación como Reina del Carnaval. Su padre podía morir tranquilo, pues la niña nunca caería viva en las manos de Tadeo Céspedes. Lo único que jamás pensó el Senador Orellano fue que a pesar de su temeridad en la batalla, el último en morir sería él. Vio caer uno a uno a sus amigos y comprendió por fin la inutilidad de seguir resistiendo. Tenía una bala en el vientre y la vista difusa, apenas distinguía las sombras trepando por las altas murallas de su propiedad, pero no le falló el entendimiento para arrastrarse hasta el tercer patio. Los perros reconocieron su olor por encima del sudor, la sangre y la tristeza que lo cubrían y se apartaron para dejarlo pasar. Introdujo la llave en la cerradura, abrió la pesada puerta y a través de la niebla metida en sus ojos vio a Dulce Rosa aguardándolo. La niña llevaba el mismo vestido de organza usado en la fiesta de Carnaval y había adornado su peinado con las flores de la corona.

—Es la hora, hija —dijo gatillando el arma mientras a sus pies crecía un charco de sangre.

—No me mate, padre —replicó ella con voz firme—. Déjeme viva, para vengarlo y para vengarme.

El Senador Anselmo Orellano observó el rostro de quince años de su hija e imaginó lo que haría con ella Tadeo Céspedes, pero había gran fortaleza en los ojos transparentes de Dulce Rosa y supo que podría sobrevivir para castigar a su verdugo. La muchacha se sentó sobre la cama y él tomó lugar a su lado, apuntando la puerta.

Cuando se calló el bullicio de los perros moribundos, cedió la tranca, saltó el pestillo y los primeros hombres irrumpieron en la habitación, el Senador alcanzó a hacer seis disparos antes de perder el conocimiento. Tadeo Céspedes creyó estar soñando al ver un ángel coronado de jazmines que sostenía en los brazos a un viejo agonizante, mientras su blanco vestido se empapaba de rojo, pero no le alcanzó la piedad para una segunda mirada, porque venía borracho de violencia y enervado por varias horas de combate.

—La mujer es para mí —dijo antes de que sus hombres le pusieran las manos encima.

Amaneció un viernes plomizo, teñido por el resplandor del incendio. El silencio era denso en la colina. Los últimos gemidos se habían callado cuando Dulce Rosa pudo ponerse de pie y caminar hacia la fuente del jardín, que el día anterior estaba rodeada de magnolias y ahora era sólo un charco tumultuoso en medio de los escombros. Del vestido no quedaban sino jirones de organza, que ella se quitó lentamente para quedar desnuda. Se sumergió en el agua fría. El sol apareció entre los abedules y la muchacha pudo ver el agua volverse rosada al lavar la sangre que le brotaba entre las piernas y la de su padre, que se había secado en su cabello. Una vez limpia, serena y sin lágrimas, volvió a la casa en ruinas, buscó algo para cubrirse, tomó una sábana de bramante y salió al camino a recoger los restos del Senador. Lo habían atado de los pies para arrastrarlo al galope por las laderas de la colina hasta convertirlo en un guiñapo de lástima, pero guiada por el amor, su hija pudo reconocerlo sin vacilar. Lo envolvió en el paño y se sentó a su lado a ver crecer el día. Así la encontraron los vecinos de Santa Teresa cuando se atrevieron a subir a la villa de los Orellano. Ayudaron a Dulce Rosa a enterrar a sus muertos y a apagar los vestigios del incendio y le suplicaron que se fuera a vivir con su madrina a otro pueblo, donde nadie conociera su historia, pero ella se negó. Entonces formaron cuadrillas para reconstruir la casa y le regalaron seis perros bravos para cuidarla.

Desde el mismo instante en que se llevaron a su padre aún vivo, y Tadeo Céspedes cerró la puerta a su espalda y se soltó el cinturón de cuero, Dulce Rosa vivió para vengarse. En los años siguientes ese pensamiento la mantuvo despierta por las noches y ocupó sus días, pero no borró del todo su risa ni secó su buena voluntad. Aumentó su reputación de belleza, porque los cantores fueron por todas partes pregonando sus encantos imaginarios, hasta convertirla en una leyenda viviente. Ella se levantaba cada día a las cuatro de la madrugada para dirigir las faenas del campo y de la casa, recorrer su propiedad a lomo de bestia, comprar y vender con regateos de sirio, criar animales y cultivar las magnolias y los jazmines de su jardín. Al caer la tarde se quitaba los pantalones, las botas y las armas y se colocaba los vestidos primorosos, traídos de la capital en baúles aromáticos. Al anochecer comenzaban a llegar sus visitas y la encontraban tocando el piano, mientras las sirvientas preparaban las bandejas de pasteles y los vasos de horchata. Al principio muchos se preguntaron cómo era posible que la joven no hubiera acabado en una camisa de fuerza en el sanatorio o de novicia en las monjas carmelitas, sin embargo, como había fiestas frecuentes en la villa de los Orellano, con el tiempo la gente dejó de hablar de la tragedia y se borró el recuerdo del Senador asesinado. Algunos caballeros de renombre y fortuna lograron sobreponerse al estigma de la violación y, atraídos por el prestigio de belleza y sensatez de Dulce Rosa, le propusieron matrimonio. Ella los rechazó a todos, porque su misión en este mundo era la venganza.

Tadeo Céspedes tampoco pudo quitarse de la memoria esa noche aciaga. La resaca de la matanza y la euforia de la violación se le pasaron a las pocas horas, cuando iba camino a la capital a rendir cuentas de su expedición de castigo. Entonces acudió a su mente la niña vestida de baile y coronada de jazmines, que lo soportó en silencio en aquella habitación oscura donde el aire estaba impregnado de olor a pólvora. Volvió a verla en el momento final, tirada en el suelo, mal cubierta por sus harapos enrojecidos, hundida en el sueño compasivo de la inconsciencia y así siguió viéndola cada noche en el instante de dormir, durante el resto de su vida. La paz, el ejercicio del gobierno y el uso del poder, lo convirtieron en un hombre reposado y laborioso. Con el transcurso del tiempo se perdieron los recuerdos de la Guerra Civil y la gente empezó a llamarlo don Tadeo. Se compró una hacienda al otro lado de la sierra, se dedicó a administrar justicia y acabó de alcalde. Si no hubiera sido por el fantasma incansable de Dulce Rosa Orellano, tal vez habría alcanzado cierta felicidad, pero en todas las mujeres que se cruzaron en su camino, en todas las que abrazó en busca de consuelo y en todos los amores perseguidos a lo largo de los años, se le aparecía el rostro de la Reina del Carnaval. Y para mayor desgracia suya, las canciones que a veces traían su nombre en versos de poetas populares no le permitían apartarla de su corazón. La imagen de la joven creció dentro de él, ocupándolo enteramente, hasta que un día no aguantó más. Estaba en la cabecera de una larga mesa de banquete celebrando sus cincuenta y siete años, rodeado de amigos y colaboradores, cuando creyó ver sobre el mantel a una criatura desnuda entre capullos de jazmines y comprendió que esa pesadilla no lo dejaría en paz ni después de muerto. Dio un golpe de puño que hizo temblar la vajilla y pidió su sombrero y su bastón.

—¿Adónde va, don Tadeo? —preguntó el Prefecto.

—A reparar un daño antiguo —respondió saliendo sin despedirse de nadie.

No tuvo necesidad de buscarla, porque siempre supo que se encontraba en la misma casa de su desdicha y hacia allá dirigió su coche. Para entonces existían buenas carreteras y las distancias parecían más cortas. El paisaje había cambiado en esas décadas, pero al dar la última curva de la colina apareció la villa tal como la recordaba antes de que su pandilla la tomara por asalto. Allí estaban las sólidas paredes de piedra de río que él destruyera con cargas de dinamita, allí los viejos artesonados de madera oscura que prendieron en llamas, allí los árboles de los cuales colgó los cuerpos de los hombres del Senador, allí el patio donde masacró a los perros. Detuvo su vehículo a cien metros de la puerta y no se atrevió a seguir, porque sintió el corazón explotándole dentro del pecho. Iba a dar media vuelta para regresar por donde mismo había llegado, cuando surgió entre los rosales una figura envuelta en el halo de sus faldas. Cerró los párpados deseando con toda su fuerza que ella no lo reconociera. En la suave luz de la seis percibió a Dulce Rosa Orellano que avanzaba flotando por los senderos del jardín. Notó sus cabellos, su rostro claro, la armonía de sus gestos, el revuelo de su vestido y creyó encontrarse suspendido en un sueño que duraba ya veinticinco años.

—Por fin vienes, Tadeo Céspedes —dijo ella al divisarlo, sin dejarse engañar por su traje negro de alcalde ni su pelo gris de caballero, porque aún tenía las mismas manos de pirata.

—Me has perseguido sin tregua. No he podido amar a nadie en toda mi vida, sólo a ti —murmuró él con la voz rota por la vergüenza.

Dulce Rosa Orellano suspiró satisfecha. Lo había llamado con el pensamiento de día y de noche durante todo ese tiempo y por fin estaba allí. Había llegado su hora. Pero lo miró a los ojos y no descubrió en ellos ni rastro del verdugo, sólo lágrimas frescas. Buscó en su propio corazón el odio cultivado a lo largo de su vida y no fue capaz de encontrarlo. Evocó el instante en que le pidió a su padre el sacrificio de dejarla con vida para cumplir un deber, revivió el abrazo tantas veces maldito de ese hombre y la madrugada en la cual envolvió unos despojos tristes en una sábana de bramante. Repasó el plan perfecto de su venganza pero no sintió la alegría esperada, sino, por el contrario, una profunda melancolía. Tadeo Céspedes tomó su mano con delicadeza y besó la palma, mojándola con su llanto. Entonces ella comprendió aterrada que de tanto pensar en él a cada momento, saboreando el castigo por anticipado, se le dio vuelta el sentimiento y acabó por amarlo.

En los días siguientes ambos levantaron las compuertas del amor reprimido y por vez primera en sus ásperos destinos se abrieron para recibir la proximidad del otro. Paseaban por los jardines hablando de sí mismos, sin omitir la noche fatal que torció el rumbo de sus vidas. Al atardecer, ella tocaba el piano y él fumaba escuchándola hasta sentir los huesos blandos y la felicidad envolviéndolo como un manto y borrando las pesadillas del tiempo pasado. Después de cenar Tadeo Céspedes partía a Santa Teresa, donde ya nadie recordaba la vieja historia de horror. Se hospedaba en el mejor hotel y desde allí organizaba su boda, quería una fiesta con fanfarria, derroche y bullicio, en la cual participara todo el pueblo. Descubrió el amor a una edad en que otros hombres han perdido la ilusión y eso le devolvió la fortaleza de su juventud. Deseaba rodear a Dulce Rosa de afecto y belleza, darle todas las cosas que el dinero pudiera comprar, a ver si conseguía compensar en sus años de viejo, el mal que le hiciera de joven. En algunos momentos lo invadía el pánico. Espiaba el rostro de ella en busca de los signos del rencor, pero sólo veía la luz del amor compartido y eso le devolvía la confianza. Así pasó un mes de dicha.

Dos días antes del casamiento, cuando ya estaban armando los mesones de la fiesta en el jardín, matando las aves y los cerdos para la comilona y cortando las flores para decorar la casa, Dulce Rosa Orellano se probó el vestido de novia. Se vio reflejada en el espejo, tan parecida al día de su coronación como Reina del Carnaval, que no pudo seguir engañando a su propio corazón. Supo que jamás podría realizar la venganza planeada porque amaba al asesino, pero tampoco podría callar al fantasma del Senador, así es que despidió a la costurera, tomó las tijeras y se fue a la habitación del tercer patio que durante todo ese tiempo había permanecido desocupada.

Tadeo Céspedes la buscó por todas partes, llamándola desesperado. Los ladridos de los perros lo condujeron al otro extremo de la casa. Con ayuda de los jardineros echó abajo la puerta trancada y entró al cuarto donde una vez viera a un ángel coronado de jazmines. Encontró a Dulce Rosa Orellano tal como la viera en sueños cada noche de su existencia, con el mismo vestido de organza ensangrentado, y adivinó que viviría hasta los noventa años, para pagar su culpa con el recuerdo de la única mujer que su espíritu podía amar.

CARTAS DE AMOR TRAICIONADO

La madre de Analía Torres murió de una fiebre delirante cuando ella nació y su padre no soportó la tristeza y dos semanas más tarde se dio un tiro de pistola en el pecho. Agonizó varios días con el nombre de su mujer en los labios. Su hermano Eugenio administró las tierras de la familia y dispuso del destino de la pequeña huérfana según su criterio. Hasta los seis años Analía creció aferrada a las faldas de un ama india en los cuartos de servicio de la casa de su tutor y después, apenas tuvo edad para ir a la escuela, la mandaron a la capital, interna en el Colegio de las Hermanas del Sagrado Corazón, donde pasó los doce años siguientes. Era buena alumna y amaba la disciplina, la austeridad del edificio de piedra, la capilla con su corte de santos y su aroma de cera y de lirios, los corredores desnudos, los patios sombríos. Lo que menos la atraía era el bullicio de las pupilas y el acre olor de las salas de clases. Cada vez que lograba burlar la vigilancia de las monjas, se escondía en el desván, entre estatuas decapitadas y muebles rotos, para contarse cuentos a sí misma. En esos momentos robados se sumergía en el silencio con la sensación de abandonarse a un pecado.

Cada seis meses recibía una breve nota de su tío Eugenio recomendándole que se portara bien y honrara la memoria de sus padres, quienes habían sido dos buenos cristianos en vida y estarían orgullosos de que su única hija dedicara su existencia a los más altos preceptos de la virtud, es decir, entrara de novicia al convento. Pero Analía le hizo saber desde la primera insinuación que no estaba dispuesta a ello y mantuvo su postura con firmeza simplemente para contradecirlo, porque en el fondo le gustaba la vida religiosa. Escondida tras el hábito, en la soledad última de la renuncia a cualquier placer, tal vez podría encontrar paz perdurable, pensaba; sin embargo su instinto le advertía contra los consejos de su tutor. Sospechaba que sus acciones estaban motivadas por la codicia de las tierras, más que por la lealtad familiar. Nada proveniente de él le parecía digno de confianza, en algún resquicio se encontraba la trampa.

Cuando analía cumplió dieciséis años, su tío fue a visitarla al colegio por primera vez. La Madre Superiora llamó a la muchacha a su oficina y tuvo que presentarlos, porque ambos habían cambiado mucho desde la época del ama india en los patios traseros y no se reconocieron.

—Veo que las Hermanitas han cuidado bien de ti, Analía —comentó el tío revolviendo su taza de chocolate—. Te ves sana y hasta bonita. En mi última carta te notifiqué que a partir de la fecha de este cumpleaños recibirás una suma mensual para tus gastos, tal como lo estipuló en su testamento mi hermano, que en paz descanse.

—¿Cuánto?

—Cien pesos.

—¿Es todo lo que dejaron mis padres?

—No, claro que no. Ya sabes que la hacienda te pertenece, pero la agricultura no es tarea para una mujer, sobre todo en estos tiempos de huelgas y revoluciones. Por el momento te haré llegar una mensualidad que aumentaré cada año, hasta tu mayoría de edad. Luego veremos.

—¿Veremos qué, tío?

—Veremos lo que más te conviene.

—¿Cuáles son mis alternativas?

—Siempre necesitarás a un hombre que administre el campo, niña. Yo lo he hecho todos estos años y no ha sido tarea fácil, pero es mi obligación, se lo prometí a mi hermano en su última hora y estoy dispuesto a seguir haciéndolo por ti.

—No deberá hacerlo por mucho tiempo más, tío. Cuando me case me haré cargo de mis tierras.

—¿Cuando se case, dijo la chiquilla? Dígame, Madre, ¿es que tiene algún pretendiente?

—¡Cómo se le ocurre, señor Torres! Cuidamos mucho a las niñas. Es sólo una manera de hablar. ¡Qué cosas dice esta muchacha!

Analía Torres se puso de pie, se estiró los pliegues del uniforme, hizo una breve reverencia más bien burlona y salió. La Madre Superiora le sirvió más chocolate al caballero, comentando que la única explicación para ese comportamiento descortés era el escaso contacto que la joven había tenido con sus familiares.

—Ella es la única alumna que nunca sale de vacaciones y a quien jamás le han mandado un regalo de Navidad —dijo la monja en tono seco.

—Yo no soy hombre de mimos, pero le aseguro que estimo mucho a mi sobrina y he cuidado sus intereses como un padre. Pero tiene usted razón, Analía necesita más cariño, las mujeres son sentimentales.

Antes de treinta días el tío se presentó de nuevo en el colegio, pero en esta oportunidad no pidió ver a su sobrina, se limitó a notificarle a la Madre Superiora que su propio hijo deseaba mantener correspondencia con Analía y a rogarle que le hiciera llegar las cartas a ver si la camaradería con su primo reforzaba los lazos de la familia.

Las cartas comenzaron a llegar regularmente. Sencillo papel blanco y tinta negra, una escritura de trazos grandes y precisos. Algunas hablaban de la vida en el campo, de las estaciones y los animales, otras de poetas ya muertos y de los pensamientos que escribieron. A veces el sobre incluía un libro o un dibujo hecho con los mismos trazos firmes de la caligrafía. Analía se propuso no leerlas, fiel a la idea de que cualquier cosa relacionada con su tío escondía algún peligro, pero en el aburrimiento del colegio las cartas representaban su única posibilidad de volar. Se escondía en el desván, no ya a inventar cuentos improbables, sino a releer con avidez las notas enviadas por su primo hasta conocer de memoria la inclinación de las letras y la textura del papel. Al principio no las contestaba, pero al poco tiempo no pudo dejar de hacerlo. El contenido de las cartas se fue haciendo cada vez más útil para burlar la censura de la Madre Superiora, que abría toda la correspondencia. Creció la intimidad entre los dos y pronto lograron ponerse de acuerdo en un código secreto con el cual empezaron a hablar de amor.

Analía Torres no recordaba haber visto jamás a ese primo que se firmaba Luis, porque cuando ella vivía en casa de su tío el muchacho estaba interno en un colegio en la capital. Estaba segura de que debía ser un hombre feo, tal vez enfermo o contrahecho, porque le parecía imposible que a una sensibilidad tan profunda y una inteligencia tan precisa se sumara un aspecto atrayente. Trataba de dibujar en su mente una imagen del primo: rechoncho como su padre con la cara picada de viruelas, cojo y medio calvo; pero mientras más defectos le agregaba más se inclinaba a amarlo. El brillo del espíritu era lo único importante, lo único que resistiría el paso del tiempo sin deteriorarse e iría creciendo con los años, la belleza de esos héroes utópicos de los cuentos no tenía valor alguno y hasta podía convertirse en motivo de frivolidad, concluía la muchacha, aunque no podía evitar una sombra de inquietud en su razonamiento. Se preguntaba cuánta deformidad sería capaz de tolerar.

La correspondencia entre Analía y Luis Torres duró dos años, al cabo de los cuales la muchacha tenía una caja de sombrero llena de sobres y el alma definitivamente entregada. Si cruzó por su mente la idea de que aquella relación podría ser un plan de su tío para que los bienes que ella había heredado de su padre pasaran a manos de Luis, la descartó de inmediato, avergonzada de su propia mezquindad. El día en que cumplió dieciocho años la Madre Superiora la llamó al refectorio porque había una visita esperándola. Analía Torres adivinó quién era y estuvo a punto de correr a esconderse en el desván de los santos olvidados, aterrada ante la eventualidad de enfrentar por fin al hombre que había imaginado por tanto tiempo. Cuando entró en la sala y estuvo frente a él necesitó varios minutos para vencer la desilusión.

Luis Torres no era el enano retorcido que ella había construido en sueños y había aprendido a amar. Era un hombre bien plantado, con un rostro simpático de rasgos regulares, la boca todavía infantil, una barba oscura y bien cuidada, ojos claros de pestañas largas, pero vacíos de expresión. Se parecía un poco a los santos de la capilla, demasiado bonito y un poco bobalicón. Analía se repuso del impacto y decidió que si había aceptado en su corazón a un jorobado, con mayor razón podía querer a este joven elegante que la besaba en una mejilla dejándole un rastro de lavanda en la nariz.

Desde el primer día de casada Analía detestó a Luis Torres. Cuando la aplastó entre las sábanas bordadas de una cama demasiado blanda, supo que se había enamorado de un fantasma y que nunca podría trasladar esa pasión imaginaria a la realidad de su matrimonio. Combatió sus sentimientos con determinación, primero descartándolos como un vicio y luego, cuando fue imposible seguir ignorándolos, tratando de llegar al fondo de su propia alma para arrancárselos de raíz. Luis era gentil y hasta divertido a veces, no la molestaba con exigencias desproporcionadas ni trató de modificar su tendencia a la soledad y al silencio. Ella misma admitía que con un poco de buena voluntad de su parte podía encontrar en esa relación cierta felicidad, al menos tanta como hubiera obtenido tras un hábito de monja. No tenía motivos precisos para esa extraña repulsión por el hombre que había amado por dos años sin conocer. Tampoco lograba poner en palabras sus emociones, pero si hubiera podido hacerlo no habría tenido a nadie con quien comentarlo. Se sentía burlada al no poder conciliar la imagen del pretendiente epistolar con la de ese marido de carne y hueso. Luis nunca mencionaba las cartas y cuando ella tocaba el tema, él le cerraba la boca con un beso rápido y alguna observación ligera sobre ese romanticismo tan poco adecuado a la vida matrimonial, en la cual la confianza, el respeto, los intereses comunes y el futuro de la familia importaban mucho más que una correspondencia de adolescentes. No había entre los dos verdadera intimidad. Durante el día cada uno se desempeñaba en sus quehaceres y por las noches se encontraban entre las almohadas de plumas, donde Analía —acostumbrada a su camastro del colegio— creía sofocarse. A veces se abrazaban de prisa, ella inmóvil y tensa, él con la actitud de quien cumple una exigencia del cuerpo porque no puede evitarlo. Luis se dormía de inmediato, ella se quedaba con los ojos abiertos en la oscuridad y una protesta atravesada en la garganta. Analía intentó diversos medios para vencer el rechazo que él le inspiraba, desde el recurso de fijar en la memoria cada detalle de su marido con el propósito de amarlo por pura determinación, hasta el de vaciar la mente de todo pensamiento y trasladarse a una dimensión donde él no pudiera alcanzarla. Rezaba para que fuera sólo una repugnancia transitoria, pero pasaron los meses y en vez del alivio esperado creció la animosidad hasta convertirse en odio. Una noche se sorprendió soñando con un hombre horrible que la acariciaba con los dedos manchados de tinta negra.

Los esposos Torres vivían en la propiedad adquirida por el padre de Analía cuando ésa era todavía una región medio salvaje, tierra de soldados y bandidos. Ahora se encontraba junto a la carretera y a poca distancia de un pueblo próspero, donde cada año se celebraban ferias agrícolas y ganaderas. Legalmente Luis era el administrador del fundo, pero en realidad era el tío Eugenio quien cumplía esa función, porque a Luis le aburrían los asuntos del campo. Después del almuerzo, cuando padre e hijo se instalaban en la biblioteca a beber coñac y jugar dominó, Analía oía a su tío decidir sobre las inversiones, los animales, las siembras y las cosechas. En las raras ocasiones en que ella se atrevía a intervenir para dar una opinión, los dos hombres la escuchaban con aparente atención, asegurándole que tendrían en cuenta sus sugerencias, pero luego actuaban a su amaño. A veces Analía salía a galopar por los potreros hasta los límites de la montaña deseando haber sido hombre.

El nacimiento de un hijo no mejoró en nada los sentimientos de Analía por su marido. Durante los meses de la gestación se acentuó su carácter retraído, pero Luis no se impacientó, atribuyéndolo a su estado. De todos modos, él tenía otros asuntos en los cuales pensar. Después de dar a luz, ella se instaló en otra habitación, amueblada solamente con una cama angosta y dura. Cuando el hijo cumplió un año y todavía la madre cerraba con llave la puerta de su aposento y evitaba toda ocasión de estar a solas con él, Luis decidió que ya era tiempo de exigir un trato más considerado y le advirtió a su mujer que más le valía cambiar de actitud, antes que rompiera la puerta a tiros. Ella nunca lo había visto tan violento. Obedeció sin comentarios. En los siete años siguientes la tensión entre ambos aumentó de tal manera que terminaron por convertirse en enemigos solapados, pero eran personas de buenos modales y delante de los demás se trataban con una exagerada cortesía. Sólo el niño sospechaba el tamaño de la hostilidad entre sus padres y despertaba a medianoche llorando, con la cama mojada. Analía se cubrió con una coraza de silencio y poco a poco pareció irse secando por dentro. Luis, en cambio, se volvió más expansivo y frívolo, se abandonó a sus múltiples apetitos, bebía demasiado y solía perderse por varios días en inconfesables travesuras. Después, cuando dejó de disimular sus actos de disipación, Analía encontró buenos pretextos para alejarse aún más de él. Luis perdió todo interés en las faenas del campo y su mujer lo reemplazó, contenta de esa nueva posición. Los domingos el tío Eugenio se quedaba en el comedor discutiendo las decisiones con ella, mientras Luis se hundía en una larga siesta, de la cual resucitaba al anochecer, empapado de sudor y con el estómago revuelto, pero siempre dispuesto a irse otra vez de jarana con sus amigos.

Analía le enseñó a su hijo los rudimentos de la escritura y la aritmética y trató de iniciarlo en el gusto por los libros. Cuando el niño cumplió siete años Luis decidió que ya era tiempo de darle una educación más formal, lejos de los mimos de la madre, y quiso mandarlo a un colegio en la capital, a ver si se hacía hombre de prisa, pero Analía se le puso por delante con tal ferocidad, que tuvo que aceptar una solución menos drástica. Se lo llevó a la escuela del pueblo, donde permanecía interno de lunes a viernes, pero los sábados por la mañana iba el coche a buscarlo para que volviera a casa hasta el domingo. La primera semana Analía observó a su hijo llena de ansiedad, buscando motivos para retenerlo a su lado, pero no pudo encontrarlos. La criatura parecía contenta, hablaba de su maestro y de sus compañeros con genuino entusiasmo, como si hubiera nacido entre ellos. Dejó de orinarse en la cama. Tres meses después llegó con su boleta de notas y una breve carta del profesor felicitándolo por su buen rendimiento. Analía la leyó temblando y sonrió por primera vez en mucho tiempo. Abrazó a su hijo conmovida, interrogándolo sobre cada detalle, cómo eran los dormitorios, qué le daban de comer, si hacía frío por las noches, cuántos amigos tenía, cómo era su maestro. Pareció mucho más tranquila y no volvió a hablar de sacarlo de la escuela. En los meses siguientes el muchacho trajo siempre buenas calificaciones, que Analía coleccionaba como tesoros y retribuía con frascos de mermelada y canastos de frutas para toda la clase. Trataba de no pensar en que esa solución apenas alcanzaba para la educación primaria, que dentro de pocos años sería inevitable mandar al niño a un colegio en la ciudad y ella sólo podría verlo durante las vacaciones.

En una noche de pelotera en el pueblo Luis Torres, que había bebido demasiado, se dispuso a hacer piruetas en un caballo ajeno para demostrar su habilidad de jinete ante un grupo de compinches de taberna. El animal lo lanzó al suelo y de una patada le reventó los testículos. Nueve días después Torres murió aullando de dolor en una clínica de la capital, donde lo llevaron en la esperanza de salvarlo de la infección. A su lado estaba su mujer, llorando de culpa por el amor que nunca pudo darle y de alivio porque ya no tendría que seguir rezando para que se muriera. Antes de volver al campo con el cuerpo en un féretro para enterrarlo en su propia tierra, Analía se compró un vestido blanco y lo metió al fondo de su maleta. Al pueblo llegó de luto, con la cara cubierta por un velo de viuda para que nadie le viera la expresión de los ojos, y del mismo modo se presentó en el funeral, de la mano de su hijo, también con traje negro. Al término de la ceremonia el tío Eugenio, que se mantenía muy saludable a pesar de sus setenta años bien gastados, le propuso a su nuera que le cediera las tierras y se fuera a vivir de sus rentas a la ciudad, donde el niño terminaría su educación y ella podría olvidar las penas del pasado.

—Porque no se me escapa, Analía, que mi pobre Luis y tú nunca fueron felices —dijo.

—Tiene razón, tío. Luis me engañó desde el principio.

—Por Dios, hija, él siempre fue muy discreto y respetuoso contigo. Luis fue un buen marido. Todos los hombres tienen pequeñas aventuras, pero eso no tiene la menor importancia.

—No me refiero a eso, sino a un engaño irremediable.

—No quiero saber de qué se trata. En todo caso, pienso que en la capital el niño y tú estarán mucho mejor. Nada les faltará.

Yo me haré cargo de la propiedad, estoy viejo pero no acabado y todavía puedo voltear un toro.

—Me quedaré aquí. Mi hijo se quedará también, porque tiene que ayudarme en el campo. En los últimos años he trabajado más en los potreros que en la casa. La única diferencia será que ahora tomaré mis decisiones sin consultar con nadie. Por fin esta tierra es sólo mía. Adiós, tío Eugenio.

En las primeras semanas Analía organizó su nueva vida. Empezó por quemar las sábanas que había compartido con su marido y trasladar su cama angosta a la habitación principal; enseguida estudió a fondo los libros de administración de la propiedad, y apenas tuvo una idea precisa de sus bienes buscó un capataz que ejecutara sus órdenes sin hacer preguntas. Cuando sintió que tenía todas las riendas bajo control buscó su vestido blanco en la maleta, lo planchó con esmero, se lo puso y así ataviada se fue en su coche a la escuela del pueblo, llevando bajo el brazo una vieja caja de sombreros.

Analía Torres esperó en el patio que la campana de las cinco anunciara el fin de la última clase de la tarde y el tropel de los niños saliera al recreo. Entre ellos venía su hijo en alegre carrera, quien al verla se detuvo en seco, porque era la primera vez que su madre aparecía en el colegio.

—Muéstrame tu aula, quiero conocer a tu maestro —dijo ella.

En la puerta Analía le indicó al muchacho que se fuera, porque ése era un asunto privado, y entró sola. Era una sala grande y de techos altos, con mapas y dibujos de biología en las paredes. Había el mismo olor a encierro y a sudor de niños que había marcado su propia infancia, pero en esta oportunidad no le molestó, por el contrario, lo aspiró con gusto. Los pupitres se veían desordenados por el día de uso, había algunos papeles en el suelo y tinteros abiertos. Alcanzó a ver una columna de números en la pizarra. Al fondo, en un escritorio sobre una plataforma, se encontraba el maestro. El hombre levantó la cara sorprendido y no se puso de pie, porque sus muletas estaban en un rincón, demasiado lejos para alcanzarlas sin arrastrar la silla. Analía cruzó el pasillo entre dos hileras de pupitres y se detuvo frente a él.

—Soy la madre de Torres —dijo porque no se le ocurrió algo mejor.

—Buenas tardes, señora. Aprovecho para agradecerle los dulces y las frutas que nos ha enviado.

—Dejemos eso, no vine para cortesías. Vine a pedirle cuentas —dijo Analía colocando la caja de sombreros sobre la mesa.

—¿Qué es esto?

Ella abrió la caja y sacó las cartas de amor que había guardado todo ese tiempo. Por un largo instante él paseó la vista sobre aquel cerro de sobres.

—Usted me debe once años de mi vida —dijo Analía.

—¿Cómo supo que yo las escribí? —balbuceó él cuando logró sacar la voz que se le había atascado en alguna parte.

—El mismo día de mi matrimonio descubrí que mi marido no podía haberlas escrito y cuando mi hijo trajo a la casa sus primeras notas, reconocí la caligrafía. Y ahora que lo estoy mirando no me cabe ni la menor duda, porque yo a usted lo he visto en sueños desde que tengo dieciséis años. ¿Por qué lo hizo?

—Luis Torres era mi amigo y cuando me pidió que le escribiera una carta para su prima no me pareció que hubiera nada de malo. Así fue con la segunda y la tercera; después, cuando usted me contestó, ya no pude retroceder. Esos dos años fueron los mejores de mi vida, los únicos en que he esperado algo. Esperaba el correo.

—Ajá.

—¿Puede perdonarme?

—De usted depende —dijo Analía pasándole las muletas.

El maestro se colocó la chaqueta y se levantó. Los dos salieron al bullicio del patio, donde todavía no se había puesto el sol.

EL PALACIO IMAGINADO

Cinco siglos atrás, cuando los bravos forajidos de España, con sus caballos agotados y las armaduras calientes como brasas por el sol de América, pisaron las tierras de Quinaroa, ya los indios llevaban varios miles de años naciendo y muriendo en el mismo lugar. Los conquistadores anunciaron con heraldos y banderas el descubrimiento de ese nuevo territorio, lo declararon propiedad de un emperador remoto, plantaron la primera cruz y lo bautizaron San Jerónimo, nombre impronunciable en la lengua de los nativos. Los indios observaron esas arrogantes ceremonias un poco sorprendidos, pero ya les habían llegado noticias sobre aquellos barbudos guerreros que recorrían el mundo con su sonajera de hierros y de pólvora, habían oído que a su paso sembraban lamentos y que ningún pueblo conocido había sido capaz de hacerles frente, todos los ejércitos sucumbían ante ese puñado de centauros. Ellos eran una tribu antigua, tan pobre que ni el más emplumado monarca se molestaba en exigirles impuestos, y tan mansos que tampoco los reclutaban para la guerra. Habían existido en paz desde los albores del tiempo y no estaban dispuestos a cambiar sus hábitos a causa de unos rudos extranjeros. Pronto, sin embargo, percibieron el tamaño del enemigo y comprendieron la inutilidad de ignorarlos, porque su presencia resultaba agobiante, como una gran piedra cargada a la espalda. En los años siguientes, los indios que no murieron en la esclavitud o bajo los diversos suplicios destinados a implantar otros dioses, o víctimas de enfermedades desconocidas, se dispersaron selva adentro y poco a poco perdieron hasta el nombre de su pueblo. Siempre ocultos, como sombras entre el follaje, se mantuvieron por siglos hablando en susurros y movilizándose de noche. Llegaron a ser tan diestros en el arte del disimulo, que no los registró la historia y hoy día no hay pruebas de su paso por la vida. Los libros no los mencionan, pero los campesinos de la región dicen que los han escuchado en el bosque y cada vez que empieza a crecerle la barriga a una joven soltera y no pueden señalar al seductor, le atribuyen el niño al espíritu de un indio concupiscente. La gente del lugar se enorgullece de llevar algunas gotas de sangre de aquellos seres invisibles, en medio del torrente mezclado de pirata inglés, de soldado español, de esclavo africano, de aventurero en busca de El Dorado y después de cuanto inmigrante atinó a llegar por esos lados con su alforja al hombro y la cabeza llena de ilusiones.

Europa consumía más café, cacao y bananas de lo que podíamos producir, pero toda esa demanda no nos trajo bonanza, seguimos siendo tan pobres como siempre. La situación dio un vuelco cuando un negro de la costa clavó un pico en el suelo para hacer un pozo y le saltó un chorro de petróleo a la cara. Hacia el final de la Primera Guerra Mundial se había propagado la idea de que éste era un país próspero, aunque casi todos sus habitantes todavía arrastraban los pies en el barro. En verdad el oro sólo llenaba las arcas del Benefactor y de su séquito, pero cabía la esperanza de que algún día rebasaría algo para el pueblo. Se cumplían dos décadas de democracia totalitaria, como llamaba el Presidente Vitalicio a su gobierno, durante los cuales todo asomo de subversión había sido aplastado, para su mayor gloria. En la capital se veían síntomas de progreso, coches a motor, cinematógrafos, heladerías, un hipódromo y un teatro donde se presentaban espectáculos traídos de Nueva York o de París. Cada día atracaban en el puerto decenas de barcos que se llevaban el petróleo y otros que traían novedades, pero el resto del territorio continuaba sumido en una modorra de siglos.

Un día la gente de San Jerónimo despertó de la siesta con los tremendos martillazos que presidieron la llegada del ferrocarril. Los rieles unirían la capital con ese villorrio, escogido por El Benefactor para construir su Palacio de Verano, al estilo de los monarcas europeos, a pesar de que nadie sabía distinguir el verano del invierno, todo el año transcurría en la húmeda y quemante respiración de la naturaleza. La única razón para levantar allí aquella obra monumental era que un naturalista belga afirmó que si el mito del Paraíso terrenal tenía algún fundamento, debió hallarse en ese lugar, donde el paisaje era de una belleza portentosa. Según sus observaciones el bosque albergaba más de mil variedades de pájaros multicolores y toda suerte de orquídeas silvestres, desde las *Brassias*, tan grandes como un sombrero, hasta las diminutas *Pleurothallis*, visibles sólo bajo una lupa.

La idea del palacio partió de unos constructores italianos, quienes se presentaron ante Su Excelencia con los planos de una abigarrada villa de mármol, un laberinto de innumerables columnas, anchos corredores, escaleras curvas, arcos, bóvedas y capiteles, salones, cocinas, dormitorios y más de treinta baños decorados con llaves de oro y plata. El ferrocarril era la primera etapa de la obra, indispensable para transportar hasta ese apartado rincón del mapa las toneladas de materiales y los cientos de obreros, más los capataces y artesanos traídos de Italia. La faena de levantar aquel rompecabezas duró cuatro años, alteró la flora y la fauna y tuvo un costo tan elevado como todos los barcos de guerra de la flota nacional, pero se pagó puntualmente con el oscuro aceite de la tierra, y el día del aniversario de la Gloriosa Toma del Poder cortaron la cinta que inauguraba el Palacio de Verano. Para esa ocasión la locomotora del tren fue decorada con los colores de la bandera y los vagones de carga fueron reemplazados por coches de pasajeros forrados en felpa y cuero inglés, donde viajaron los invitados en traje de gala, incluyendo algunos miembros de la más antigua aristocracia, que si bien detestaban a ese andino desalmado que había usurpado el gobierno, no osaron rechazar su invitación.

El Benefactor era hombre tosco, de costumbres campesinas, se bañaba en agua fría, dormía sobre un petate en el suelo con su pistolón al alcance de la mano y las botas puestas, se alimentaba de carne asada y maíz, sólo bebía agua y café. Su único lujo eran los cigarros de tabaco negro, todos los demás le parecían vicios de degenerados o maricones, incluyendo el alcohol, que miraba con malos ojos y rara vez ofrecía en su mesa. Sin embargo, con el tiempo tuvo que aceptar algunos refinamientos a su alrededor, porque comprendió la necesidad de impresionar a los diplomáticos y otros eminentes visitantes, no fueran ellos a darle en el extranjero fama de bárbaro. No tenía una esposa que influyera en su comportamiento espartano. Consideraba el amor como una debilidad peligrosa, estaba convencido de que todas las mujeres, excepto su propia madre, eran potencialmente perversas y lo más prudente era mantenerlas a cierta distancia. Decía que un hombre dormido en un abrazo amoroso resultaba tan vulnerable como un sietemesino, por lo mismo exigía que sus generales habitaran en los cuarteles, limitando su vida familiar a visitas esporádicas. Ninguna mujer había pasado una noche completa en su cama ni podía vanagloriarse de algo más que de un encuentro apresurado, ninguna le dejó huellas perdurables hasta que Marcia Lieberman apareció en su destino.

La fiesta de inauguración del Palacio de Verano fue un acontecimiento en los anales del gobierno del Benefactor. Durante dos días y sus noches las orquestas se turnaron para tocar los ritmos de moda y los cocineros prepararon un banquete inacabable. Las mulatas más bellas del Caribe, ataviadas con espléndidos vestidos fabricados para la ocasión, bailaron en los salones con militares que jamás habían participado en batalla alguna, pero tenían el pecho cubierto de medallas. Hubo toda clase de diversiones: cantantes traídos de La Habana y Nueva Orleáns, bailadoras de flamenco, magos, juglares y trapecistas, partidas de naipes y dominó y hasta una cacería de conejos, que los sirvientes sacaron de sus jaulas para echarlos a correr, y que los huéspedes perseguían con galgos de raza, todo lo cual culminó cuando un gracioso mató a escopetazos los cisnes de cuello negro de la laguna. Algunos invitados cayeron rendidos sobre los muebles, borrachos de cumbias y licor, mientras otros se lanzaron vestidos a la piscina o se dispersaron en parejas por las habitaciones. El Benefactor no quiso conocer los detalles. Después de dar la bienvenida a sus huéspedes con un breve discurso e iniciar el baile del brazo de la dama de mayor jerarquía, había regresado a la capital sin despedirse de nadie. Las fiestas lo ponían de mal humor. Al tercer día el tren hizo el viaje de vuelta llevándose a los comensales extenuados. El Palacio de Verano quedó en estado calamitoso, los baños parecían muladares, las cortinas chorreadas de orines, los muebles despanzurrados y las plantas agónicas en sus maceteros. Los empleados necesitaron una semana para limpiar los restos de aquel huracán.

El Palacio no volvió a ser escenario de bacanales. De tarde en tarde El Benefactor se hacía conducir allí para alejarse de las presiones de su cargo, pero su descanso no duraba más de tres o cuatro días por temor a que en su ausencia creciera la conspiración. El Gobierno requería de su permanente vigilancia para que el poder no se le escurriera entre las manos. En el enorme edificio sólo quedó el personal encargado de su manuntención. Cuando terminó el estrépito de las máquinas de la construcción y del paso del tren, y cuando se acalló el eco de la fiesta inaugural, el paisaje recuperó la calma y de nuevo florecieron las orquídeas y anidaron los pájaros. Los habitantes de San Jerónimo retomaron sus quehaceres habituales y casi lograron olvidar la presencia del Palacio de Verano. Entonces, lentamente, volvieron los indios invisibles a ocupar su territorio.

Las primeras señales fueron tan discretas que nadie les prestó atención: pasos y murmullos, siluetas fugaces entre las columnas, la huella de una mano sobre la clara superficie de una mesa. Poco a poco comenzó a desaparecer la comida de las cocinas y las botellas de las bodegas, por las mañanas algunas camas aparecían revueltas. Los empleados se culpaban unos a otros, pero se abstuvieron de levantar la voz, porque a nadie le convenía que el oficial de guardia tomara el asunto en sus manos. Era imposible vigilar toda la extensión de esa casa, mientras revisaban un cuarto, en el de al lado se oían suspiros, pero cuando abrían la puerta sólo encontraban las cortinas temblorosas, como si alguien acabara de pasar a través de ellas. Se corrió el rumor de que el Palacio estaba embrujado y pronto el miedo alcanzó también a los soldados, que dejaron de hacer rondas nocturnas y se limitaron a permanecer inmóviles en sus puestos, oteando el paisaje, aferrados a sus armas. Asustados, los sirvientes ya no bajaron a los sótanos y por precaución cerraron varios aposentos con llave. Ocupaban la cocina y dormían en un ala del edificio. El resto de la mansión quedó sin vigilancia, en posesión de esos indios incorpóreos, que habían dividido los cuartos con líneas ilusorias y se habían establecido allí como espíritus traviesos. Habían resistido el paso de la historia, adaptándose a los cambios cuando fue inevitable y ocultándose en una dimensión propia cuando fue necesario. En las habitaciones del Palacio encontraron refugio, allí se amaban sin ruido, nacían sin celebraciones y morían sin lágrimas. Aprendieron tan bien todos los vericuetos de ese dédalo de mármol, que podían existir sin inconvenientes en el mismo espacio con los guardias y el personal de servicio sin rozarse jamás, como si pertenecieran a otro tiempo.

El embajador Lieberman desembarcó en el puerto con su esposa y un cargamento de bártulos. Viajaba con sus perros, con todos sus muebles, su biblioteca, su colección de discos de ópera y toda clase de implementos deportivos, incluyendo un bote a vela. Desde que le anunciaron su nueva destinación comenzó a detestar aquel país. Dejaba su puesto de ministro consejero en Viena, impulsado por la ambición de ascender a embajador, aunque fuera en Sudamérica, una tierra estrafalaria que no le inspiraba ni la menor simpatía. En cambio Marcia, su mujer, tomó el asunto con mejor humor. Estaba dispuesta a seguir a su marido en su peregrinaje diplomático, a pesar de que cada día se sentía más alejada de él y de que los asuntos mundanos le interesaban muy poco, porque a su lado disponía de una gran libertad. Bastaba cumplir con ciertos requisitos mínimos de una esposa y el resto del tiempo le pertenecía. En verdad su marido, demasiado ocupado en su trabajo y sus deportes, apenas se daba cuenta de su existencia, sólo la notaba cuando estaba ausente. Para Lieberman su mujer era un complemento indispensable en su carrera, le daba brillo en la vida social y manejaba con eficiencia su complicado tren doméstico. La consideraba una socia leal, pero hasta entonces no había tenido ni la menor inquietud por conocer su sensibilidad. Marcia consultó mapas y una enciclopedia para averiguar pormenores sobre esa lejana nación y comenzó a estudiar español. Durante las dos semanas de travesía por el Atlántico leyó los libros del naturalista belga y antes de conocerla ya estaba enamorada de esa caliente geografía. Era de temperamento retraído, se sentía más feliz cultivando su jardín que en los salones donde debía acompañar a su marido, y dedujo que en ese país estaría más libre de las exigencias sociales y podría dedicarse a leer, a pintar y a descubrir la naturaleza.

La primera medida de Lieberman fue instalar ventiladores en todos los cuartos de su residencia. En seguida presentó credenciales a las autoridades del gobierno. Cuando El Benefactor lo recibió en su despacho, la pareja había pasado sólo unos días en la ciudad, pero ya el chisme de que la esposa del embajador era muy bella había llegado a oídos del caudillo. Por protocolo los invitó a una cena, a pesar de que el aire arrogante y la charlatanería del diplomático le resultaron insoportables. En la noche señalada Marcia Lieberman entró en el Salón de Recepciones del brazo de su marido y por primera vez en su larga trayectoria El Benefactor perdió la respiración ante una mujer. Había visto rostros más hermosos y portes más esbeltos, pero nunca tanta gracia. Despertó la memoria de conquistas pasadas, alborotándole la sangre con un calor que no había sentido en muchos años. Durante esa velada se mantuvo a distancia, observando a la embajadora con disimulo, seducido por la curva del cuello, la sombra de sus ojos, los gestos de las manos, la seriedad de su actitud. Tal vez cruzó por su mente el hecho de que tenía cuarenta y tantos años más que ella y que cualquier escándalo tendría repercusiones insospechadas más allá de sus fronteras, pero eso no logró disuadirlo, por el contrario, agregó un ingrediente irresistible a su naciente pasión.

Marcia Lieberman sintió la mirada del hombre pegada a su piel, como una caricia indecente, y se dio cuenta del peligro, pero no tuvo fuerzas para escapar. En un momento pensó pedirle a su marido que se retiraran, pero en vez de ello se quedó sentada deseando que el anciano se le aproximara y al mismo tiempo dispuesta a huir corriendo si él lo hacía. No sabía por qué temblaba. No se hizo ilusiones respecto a él, de lejos podía detallar los signos de la decrepitud, la piel marcada de arrugas y manchas, el cuerpo enjuto, el andar vacilante, pudo imaginar su olor rancio y adivinó que bajo los guantes de cabritilla blanca sus manos eran dos zarpas. Pero los ojos del dictador, nublados por la edad y el ejercicio de tantas crueldades, tenían todavía un fulgor de dominio que la paralizó en su silla.

El Benefactor no sabía cortejar a una mujer, no había tenido hasta entonces necesidad de hacerlo. Eso actuó a su favor, porque si hubiera acosado a Marcia con galanterías de seductor habría resultado repulsivo y ella habría retrocedido con desprecio. En cambio ella no pudo negarse cuando a los pocos días él apareció ante su puerta, vestido de civil y sin escolta, como un bisabuelo triste, para decirle que hacía diez años que no había tocado a una mujer y ya estaba muerto para las tentaciones de ese tipo, pero con todo respeto solicitaba que lo acompañara esa tarde a un lugar privado, donde él pudiera descansar la cabeza en sus rodillas de reina y contarle cómo era el mundo cuando él era todavía un macho bien plantado y ella todavía no había nacido.

—¿Y mi marido? —alcanzó a preguntar Marcia con un soplo de voz.

—Su marido no existe, hija. Ahora sólo existimos usted y yo —replicó el Presidente Vitalicio, conduciéndola del brazo hasta su Packard negro.

Marcia no regresó a su casa y antes de un mes el embajador Lieberman partió de vuelta a su país. Había removido piedras en busca de su mujer, negándose al principio a aceptar lo que ya no era ningún secreto, pero cuando las evidencias del rapto fueron imposibles de ignorar, Lieberman pidió una audiencia con el Jefe del Estado y le exigió la devolución de su esposa. El intérprete intentó suavizar sus palabras en la traducción, pero el Presidente captó el tono y aprovechó el pretexto para deshacerse de una vez por todas de ese marido imprudente. Declaró que Lieberman había insultado a la Nación al lanzar aquellas disparatadas acusaciones sin ningún fundamento y le ordenó salir de sus fronteras en tres días. Le ofreció la alternativa de hacerlo sin escándalo, para proteger la dignidad de su país, puesto que nadie tenía interés en romper las relaciones diplomáticas y obstruir el libre tráfico de los barcos petroleros. Al final de la entrevista, con una expresión de padre ofendido, agregó que podía entender su ofuscación y que se fuera tranquilo, porque en su ausencia continuaría la búsqueda de la señora. Para probar su buena voluntad llamó al Jefe de la Policía y le dio instrucciones delante del embajador. Si en algún momento a Lieberman se le ocurrió rehusarse a partir sin Marcia, un segundo pensamiento lo hizo comprender que se exponía a un tiro en la nuca, de modo que empacó sus pertenencias y salió del país antes del plazo designado.

Al Benefactor el amor lo tomó por sorpresa a una edad en que ya no recordaba las impaciencias del corazón. Ese cataclismo remeció sus sentidos y lo colocó de vuelta en la adolescencia, pero no fue suficiente para adormecer su astucia de zorro. Comprendió que se trataba de una pasión senil y fue imposible para él imaginar que Marcia retribuía sus sentimientos. No sabía por qué lo había seguido aquella tarde, pero su razón le indicaba que no era por amor y, como no sabía nada de mujeres, supuso que ella se había dejado seducir por el gusto de la aventura o por la codicia del poder. En realidad a ella la venció la lástima. Cuando el anciano la abrazó ansioso, con los ojos aguados de humillación porque la virilidad no le respondía como antaño, ella se empecinó con paciencia y buena voluntad en devolverle el orgullo. Y así, al cabo de varios intentos, el pobre hombre logró traspasar el umbral y pasear durante breves instantes por los tibios jardines ofrecidos, desplomándose en seguida con el corazón lleno de espuma.

—Quédate conmigo —le pidió El Benefactor apenas logró sobreponerse al miedo de sucumbir sobre ella.

Y Marcia se quedó porque la conmovió la soledad del viejo caudillo y porque la alternativa de regresar donde su marido le pareció menos interesante que el desafío de atravesar el cerco de hierro tras el cual ese hombre había vivido durante casi ochenta años.

El Benefactor mantuvo a Marcia oculta en una de sus propiedades, donde la visitaba a diario. Nunca se quedó a pasar la noche con ella. El tiempo juntos transcurría en lentas caricias y conversaciones. En su titubeante español, ella le contaba de sus viajes y de los libros que leía, él la escuchaba sin comprender mucho, pero complacido con la cadencia de su voz. Otras veces él se refería a su infancia en las tierras secas de los Andes o a sus tiempos de soldado, pero si ella le formulaba alguna pregunta, de inmediato se cerraba, observándola de reojo, como un enemigo. Marcia notó esa dureza inconmovible y comprendió que su hábito de desconfianza era mucho más poderoso que la necesidad de abandonarse a la ternura, y al cabo de unas semanas se resignó a su derrota. Al renunciar a la esperanza de ganarlo para el amor, perdió interés en ese hombre, y entonces quiso salir de las paredes donde estaba secuestrada. Pero ya era tarde. El Benefactor la necesitaba a su lado porque era lo más cercano a una compañera que había conocido, su marido había vuelto a Europa y ella carecía de lugar en esta tierra, hasta su nombre comenzaba a borrarse del recuerdo ajeno. El dictador percibió el cambio en ella y su recelo aumentó, pero no dejó de amarla por eso. Para consolarla del encierro al cual estaba condenada para siempre, porque su aparición en la calle confirmaría las acusaciones de Lieberman y se irían al carajo las relaciones internacionales, le procuró todas aquellas cosas que a ella le gustaban, música, libros, animales. Marcia pasaba las horas en un mundo propio, cada día más desprendida de la realidad. Cuando ella dejó de alentarlo, a él le fue imposible volver a abrazarla y sus citas se convirtieron en apacibles tardes de chocolate y bizcochos. En su deseo de agradarla, un día El Benefactor la invitó a conocer el Palacio de Verano, para que viera de cerca el paraíso del naturalista belga, del cual ella tanto había leído.

El tren no se había usado desde la fiesta inaugural, diez años antes, y estaba en ruinas, de modo que hicieron el viaje en automóvil, presididos por una caravana de guardias y empleados que partieron con una semana de anticipación llevando todo lo necesario para devolver al Palacio los lujos del primer día. El camino era apenas un sendero defendido de la vegetación por cuadrillas de presos. En algunos trechos tuvieron que recurrir a los machetes para despejar los helechos y a bueyes para sacar los coches del barro, pero nada de eso disminuyó el entusiasmo de Marcia. Estaba deslumbrada por el paisaje. Soportó el calor húmedo y los mosquitos como si no los sintiera, atenta a esa naturaleza que parecía envolverla en un abrazo. Tuvo la impresión de que había estado allí antes, tal vez en sueños o en otra existencia, que pertenecía a ese lugar, que hasta entonces había sido una extranjera en el mundo y que todos los pasos dados, incluyendo el de dejar la casa de su marido por seguir a un anciano tembleque, habían sido señalados por su instinto con el único propósito de conducirla hasta allí. Antes de ver el Palacio de Verano ya sabía que ésa sería su última residencia. Cuando el edificio apareció finalmente entre el follaje, bordeado de palmeras y refulgiendo al sol, Marcia suspiró aliviada, como un náufrago al ver otra vez su puerto de origen.

A pesar de los frenéticos preparativos para recibirlos, la mansión tenía un aire de encantamiento. Su arquitectura romana, ideada como centro de un parque geométrico y grandiosas avenidas, estaba sumergida en el desorden de una vegetación glotona. El clima tórrido había alterado el color de los materiales, cubriéndolos con una pátina prematura, de la piscina y de los jardines no quedaba nada visible. Los galgos de caza habían roto sus correas mucho tiempo atrás y vagaban por los límites de la propiedad, una jauría hambrienta y feroz que acogió a los recién llegados con un coro de ladridos. Las aves habían anidado en los capiteles y cubierto de excrementos los relieves. Por todos lados había signos de desorden. El Palacio de Verano se había transformado en una criatura viviente, abierta a la verde invasión de la selva que lo había envuelto y penetrado. Marcia saltó del automóvil y corrió hacia las grandes puertas, donde esperaba la escolta agobiada por la canícula. Recorrió una a una todas las habitaciones, los grandes salones decorados con lámparas de cristal que colgaban de los techos como racimos de estrellas y muebles franceses en cuyos tapices anidaban las lagartijas, los dormitorios con sus lechos de baldaquino desteñidos por la intensidad de la luz, los baños donde el musgo se insinuaba en las junturas de los mármoles. Iba sonriendo, con la actitud de quien recupera algo que le ha sido arrebatado.

Durante los días siguientes El Benefactor vio a Marcia tan complacida, que algo de vigor volvió a calentar sus gastados huesos y pudo abrazarla como en los primeros encuentros. Ella lo aceptó distraída. La semana que pensaban pasar allí se prolongó a dos, porque el hombre se sentía muy a gusto. Desapareció el cansancio acumulado en sus años de sátrapa y se atenuaron varias de sus dolencias de viejo. Paseó con Marcia por los alrededores, señalándole las múltiples variedades de orquídeas que trepaban por los troncos o colgaban como uvas de las ramas más altas, las nubes de mariposas blancas que cubrían el suelo y los pájaros de plumas iridiscentes que llenaban el aire con sus voces. Jugó con ella como un joven amante, le dio de comer en la boca la pulpa deliciosa de los mangos silvestres, la bañó con sus propias manos en infusiones de yerbas y la hizo reír con una serenata bajo su ventana. Hacía años que no se alejaba de la capital, salvo breves viajes en una avioneta a las provincias donde su presencia era requerida para sofocar algún brote de insurrección y devolver al pueblo la certeza de que su autoridad era incuestionable. Esas inesperadas vacaciones lo pusieron de muy buen ánimo, la vida le pareció de pronto más amable y tuvo la fantasía de que junto a esa hermosa mujer podría seguir gobernando eternamente. Una noche lo sorprendió el sueño en los brazos de ella. Despertó en la madrugada aterrado, con la sensación de haberse traicionado a sí mismo. Se levantó sudando, con el corazón al galope, y la observó sobre la cama, blanca odalisca en reposo, con el cabello de cobre cubriéndole la cara. Salió a dar órdenes a su escolta para el regreso a la ciudad. No le sorprendió que Marcia no diera indicios de acompañarlo. Tal vez en el fondo lo prefirió así, porque comprendió que ella representaba su más peligrosa flaqueza, la única que podría hacerle olvidar el poder.

El Benefactor partió a la capital sin Marcia. Le dejó media docena de soldados para vigilar la propiedad y algunos empleados para su servicio, y le prometió que mantendría el camino en buenas condiciones, para que ella recibiera sus regalos, las provisiones, el correo y algunos periódicos. Aseguró que la visitaría a menudo, tanto como sus obligaciones de Jefe de Estado se lo permitieran, pero al despedirse ambos sabían que no volverían a encontrarse. La caravana del Benefactor se perdió tras los helechos y por un momento el silencio rodeó al Palacio de Verano. Marcia se sintió verdaderamente libre por primera vez en su existencia. Se quitó las horquillas que le sujetaban el pelo en un moño y sacudió la cabeza. Los guardias se desabrocharon las chaquetas y se despojaron de sus armas, mientras los empleados partían a colgar sus hamacas en los rincones más frescos.

Desde las sombras los indios habían observado a los visitantes durante esas dos semanas. Sin dejarse engañar por la piel clara y el estupendo cabello crespo de Marcia Lieberman, la reconocieron como una de ellos, pero no se atrevieron a materializarse en su presencia porque llevaban siglos en la clandestinidad. Después de la partida del anciano y su séquito, ellos volvieron sigilosos a ocupar el espacio donde habían existido por generaciones. Marcia intuyó que nunca estaba sola, por donde iba mil ojos la seguían, a su alrededor brotaba un murmullo constante, un aliento tibio, una pulsación rítmica, pero no tuvo temor, por el contrario, se sintió protegida por duendes amables. Se acostumbró a pequeñas perturbaciones; uno de sus vestidos desaparecía por varios días y de pronto amanecía en una cesta a los pies de la cama, alguien devoraba su cena poco antes que ella entrara al comedor, se robaban sus acuarelas y sus libros, sobre su mesa aparecían orquídeas recién cortadas, algunas tardes su bañera la esperaba con hojas de yerbabuena flotando en el agua fresca, se escuchaban las notas de los pianos en los salones vacíos, jadeos de amantes en los armarios, voces de niños en el entretecho. Los empleados no tenían explicación para estos trastornos y muy pronto ella dejó de hacerles preguntas porque imaginó que ellos también eran parte de esa benevolente conspiración. Una noche esperó agazapada con una linterna entre las cortinas, y al sentir un golpeteo de pies sobre el mármol encendió la luz. Le pareció ver unas siluetas desnudas, que por un instante le devolvieron una mirada mansa y enseguida se esfumaron. Los llamó en español, pero nadie le respondió. Comprendió que necesitaría inmensa paciencia para descubrir esos misterios, pero no le importó, porque tenía el resto de su vida por delante.

Algunos años después el país fue sacudido con la noticia de que la dictadura había terminado por una causa sorprendente: El Benefactor había muerto. A pesar de que ya era un anciano reducido sólo a huesos y pellejo y desde hacía meses estaba pudriéndose en su uniforme, en realidad muy pocos imaginaban que ese hombre fuera mortal. Nadie se acordaba del tiempo anterior a él, llevaba tantas décadas en el poder que el pueblo se acostumbró a considerarlo un mal inevitable, como el clima. Los ecos del funeral demoraron un poco en llegar al Palacio de Verano. Para entonces casi todos los guardias y los sirvientes, cansados de esperar un relevo que nunca llegó, habían desertado de sus puestos. Marcia Lieberman escuchó las nuevas sin alterarse. En realidad tuvo que hacer un esfuerzo por recordar su pasado, lo que había más allá de la selva y a ese anciano con ojillos de halcón que había trastornado su destino. Se dio cuenta de que con la muerte del tirano desaparecerían las razones para permanecer oculta, ahora podía regresar a la civilización, donde seguramente a nadie le importaba ya el escándalo de su rapto, pero desechó pronto esa idea, porque no había nada fuera de esa región enmarañada que le interesara. Su vida transcurría apacible entre los indios, inmersa en esa naturaleza verde, apenas vestida con una túnica, el cabello corto, adornada con tatuajes y plumas. Era totalmente feliz.

Una generación más tarde, cuando la democracia se había establecido en el país y de la larga historia de dictadores no quedaba sino un rastro en los libros escolares, alguien se acordó de la villa de mármol y propuso recuperarla para fundar una Academia de Arte. El Congreso de la República envió una comisión para redactar un informe, pero los automóviles se perdieron por el camino y cuando por fin llegaron a San Jerónimo, nadie supo decirles dónde estaba el Palacio de Verano. Trataron de seguir los rieles del ferrocarril, pero habían sido arrancados de los durmientes y la vegetación había borrado sus huellas. El Congreso envió entonces un destacamento de exploradores y un par de ingenieros militares que volaron sobre la zona en helicóptero, pero la vegetación era tan espesa que tampoco ellos pudieron dar con el lugar. Los rastros del Palacio se confundieron en la memoria de la gente y en los archivos municipales, la noción de su existencia se convirtió en un chisme de comadres, los informes fueron tragados por la burocracia y como la patria tenía problemas más urgentes, el proyecto de la Academia de Arte fue postergado.

Ahora han construido una carretera que une San Jerónimo con el resto del país. Dicen los viajeros que a veces, después de una tormenta, cuando el aire está húmedo y cargado de electricidad, surge de pronto junto al camino un blanco palacio de mármol, que por breves instantes permanece suspendido a cierta altura, como un espejismo, y luego desaparece sin ruido.

DE BARRO ESTAMOS HECHOS

Descubrieron la cabeza de la niña asomada en el lodazal, con los ojos abiertos, llamando sin voz. Tenía un nombre de Primera Comunión, Azucena. En aquel interminable cementerio, donde el olor de los muertos atraía a los buitres más remotos y donde los llantos de los huérfanos y los lamentos de los heridos llenaban el aire, esa muchacha obstinada en vivir se convirtió en el símbolo de la tragedia. Tanto transmitieron las cámaras la visión insoportable de su cabeza brotando del barro, como una negra calabaza, que nadie se quedó sin conocerla ni nombrarla. Y siempre que la vimos aparecer en la pantalla, atrás estaba Rolf Carlé, quien llegó al lugar atraído por la noticia, sin sospechar que allí encontraría un trozo de su pasado, perdido treinta años atrás.

Primero fue un sollozo subterráneo que remeció los campos de algodón, encrespándolos como una espumosa ola. Los geólogos habían instalado sus máquinas de medir con semanas de anticipación y ya sabían que la montaña había despertado otra vez. Desde hacía mucho pronosticaban que el calor de la erupción podía desprender los hielos eternos de las laderas del volcán, pero nadie hizo caso de esas advertencias, porque sonaban a cuento de viejas. Los pueblos del valle continuaron su existencia sordos a los quejidos de la tierra, hasta la noche de ese miércoles de noviembre aciago, cuando un largo rugido anunció el fin del mundo y las paredes de nieve se desprendieron, rodando en un alud de barro, piedras y agua que cayó sobre las aldeas, sepultándolas bajo metros insondables del vómito telúrico. Apenas lograron sacudirse la parálisis del primer espanto, los sobrevivientes comprobaron que las casas, las plazas, las iglesias, las blancas plantaciones de algodón, los sombríos bosques del café y los potreros de los toros sementales habían desaparecido. Mucho después, cuando llegaron los voluntarios y los soldados a rescatar a los vivos y sacar la cuenta de la magnitud del cataclismo, calcularon que bajo el lodo había más de veinte mil seres humanos y un número impreciso de bestias, pudriéndose en un caldo viscoso. También habían sido derrotados los bosques y los ríos y no quedaba a la vista sino un inmenso desierto de barro.

Cuando llamaron del Canal en la madrugada, Rolf Carlé y yo estábamos juntos. Salí de la cama aturdida de sueño y partí a preparar café mientras él se vestía de prisa. Colocó sus elementos de trabajo en la bolsa de lona verde que siempre llevaba, y nos despedimos como tantas otras veces. No tuve ningún presentimiento. Me quedé en la cocina sorbiendo mi café y planeando las horas sin él, segura de que al día siguiente estaría de regreso.

Fue de los primeros en llegar, porque mientras otros periodistas se acercaban a los bordes del pantano en jeeps, en bicicletas, a pie, abriéndose camino cada uno como mejor pudo, él contaba con el helicóptero de la televivión y pudo volar por encima del alud. En las pantallas aparecieron las escenas captadas por la cámara de su asistente, donde él se veía sumergido hasta las rodillas, con un micrófono en la mano, en medio de un alboroto de niños perdidos, de mutilados, de cadáveres y de ruinas. El relato nos llegó con su voz tranquila. Durante años lo había visto en los noticiarios, escarbando en batallas y catástrofes, sin que nada le detuviera, con una perseverancia temeraria, y siempre me asombró su actitud de calma ante el peligro y el sufrimiento, como si nada lograra sacudir su fortaleza ni desviar su curiosidad. El miedo parecía no rozarlo, pero él me había confesado que no era hombre valiente, ni mucho menos. Creo que el lente de la máquina tenía un efecto extraño en él, como si lo transportara a otro tiempo, desde el cual podía ver los acontecimientos sin participar realmente en ellos. Al conocerlo más comprendí que esa distancia ficticia lo mantenía a salvo de sus propias emociones.

Rolf Carlé estuvo desde el principio junto a Azucena. Filmó a los voluntarios que la descubrieron y a los primeros que intentaron aproximarse a ella, su cámara enfocaba con insistencia a la niña, su cara morena, sus grandes ojos desolados, la maraña compacta de su pelo. En ese lugar el fango era denso y había peligro de hundirse al pisar. Le lanzaron una cuerda, que ella no hizo empeño en agarrar, hasta que le gritaron que la cogiera, entonces sacó una mano y trató de moverse, pero en seguida se sumergió más. Rolf soltó su bolsa y el resto de su equipo y avanzó en el pantano, comentando para el micrófono de su ayudante que hacía frío y que ya comenzaba la pestilencia de los cadáveres.

—¿Cómo te llamas? —le preguntó a la muchacha y ella le respondió con su nombre de flor—. No te muevas, Azucena —le ordenó Rolf Carlé y siguió hablándole sin pensar qué decía, sólo para distraerla, mientras se arrastraba lentamente con el barro hasta la cintura. El aire a su alrededor parecía tan turbio como el lodo.

Por ese lado no era posible acercarse, así es que retrocedió y fue a dar un rodeo por donde el terreno parecía más firme. Cuando al fin estuvo cerca tomó la cuerda y se la amarró bajo los brazos, para que pudieran izarla. Le sonrió con esa sonrisa suya que le achica los ojos y lo devuelve a la infancia, le dijo que todo iba bien, ya estaba con ella, en seguida la sacarían. Les hizo señas a los otros para que halaran, pero apenas se tensó la cuerda la muchacha gritó. Lo intentaron de nuevo y aparecieron sus hombros y sus brazos, pero no pudieron moverla más, estaba atascada. Alguien sugirió que tal vez tenía las piernas comprimidas entre las ruinas de su casa, y ella dijo que no eran sólo escombros, también la sujetaban los cuerpos de sus hermanos, aferrados a ella.

—No te preocupes, vamos a sacarte de aquí —le prometió Rolf. A pesar de las fallas de transmisión, noté que la voz se le quebraba y me sentí tanto más cerca de él por eso. Ella lo miró sin responder.

En las primeras horas Rolf Carlé agotó todos los recursos de su ingenio para rescatarla. Luchó con palos y cuerdas, pero cada tirón era un suplicio intolerable para la prisionera. Se le ocurrió hacer una palanca con unos palos, pero eso no dio resultado y tuvo que abandonar también esa idea. Consiguió un par de soldados que trabajaron con él durante un rato, pero después lo dejaron solo, porque muchas otras víctimas reclamaban ayuda. La muchacha no podía moverse y apenas lograba respirar, pero no parecía desesperada, como si una resignación ancestral le permitiera leer su destino. El periodista, en cambio, estaba decidido a arrebatársela a la muerte. Le llevaron un neumático, que colocó bajo los brazos de ella como un salvavidas, y luego atravesó una tabla cerca del hoyo para apoyarse y así alcanzarla mejor. Como era imposible remover los escombros a ciegas, se sumergió un par de veces para explorar ese infierno, pero salió exasperado, cubierto de lodo, escupiendo piedras. Dedujo que se necesitaba una bomba para extraer el agua y envió a solicitarla por radio, pero volvieron con el mensaje de que no había transporte y no podían enviarla hasta la mañana siguiente.

—¡No podemos esperar tanto! —reclamó Rolf Carlé, pero en aquel zafarrancho nadie se detuvo a compadecerlo. Habrían de pasar todavía muchas horas más antes de que él aceptara que el tiempo se había estancado y que la realidad había sufrido una distorsión irremediable.

Un médico militar se acercó a examinar a los niños y afirmó que su corazón funcionaba bien y que si no se enfriaba demasiado podría resistir esa noche.

—Ten paciencia, Azucena, mañana traerán la bomba —trató de consolarla Rolf Carlé.

—No me dejes sola —le pidió ella.

—No, claro que no.

Les llevaron café y él se lo dio a la muchacha, sorbo a sorbo. El líquido caliente la animó y empezó a hablar de su pequeña vida, de su familia y de la escuela, de cómo era ese pedazo de mundo antes de que reventara el volcán. Tenía trece años y nunca había salido de los límites de su aldea. El periodista, sostenido por un optimismo prematuro, se convenció de que todo terminaría bien, llegaría la bomba, extraerían el agua, quitarían los escombros y Azucena sería trasladada en helicóptero a un hospital, donde se repondría con rapidez y donde él podría visitarla llevándole regalos. Pensó que ya no tenía edad para muñecas y no supo qué le gustaría, tal vez un vestido. No entiendo mucho de mujeres, concluyó divertido, calculando que había tenido muchas en su vida, pero ninguna le había enseñado esos detalles. Para engañar las horas comenzó a contarle sus viajes y sus aventuras de cazador de noticias, y cuando se le agotaron los recuerdos echó mano de la imaginación para inventar cualquier cosa que pudiera distraerla. En algunos momentos ella dormitaba, pero él seguía hablándole en la oscuridad, para demostrarle que no se había ido y para vencer el acoso de la incertidumbre.

Ésa fue una larga noche.

A muchas millas de allí, yo observaba en una pantalla a Rolf Carlé y a la muchacha. No resistí la espera en la casa y me fui a la Televisión Nacional, donde muchas veces pasé noches enteras con él editando programas. Así estuve cerca suyo y pude asomarme a lo que vivió en esos tres días definitivos. Acudí a cuanta gente importante existe en la ciudad, a los senadores de la República, a los generales de las Fuerzas Armadas, al embajador norteamericano y al presidente de la Compañía de Petróleos, rogándoles por una bomba para extraer el barro, pero sólo obtuve vagas promesas. Empecé a pedirla con urgencia por radio y televisión, a ver si alguien podía ayudarnos. Entre llamadas corría al centro de recepción para no perder las imágenes del satélite, que llegaban a cada rato con nuevos detalles de la catástrofe. Mientras los periodistas seleccionaban las escenas de más impacto para el noticiario, yo buscaba aquellas donde aparecía el pozo de Azucena. La pantalla reducía el desastre a un solo plano y acentuaba la tremenda distancia que me separaba de Rolf Carlé, sin embargo yo estaba con él, cada padecimiento de la niña me dolía como a él, sentía su misma frustración, su misma impotencia. Ante la imposibilidad de comunicarme con él, se me ocurrió el recurso fantástico de concentrarme para alcanzarlo con la fuerza del pensamiento y así darle ánimo. Por momentos me aturdía en una frenética e inútil actividad, a ratos me agobiaba la lástima y me echaba a llorar, y otras veces me vencía el cansancio y creía estar mirando por un telescopio la luz de una estrella muerta hace un millón de años.

241

En el primer noticiario de la mañana vi aquel infierno, donde flotaban cadáveres de hombres y animales arrastrados por las aguas de nuevos ríos, formados en una sola noche por la nieve derretida. Del lodo sobresalían las copas de algunos árboles y el campanario de una iglesia, donde varias personas habían encontrado refugio y esperaban con paciencia a los equipos de rescate. Centenares de soldados y de voluntarios de la Defensa Civil intentaban remover escombros en busca de los sobrevivientes, mientras largas filas de espectros en harapos esperaban su turno para un tazón de caldo. Las cadenas de radio informaron que sus teléfonos estaban congestionados por las llamadas de familias que ofrecían albergue a los niños huérfanos. Escaseaban el agua para beber, la gasolina y los alimentos. Los médicos, resignados a amputar miembros sin anestesia, reclamaban al menos sueros, analgésicos y antibióticos, pero la mayor parte de los caminos estaban interrumpidos y además la burocracia retardaba todo. Entretanto, el barro contaminado por los cadáveres en descomposición amenazaba de peste a los vivos.

Azucena temblaba apoyada en el neumático que la sostenía sobre la superficie. La inmovilidad y la tensión la habían debilitado mucho, pero se mantenía consciente y todavía hablaba con voz perceptible cuando le acercaban un micrófono. Su tono era humilde, como si estuviera pidiendo perdón por causar tantas molestias. Rolf Carlé tenía la barba crecida y sombras oscuras bajo los ojos, se veía agotado. Aun a esa enorme distancia pude percibir la calidad de ese cansancio, diferente a todas las fatigas anteriores de su vida. Había olvidado por completo la cámara, ya no podía mirar a la niña a través de un lente. Las imágenes que nos llegaban no eran de su asistente, sino de otros periodistas que se habían adueñado de Azucena, atribuyéndole la patética responsabilidad de encarnar el horror de lo ocurrido en ese lugar. Desde el amanecer Rolf se esforzó de nuevo por mover los obstáculos que retenían a la muchacha en esa tumba, pero disponía sólo de sus manos, no se atrevía a utilizar una herramienta, porque podía herirla. Le dio a Azucena la taza de papilla de maíz y plátano que distribuía el Ejército, pero ella la vomitó de inmediato. Acudió un médico y comprobó que estaba afiebrada, pero dijo que no se podía hacer mucho, los antibióticos estaban reservados para los casos de gangrena. También se acercó un sacerdote a bendecirla y colgarle al cuello una medalla de la Virgen. En la tarde empezó a caer una llovizna suave, persistente.

—El cielo está llorando —murmuró Azucena y se puso a llorar también.

—No te asustes —le suplicó Rolf—. Tienes que reservar tus fuerzas y mantenerte tranquila, todo saldrá bien, yo estoy contigo y te voy a sacar de aquí de alguna manera.

Volvieron los periodistas para fotografiarla y preguntarle las mismas cosas que ella ya no intentaba responder. Entretanto llegaban más equipos de televisión y cine, rollos de cables, cintas, películas, vídeos, lentes de precisión, grabadoras, consolas de sonido, luces, pantallas de reflejo, baterías y motores, cajas con repuestos, electricistas, técnicos de sonido y camarógrafos, que enviaron el rostro de Azucena a millones de pantallas de todo el mundo. Y Rolf Carlé continuaba clamando por una bomba. El despliegue de recursos dio resultados y en la Televisión Nacional empezamos a recibir imágenes más claras y sonidos más nítidos, la distancia pareció acortarse de súbito y tuve la sensación atroz de que Azucena y Rolf se encontraban a mi lado, separados de mí por un vidrio irreductible. Pude seguir los acontecimientos hora a hora, supe cuánto hizo mi amigo por arrancar a la niña de su prisión y para ayudarla a soportar su calvario, escuché fragmentos de lo que hablaron y el resto pude adivinarlo, estuve presente cuando ella le enseñó a Rolf a rezar y cuando él la distrajo con los cuentos que yo le he contado en mil y una noches bajo el mosquitero blanco de nuestra cama.

Al caer la oscuridad del segundo día él procuró hacerla dormir con las viejas canciones de Austria aprendidas de su madre, pero ella estaba más allá del sueño. Pasaron gran parte de la noche hablando, los dos extenuados, hambrientos, sacudidos por el frío. Y entonces, poco a poco, se derribaron las firmes compuertas que retuvieron el pasado de Rolf Carlé durante muchos años, y el torrente de cuanto había ocultado en las capas más profundas y secretas de la memoria salió por fin, arrastrando a su paso los obstáculos que por tanto tiempo habían bloqueado su conciencia. No todo pudo decírselo a Azucena, ella tal vez no sabía que había mundo más allá del mar ni tiempo anterior al suyo, era incapaz de imaginar Europa en la época de la guerra, así es que no le contó de la derrota, ni de la tarde en que los rusos lo llevaron al campo de concentración para enterrar a los prisioneros muertos de hambre. ¿Para qué explicarle que los cuerpos desnudos, apilados como una montaña de leños, parecían de loza quebradiza? ¿Cómo hablarle de los hornos y las horcas a esa niña moribunda? Tampoco mencionó la noche en que vio a su madre desnuda, calzada con zapatos rojos de tacones de estilete, llorando de humillación. Muchas cosas se calló, pero en esas horas revivió por primera vez todo aquello que su mente había intentado borrar. Azucena le hizo entrega de su miedo y así, sin quererlo, obligó a Rolf a encontrarse con el suyo. Allí, junto a ese pozo maldito, a Rolf le fue imposible seguir huyendo de sí mismo y el terror visceral que marcó su infancia lo asaltó por sorpresa. Retrocedió a la edad de Azucena y más atrás, y se encontró como ella atrapado en un pozo sin salida, enterrado en vida, la cabeza a ras de suelo, vio juntos a su cara las botas y las piernas de su padre, quien se había quitado la correa de la cintura y la agitaba en el aire con un silbido inolvidable de víbora furiosa. El dolor lo invadió, intacto y preciso, como siempre estuvo agazapado en su mente. Volvió al armario donde su padre lo ponía bajo llave para castigarlo por faltas imaginarias y allí estuvo horas eternas con los ojos cerrados para no ver la oscuridad, los oídos tapados con las manos para no oír los latidos de su propio corazón, temblando, encogido como un animal. En la neblina de los recuerdos encontró a su hermana Katharina, una dulce criatura retardada que pasó la existencia escondida con la esperanza de que el padre olvidara la desgracia de su nacimiento. Se arrastró junto a ella bajo la mesa del comedor y allí ocultos tras un largo mantel blanco, los dos niños permanecieron abrazados, atentos a los pasos y a las voces. El olor de Katharina le llegó mezclado con el de su propio sudor, con los aromas de la cocina, ajo, sopa, pan recién horneado y con un hedor extraño de barro podrido. La mano de su hermana en la suya, su jadeo asustado, el roce de su cabello salvaje en las mejillas, la expresión cándida de su mirada. Katharina, Katharina... surgió ante él flotando como una bandera, envuelta en el mantel blanco convertido en mortaja, y pudo por fin llorar su muerte y la culpa de haberla abandonado. Comprendió entonces que sus hazañas de periodista, aquellas que tantos reconocimientos y tanta fama le había dado, eran sólo un intento de mantener bajo control su miedo más antiguo, mediante la treta de refugiarse detrás de un lente a ver si así la realidad le resultaba más tolerable. Enfrentaba riesgos desmesurados como ejercicio de coraje, entrenándose de día para vencer los monstruos que lo atormentaban de noche. Pero había llegado el instante de la verdad y ya no pudo seguir escapando de su pasado. Él era Azucena, estaba enterrado en el barro, su terror no era la emoción remota de una infancia casi olvidada, era una garra en la garganta. En el sofoco del llanto se le apareció su madre, vestida de gris y con su cartera de piel de cocodrilo apretada contra el regazo, tal como la viera por última vez en el muelle, cuando fue a despedirlo al barco en el cual él se embarcó para América. No venía a secarle las lágrimas, sino a decirle que cogiera una pala, porque la guerra había terminado y ahora debían enterrar a los muertos.

—No llores. Ya no me duele nada, estoy bien —le dijo Azucena al amanecer.

—No lloro por ti, lloro por mí, que me duele todo —sonrió Rolf Carlé.

En el valle del cataclismo comenzó el tercer día con una luz pálida entre nubarrones. El Presidente de la República se trasladó a la zona y apareció en traje de campaña para confirmar que era la peor desgracia de este siglo, el país estaba de duelo, las naciones hermanas habían ofrecido ayuda, se ordenaba estado de sitio, las Fuerzas Armadas serían inclementes, fusilarían sin trámites a quien fuera sorprendido robando o cometiendo otras fechorías. Agregó que era imposible sacar todos los cadáveres ni dar cuenta de los millares de desaparecidos, de modo que el valle completo se declaraba camposanto y los obispos vendrían a celebrar una misa solemne por las almas de las víctimas. Se dirigió a las carpas del Ejército, donde se amontonaban los rescatados, para entregarles el alivio de promesas inciertas, y al improvisado hospital, para dar una palabra de aliento a los médicos y enfermeras, agotados por tantas horas de penurias. Enseguida se hizo conducir al lugar donde estaba Azucena, quien para entonces ya era célebre, porque su imagen había dado la vuelta al planeta. La saludó con su lánguida mano de estadista y los micrófonos registraron su voz conmovida y su acento paternal, cuando le dijo que su valor era un ejemplo para la patria. Rolf Carlé lo interrumpió para pedirle una bomba y él le aseguró que se ocuparía del asunto en persona. Alcancé a ver a Rolf por unos instantes, en cuclillas junto al pozo. En el noticiario de la tarde se encontraba en la misma postura: y yo, asomada a la pantalla como una adivina ante su bola de cristal, percibí que algo fundamental había cambiado en él, adiviné que durante la noche se habían desmoronado sus defensas y se había entregado al dolor, por fin vulnerable. Esa niña tocó una parte de su alma a la cual él mismo no había tenido acceso y que jamás compartió conmigo. Rolf quiso consolarla y fue Azucena quien le dio consuelo a él.

Me di cuenta del momento preciso en que Rolf dejó de luchar y se abandonó al tormento de vigilar la agonía de la muchacha. Yo estuve con ellos, tres días y dos noches, espiándolos al otro lado de la vida. Me encontraba allí cuando ella le dijo que en sus trece años nunca un muchacho la había querido y que era una lástima irse de este mundo sin conocer el amor, y él le aseguró que la amaba más de lo que jamás podría amar a nadie, más que a su madre y a su hermana, más que a todas las mujeres que habían dormido en sus brazos, más que a mí, su compañera, que daría cualquier cosa por estar atrapado en ese pozo en su lugar, que cambiaría su vida por la de ella, y vi cuando se inclinó sobre su pobre cabeza y la besó en la frente, agobiado por un sentimiento dulce y triste que no sabía nombrar. Sentí cómo en ese instante se salvaron ambos de la desesperanza, se desprendieron del lodo, se elevaron por encima de los buitres y de los helicópteros, volaron juntos sobre ese vasto pantano de podredumbre y lamentos. Y finalmente pudieron aceptar la muerte. Rolf Carlé rezó en silencio para que ella se muriera pronto, porque ya no era posible soportar tanto dolor.

Para entonces yo había conseguido una bomba y estaba en contacto con un general dispuesto a enviarla en la madrugada del día siguiente en un avión militar. Pero al anochecer de ese tercer día, bajo las implacables lámparas de cuarzo y los lentes de cien máquinas, Azucena se rindió, sus ojos perdidos en los de ese amigo que la había sostenido hasta el final. Rolf Carlé le quitó el salvavidas, le cerró los párpados, la retuvo apretada contra su pecho por unos minutos y después la soltó. Ella se hundió lentamente, una flor en el barro.

Estás de vuelta conmigo, pero ya no eres el mismo hombre. A menudo te acompaño al Canal y vemos de nuevo los vídeos de Azucena, los estudias con atención, buscando algo que pudiste haber hecho para salvarla y no se te ocurrió a tiempo. O tal vez los examinas para verte como en un espejo, desnudo. Tus cámaras están abandonadas en un armario, no escribes ni cantas, te quedas durante horas sentado ante la ventana mirando las montañas. A tu lado, yo espero que completes el viaje hacia el interior de ti mismo y te cures de las viejas heridas. Sé que cuando regreses de tus pesadillas caminaremos otra vez de la mano, como antes.

Y en ese momento de su narración Scheherazade vio aparecer la mañana y se calló discretamente.

(De *Las mil y una noches*.)

ÍNDICE